三秒間の死角　上

アンデシュ・ルースルンド
ベリエ・ヘルストレム
ヘレンハルメ美穂＝訳

角川文庫
18208

三秒間の死角　上

目次

- 第一部
  - 日曜日 ... 9
  - 月曜日 ... 10
  - 火曜日 ... 21
  - 水曜日 ... 124
- 第二部
  - 木曜日 ... 194
  - 金曜日 ... 257
- 第三部
  - 月曜日 ... 287
  ... 337

〔下巻目次〕

登場人物

エーヴェルト・グレーンス　ストックホルム市警の警部
スヴェン・スンドクヴィスト　エーヴェルトの同僚。警部補
マリアナ・ヘルマンソン　エーヴェルトの同僚。警部補
ニルス・クランツ　ストックホルム市警の鑑識官
フレドリック・ヨーランソン　ストックホルム市警の警視正。犯罪捜査部門の長
エリック・ウィルソン　ストックホルム市警の潜入捜査担当官
イェンス・クレーヴィエ　ストックホルム市警のインターポール担当者
トール・エイナション　ストックホルム市警押収品保管室の職員
ラーシュ・オーゲスタム　検察官
ルードヴィッグ・エルフォシュ　法医学者
ポール・ラーシェン　刑事施設管理局局長
ヤコプ・アナスン　コペンハーゲン市警強行犯課の警部
カーステン（イェンス・クレスチャン・トフト）　コペンハーゲン市警の潜入者
レナート・オスカーション　アスプソース刑務所長

ピート・ホフマン（パウラ）　警察の潜入捜査員
ソフィア　ピートの妻
ヒューゴー　ピートの息子
ラスムス　ピートの息子
ズビグニエフ・ボルツ　ヴォイテク・セキュリティー・インターナショナル社副社長
グジェゴシュ・クシヌーヴェック　実業家。犯罪組織ヴォイテクのトップ
ヘンリック・バク　ヴォイテクの連絡係
マリウシュ　ヴォイテクの一員
イエジ　ヴォイテクの一員
ステファン・リガス　ヴォイテク配下の囚人
カロル・トマシュ・ペンデレツキ　ヴォイテク配下の囚人

われわれの本に磨きをかけてくれたヴァーニャへ

第一部

日曜日

午前零時まで、あと一時間。

春も終わりに近づいているのに、あたりは思ったよりも暗い。たぶん、はるか下に広がる海のせいだろう。その色は黒に近く、水面は底無しの闇を覆う膜のようだ。船は好きになれない。というより、海というものがわからないのかもしれない。こんなふうに風が吹き、シフィノウィイシチェがだんだん遠ざかっていくとき、彼はいつも、寒い、と思う。そして、船べりの手すりを握りしめて立ち、じっと待つ。自分を包み込む暗闇が徐々に広がり、家々が家々でなくなり、ただの小さな四角となって溶けていくまで。

彼は、二十九歳で、恐怖におののいている。

うしろで人々のうごめく音がする。彼らもまた、どこかへ向かっている。一晩をこの船で過ごし、何時間か眠って、べつの国で目覚めるのだ。

彼は手すりの上に身を乗り出し、目を閉じた。こうして旅をするたびにつらさが増し、身体だけでなく心までもが、この旅の危険をますます痛感させられている気がする。手が震え、額に汗がにじむ。身を切るような冷たい風に凍えているのに、頬は燃えるように熱い。明後日《あさって》。明後日にはまた、帰るためにこの場所に立つ。そのときにはもう、二度とやるもんかと心に誓ったことなど、すっかり忘れているのだろう。手すりを放し、扉を開ける。寒さがあたたかさに変わった。目の前に大きな階段が延び、見知らぬ顔がいくつも、それぞれの船室をめざして移動している。

眠りたくない。眠ることなどできない。まだ。

冴《さ》えないバーだ。ヴァヴェル号は北ポーランドと南スウェーデンを結ぶ大型フェリーだというのに、バーがこれでは――パンくずの散らばったテーブルに、背もたれの部分がか細い木の棒四本でできた椅子――どうやら、客がのんびりくつろぐことなど期待されていないらしい。

まだ汗が出ている。両手がサンドイッチとビールにつかみかかる。彼はまっすぐに前を見据え、恐怖を顔に出すまいと必死だ。ビールを何口か飲み、チーズを半分かじる。それでも吐き気はおさまらない。なにか新しい味を入れれば、口に残った味が消えてくれると思ったのだが。最初に食べさせられたのは、脂ぎった豚肉の大きなステーキだった。そうして胃を保護するクッションができあがると、黄色がかった物質を隠した茶色いゴムの塊を丸呑《まるの》みさせられた。彼がごくりとのどを鳴らす回数を、彼らは声に出してかぞえていた。二百回。のどがゴムの塊にこすれて傷つくまで。

「ほかに、ご注文はございますか？《チ・ポダッチ・パヌ・ツォシ・イエシチェ》」

若いウェイトレスがこちらに目を向けている。彼は首を横に振った。今夜はもうたくさんだ。もう、なにもいらない。

熱かった頬にはいま、しびれたような感じだけが残っている。レジ脇の鏡に映った青白い顔が、こちらを見ている。彼は、ほとんど手をつけていないサンドイッチの載った皿と、ビールのたっぷり入ったグラスを、バーカウンターのなるべく遠くへ押しやると、ウェイトレスが合図に気づいて食器を下げてくれるまで指差しつづけた。

「ビール、奢ってやろうか？《ポスタヴィッチ・チ・ピヴォ》」

彼と同年輩の男が話しかけてきた。少し酔っているらしく、だれでもいいから話しかけて、さびしさをまぎらそうとしている、そんな男だ。が、彼は振り返りもしない。じっと前を向いたまま、鏡に映った青白い顔を見つめている。話しかけてきた男が何者なのか、なぜ話しかけてきたのか、ほんとうのところがわからない。酔ったふりをしてそばに座り、ビールを奢《おご》ってくれる男が、実は彼の旅の目的を知っている可能性もある。彼はレシートの載った銀の小皿に二十ユーロを置くと、客のいないテーブルが並び、無意味な音楽のかかっている閑散としたバーをあとにした。

のどが渇きすぎて叫びたいほどだ。渇きを一時的にでも癒《いや》そうと、舌が唾液《だえき》を求めてさまよう。飲みものを飲む勇気はない。吐き気に襲われるのが怖い。飲み込んだすべてを胃の中にとどめておけなくなってしまうのが、怖い。

それが彼の義務だから。すべてを、胃の中にとどめておくこと。それができなければ、自分はあの世行きだ。そういうものなのだと、彼にはわかっていた。

彼は、夕方になるといつもそうするように、鳥のさえずりに耳を傾けた。大西洋のどこからか流れ込んでくるあたたかな空気は、今日もまた、春の夜の冷気にゆっくりと押し戻されている。一日の中で、この時間帯がいちばん好きだ。やるべきことは終えたが、疲れはいっさい感じない。だから、時間はたっぷり残っている。孤独そのものでしかないホテルの部屋で、狭いベッドに横たわり、眠る努力をしなければならなくなるのは、まだ何時間か先の話だ。

エリック・ウィルソンは涼しい風が顔に当たるのを感じながら、しばらく目を閉じて、あたりに氾濫《はんらん》する強烈なスポットライトの白すぎる光を逃れた。頭をのけぞらせ、高いフェンスをさらに高くしている鋭い有刺鉄線の束を、そっと見上げる。フェンスがこちらへ倒れかかってくるような妙な感覚に襲われたが、なんとか振り払った。

数百メートル離れたところから、音が聞こえる。煌々《こうこう》と照らされたアスファルトの広場を、少人数のグループが歩いている。

黒服姿の男が六人。七人目の人物の前を、うしろを、脇を固めている。

同じように黒い車が、ゆっくりとそのあとを追う。

ウィルソンは好奇心にかられてその歩みを見守った。

〝警護対象者の移送〟、〝広い空間での移送〟、というやつか。

そのとき、彼らの足音がべつの音にかき消された。何者かが銃を使っている。歩いている一団に向かって、一発、また一発と、銃弾が放たれる。エリック・ウィルソンはそのようすを、じっと立ったまま見つめていた。警護対象者のいちばん近くにいた黒服の二人が対象者に飛びかかり、彼を地面に押し倒す。残る四人が振り返り、銃弾の発射地点に目を向けている。

彼らもウィルソンも、同じことをした。銃声に耳を傾けることによって、銃の種類を特定したのだ。

カラシニコフ。

発射地点は、低層の建物のあいだに延びる通路だ。距離は四、五十メートルほど。さきほどまでさえずっていた鳥たちはいなくなり、あのあたたかな風、まもなく冷たくなるはずの風すらも逃げ去った。

エリック・ウィルソンはフェンス越しに、すべての動きを把握し、すべての沈黙を聞きとることができた。黒服の男たちが銃で応戦している。車が急加速して警護対象者のすぐそばに停まり、建物のあいだからしきりに飛んでくる銃弾を受け止める。それからわずか数秒のあいだに、ドアが開き、警護対象者が後部座席に引っ張り込まれて暗がりの中へ消えた。

《よし》

声は上のほうから聞こえてきた。

《今日はここまで》

スピーカーは大きなスポットライトのすぐ下に設置されている。今夕の大統領も無事に生き延びたわけだ。ウィルソンは伸びをすると、耳を澄ませた。鳥たちが戻ってきている。なんとも不思議な場所だ。ここ、連邦法執行訓練センター（FLETC）を訪れるのは、これで三回目になる。アメリカ・ジョージア州の最南端近くにある、米国政府の軍事基地。アメリカの警察組織、麻薬取締局（DEA）、アルコール・タバコ・火器及び爆発物取締局（ATF）、連邦保安官局、国境警備隊に加え、ついいましがた、またもや国を救った一団――おそらく、シークレットサービス――のための訓練場となっている。そう、あれはシークレットサービスにちがいない、とウィルソンは明るいアスファルトの広場を見つめながら思う。あれはシークレットサービスの車だし、彼らはよく、この時間に訓練をしているから。

こちらの世界と、まったくべつの現実とを隔てるフェンスに沿って、歩きつづける。息がしやすい。ここの気候は気に入っている。けっして来ない夏をひたすら待っているだけのようなストックホルムよりも、はるかに明るく、はるかにあたたかい。

外観は、どこにでもありそうな、ごくふつうのホテルだ。値の張る古びたレストランをめざしてロビーを横切ったが、途中でふと気が変わり、エレベーターへ足を向けた。十二階へ上がる。このホテルこそ、研修の参加者たちが数日、数週間、あるいは数か月にわたって、ともに暮らす家にほかならない。

部屋の中は暑すぎて息が詰まりそうだ。ウィルソンは広い訓練場に面した窓を開け、まぶしい光をしばらく見つめた。テレビをつけ、適当にチャンネルを替える。どの局も似たような番組ばかりだ。が、そのままつけっぱなしにする。寝るまでつけておこう。ホテルの部屋に生気めいたものをもたらすことができるのは、このテレビだけなのだから。

どうも、じっとしていられない。

身体の奥のどこかに、不安がある。腹のあたりから、両脚へ、両足先へ、じわじわと広がっていく。ウィルソンはベッドの縁から立ち上がると、伸びをしてから机に向かった。つややかに光る机の上に、携帯電話が五台、それぞれ数センチの間隔をおいて並んでいる。ややシェードの大きすぎるランプと、黒い革のデスクパッドのあいだに、まったく同じ携帯電話が、五台。

ウィルソンはそれらを一台ずつ手に取り、画面を確認した。四台には不在着信がなく、メールも届いていない。

五台目。手が触れる前から、もう見えていた。

不在着信が、八件。

すべて、同じ番号から。

そのように決めてあるのだから当然だ。この電話にかけてくる番号は、ひとつしかない。この電話からかける番号も、ひとつしかない。

互いに連絡を取りあうためだけに使われる、二台一組の匿名プリペイド式携帯電話。だれかに調べられても、携帯電話を奪われても、名前が明らかになることはない。持ち主のわからない、調べても突き止められない携帯電話、互いにのみ電話をかけあう携帯電話が二台あるだけだ。

机の上に残った四台を見つめる。この四台もまた、五台目と同じ決まりで使われている。どの電話も、ただひとつの匿名の番号からの電話を受けるため、その番号にかけるためにしか使われない。

不在着信が、八件。

エリック・ウィルソンは、パウラ用の電話を、ぐっと握りしめた。

頭の中で計算する。スウェーデンは午前零時を過ぎている。彼は番号を押した。

パウラの声。

「ぜひ会いたいんです。五番で。いまからちょうど一時間後に」

五番。ヴルカヌス通り十五番地と、サンクトエーリクスプラン広場十七番地だ。

「無理だよ」

「会わなければ」

「無理なんだ。僕は外国にいるから」

苦しげな息遣い。すぐ近くにいるように聞こえる。何千キロと離れているのに。

「だとしたら、まずいことになりましたよ、エリック。十二時間後に、大量の商品の引き渡しが行なわれます」

「中止させてくれ」

「もう手遅れです。ポーランド人の運び屋が十五人、こっちに向かってるんです」

エリック・ウィルソンはベッドの縁に腰を下ろした。さきほどと同じ場所だ。ベッドカバーが少ししわになっている。

大がかりな取引。

パウラは組織の奥深くまで入り込んでいる。これほど深く入り込んだ人物など前代未聞だ。

「手を引け。いますぐ」

「そうはいきません。わかってるでしょう。このまま続けるしかない。さもないと、こめかみに銃弾を二発くらって終わりです」

「もう一度言う。手を引くんだ。いいか、なにかあっても、僕は助けられないんだぞ。とにかく手を引いてくれ！」

話している途中でいきなり電話を切られたときの静けさは、どうにも落ち着かないものだ。電子機器がもたらすこうした空白を、ウィルソンは嫌っている。相手に会話を打ち切られることも。

ふたたび窓辺に向かい、強烈なライトを見つめた。この明かりのせいで、広い訓練場は白にどっぷりと浸かり、狭くなっているように見える。

絞り出すような声だった。おびえていた、と言ってもいい。

エリック・ウィルソンはまだ、携帯電話を手に持っている。手の中を、沈黙を見つめる。

パウラには、ひとりきりで決行してもらうしかない。

月曜日

彼はリディンゲ橋の中央で車を停めた。

三時過ぎに暗がりを破りはじめた太陽は、そのまま闇を押しのけ、脅かし、追い散らした。暗闇は今夜、遅い時間まで戻らないだろう。エーヴェルト・グレーンスは、夜明けが朝となり、いまいましい夜が自分を置いて去っていく中で、車の窓を開けて海を眺め、まだ冷たい空気を吸い込んだ。

ふたたび発進して橋を渡り、眠ったままの島を横切って、断崖《だんがい》の上に美しくたたずむ建物にたどり着いた。はるか下の海を行き交う船が見える。閑散としたアスファルトの駐車場に車を停めると、無線機を充電器からはずし、マイクをコートの襟につけた。彼女のもとを訪れるときはいつも、無線機を車に置いたままにしていた。たとえ呼び出しが入っても、彼女との対話のほうが大切だったから。が、いまはもう、呼び出しで邪魔されるような対話そのものがなくなってしまった。

エーヴェルト・グレーンスは二十九年前から、この介護ホームを週に一回、車で訪れている。その習慣は、いまも変わっていない——彼女の部屋にはもう、べつのだれかが住んでいるにもかかわらず。彼女のものだった窓に近寄る。彼女はこの窓辺に座り、外の世界で進行する人生を眺めていた。エーヴェルトはその傍らに座って、彼女はほんとうのところ、いったいなにを見ようとしているのだろうと考えていた。

心から信頼することのできた、ただひとりの相手。

彼女に会いたくてたまらない。このすさまじいむなしさが、自分にまとわりついて離れない。夜じゅう走って逃げても、追いかけてくる。振り払えない。怒鳴りつけても、ひたすら追いかけてくる。それはもう、呼吸の一部となっている。どうすれば消えてくれるのか、さっぱり見当もつかない。

「グレーンス警部」

女性の声は、ガラス張りのドアのほうから聞こえてきた。晴れた日には開け放たれ、入居者全員が車椅子に乗ってテラスのテーブルに勢ぞろいする、あのドアだ。かつて医学生だったスサンヌは、白衣の胸ポケットに留めてある名札によれば、いまは研修医らしい。エーヴェルトとアンニに同行して、ストックホルムと沖の群島をつなぐ船に乗ってくれたスサンヌ。期待しすぎないほうがいい、と彼に告げたスサンヌ。

「おはよう」

「またいらしたんですね」

「まあな」

久しぶりにスサンヌの顔を見た。アンニが生きていたとき以来だ。

「どうしてこんなことをなさるんですか？」

エーヴェルトはだれの姿も見えない窓を見やった。

「こんなこと、というと？」

「なぜ、ご自分にこんな仕打ちを？」

部屋の中は暗い。入居者はまだ眠っているのだ。

「意味がわからない」

「毎週月曜日、ここの外であなたを見かけます。これで十二週目です」

「来ちゃいけないのか？」

「同じ曜日の、同じ時刻に。以前と同じように」

エーヴェルトは答えなかった。

「あの方が生きてらしたころと同じように」

スサンヌは外階段を一段下りた。

「あなたは、ご自分のためにならないことをしています」

声のボリュームを上げる。

「亡くなった方を悼むのはいいんです。でも、悲しみを習慣にするのはよくありません。いまのあなたは、悲しみとともに生きてるんじゃない。悲しみのために生きてるんです。悲しみを手放さないようにしっかりと抱えて、そのうしろに身を隠そうとしてる。グレーンス警部、おわかりになりませんか？　あなたが恐れていらっしゃることは、もうすでに起きてしまったんですよ」

エーヴェルトは暗い窓の向こうをのぞき込もうとした。自分の姿が見えた。太陽の光が映し出しているのは、なんと言っていいかわからずにいる年老いた男だった。

「手放すことです。前に進んでください。こんな習慣はやめて」

「あいつに会いたいんだ」

スサンヌは外階段を戻り、テラスのドアの取っ手を握った。ドアを閉めようとしたところで、ふと動きを止め、大声で言った。

「もう、ここであなたにお会いしたくはありません」

ヴェストマンナ通り七十九番地のマンションの五階にある一室は、なかなか美しい。古い建物で、広々とした部屋が三つ。天井は高く、木の床はつややかに磨かれている。窓はヴァナディス通りにも面していて、明るい印象だ。

ピート・ホフマンは、キッチンに立っている。冷蔵庫を開け、牛乳の一リットルパックをもうひとつ開けた。

床に横たわって赤いプラスチックのバケツに顔を突っ込んでいる男を見やる。ワルシャワから来たチンピラ、クスリ漬けのコソ泥だ。ニキビ面で、歯はぼろぼろで、ずいぶんと着古した服を着ている。とがった靴先で男の脇腹を蹴《け》ってやると、悪臭を放つそいつはごろりと転がり、ついに吐いた。白い牛乳と、茶色い小さなゴムの塊がいくつも、ズボンの上や、つるりと光る大理石らしいキッチンの床《ナピイ・シエン・クルヴァ》に広がった。

この男には、もっと飲んでもらわなければならない。飲みやがれ。そして、もっと吐け。

ピート・ホフマンはまた男を蹴りつけたが、さきほどよりもその力は弱かった。茶色いゴムの塊が、十グラムのアンフェタミンの入ったカプセルひとつひとつを包み、胃を守っている。たったの一グラムでも、行き着くべきではないところに行き着くことは避けたい。足元に倒れて悪臭を放っているこの男は、昨夜から今朝にかけて一人当たりおよそ二千グラムを運んできた、十五人の運び屋のひとりだ。シフィノウィシチェからヴァヴェル号でスウェーデンに渡り、イースタッドから電車でやってきた彼は、あとの十四人――同じように国境を越え、いまストックホルムのあちこちで吐かされる順番を待っている十四人の存在を、まったく知らない。

ホフマンはずっと、穏やかに話そうと努めていた。そのほうが性に合ってもいる。が、だんだん声のボリュームが上がっていく。ポーランド語で〝飲めってんだよ《ピイ・ド・ホレリ》〟と叫び、チンピラを蹴りつける。とにかくこの牛乳を飲みやがれ、〝ピイ・ド・ホレリ〟、そしてカプセルを吐き出すんだ。買い手がチェックして価値を確かめられるだけの数を吐き出せ。

がりがりに痩《や》せたチンピラは、泣いている。

ズボンやシャツにしみができ、ニキビ面からは血の気がひいて、倒れている床と同じぐらい白くなっている。

ピート・ホフマンは蹴りつけるのをやめた。牛乳の中を泳いでいる茶色い塊をかぞえ、さしあたりこれでじゅうぶんと判断したからだ。ゴムの塊を拾い上げる。球体に近い塊が、二十個。ゴム手袋をはめた手で、キッチンの流し台で洗ってから、指先で潰《つぶ》し、小さなカプセルを二十個取り出して、戸棚から出した皿に並べた。

「牛乳はまだある。ピザもまだ何箱かある。ここにいろ。とにかく飲んで、食って、吐け。残りが出てくるまで」

居間は暑く、空気が淀《よど》んでいた。焦げ茶のオーク材の長いテーブルに向かっている男たちは、厚着しているのと、アドレナリンの分泌量が多すぎるせいで、三人とも汗をかいている。ホフマンはバルコニーに通じるドアを開け、そのままじっと立って、涼しい風が吹き込み、呼吸で使い古された空気が外に放たれるのを待った。

ピート・ホフマンはポーランド語で話した。三人のうち二人がそう望んでいるからだ。そうしなければ、彼らはホフマンの言うことを理解できない。

「まだ千八百グラム残ってる。あとは頼んだ。終わったら金を払ってやれ。四パーセント」

このふたりはよく似ている。四十歳ほどで、高価なのに安っぽく見える濃い色の背広を着ている。頭は剃《そ》っているが、近くに立つと、白髪の混じった一日分の髪が冠のように生えているのがくっきりと見える。目には喜びのかけらもなく、どこか上の空だ。笑顔を浮かべることはめったになく、ましてや笑い声をあげているところなど、おそらく一度も見たことはない。ふたりはホフマンに言われたとおり、床に倒れて嘔《おう》吐《と》している運び屋をさらに吐かせるべく、キッチンへ消えた。だいじな商品だ。取引が失敗したなどとワルシャワに報告するのはごめんだった。

ホフマンはテーブルについている三人目の男のほうを向き、初めてスウェーデン語を口にした。

「ここにカプセルが二十個ある。二百グラムだ。質を確かめるにはじゅうぶんだろう」

そう言って、相手を見つめた。背が高く、金髪で、鍛え抜かれた身体をした男。年齢は三十五歳ほど――自分と同年代だ。黒いジーンズに白いTシャツを着て、指や手首、首のまわりに、シルバーのアクセサリーをじゃらじゃらとつけている。殺人未遂でティーダホルム刑務所に四年、大きな傷害事件をふたつ起こしてマリエフレード刑務所に二十七か月、という経歴の持ち主だ。申し分ない。それなのに、どことなく違和感がある。この買い手は、買い手を装っているだけだ、という気がする。演技をしている。いまひとつ上手《うま》くない演技を。

ピート・ホフマンがじっと見つめる中、男は黒いジーンズのポケットから剃刀《かみそり》を出し、カプセルに縦の切れ目を入れると、中身のにおいを嗅《か》ごうと皿に顔を近づけた。

違和感。まだ、消えない。

とはいえ、ここにいる買い手の男は、ただ単に興奮しているだけなのかもしれない。

あるいは、緊張しているのか。あるいは、真夜中にエリックに電話をかけたときに感じていたことが、やはり正しかったのか。なにかがおかしい、という強い感覚。電話では、うまく説明できなかった。

花の香りがする。チューリップだ。

椅子ふたつを隔てて座っているホフマンにも、その香りははっきりと感じとれた。買い手の男は、白みがかった黄色の塊を細かく刻み、粉状にしてから剃刀に載せて、空のグラスに入れた。水を二十ミリリットル、注射器で吸い上げ、グラスに注いで粉を溶かす。どろりとした透明な液体ができあがった。男は満足げにうなずいた。粉はさっと溶けた。溶液は透明になった。これはアンフェタミンにほかならない。純度の高さも、売り手が約束したとおりだ。

「たしか、ティーダホルムで四年、と言ったな？」

いかにもプロらしく見える。が、違和感は消えなかった。

ピート・ホフマンはカプセルの載った皿を引き寄せ、答えを待った。

「一九九七年から二〇〇〇年まで。結局、三年しかいなかった。刑期が短くなって」

「どの区画だった？」

ホフマンは買い手の顔をうかがった。

顔の筋肉はひきつっていないし、まばたきもない。緊張しているようすはない。

スウェーデン語にかすかな訛《なま》りがある。どこか隣国の訛りだ。おそらく、デンマーク。ひょっとすると、ノルウェーかもしれない。男はいきなり立ち上がると、苛立《いらだ》ったようすで、ホフマンの顔のすぐ前に手を振りかざした。そのしぐさに説得力はあるが、タイミングが遅すぎた。なんとなく、そう感じる。ほんとうなら、もっと早い段階でキレていたはずだ。はじめからこうして、〝この野郎、俺が信用できないっていうのか〟と、顔の前に手を振りかざしてきたはずだ。

「判決の内容、見たんじゃないのか？」

ほら、腹を立てたふりをしているように見える。

「もう一度聞く。どの区画だった？」

「C棟だよ。一九九七年から九九年」

「C棟ね。C棟のどこだ？」

やはり、反応が遅い。

「おまえ、どういうつもりだ？」

「C棟のどこだと聞いている」

「C棟はC棟だ。ティーダホルムでは、区画に番号がついてない」

男は微笑んだ。

ピート・ホフマンは微笑み返した。

「当時、同じ区画にはだれがいた？」

「いいかげんにしろ！」

買い手の声のボリュームが上がる。さらに苛立った声、さらに怒った声を出そうとしている。

ホフマンはそこに、べつの感情を聞きとった。

不安げな声だ。

「どうする？　取引をやめるのか？　売りたいブツがあるから来てくれって言ったのは、そっちじゃなかったか？」

「だれがいた？」

「スコーネ。ミオ。レバノンのヨセフ。ヴィルタネン。伯爵。何人挙げれば気がすむんだ？」

「あとは？」

立ったままだった男は、ホフマンに向かって一歩を踏み出した。

「こんなこと、やってられるか」

男はホフマンに近づき、手をホフマンの顔の前に振りかざした。手首や指のシルバーがぎらりと光った。

「これ以上、名前を挙げてやるつもりはない。もうたくさんだ。取引を続けるかどうかはおまえ次第だぞ」

「レバノンのヨセフは永久国外追放になって、三か月半前にベイルートに降り立ったきり行方不明だ。ヴィルタネンは去年からずっと司法精神科病院暮らし。病気がすっかり慢性化して、まともに話もできない。ミオは……」

高価な背広を着たスキンヘッドのふたりが、大声を耳にしてキッチンの扉を開けた。

ホフマンは片手を上げ、近づくな、とふたりを制した。

「ミオは頭の左うしろを二発撃たれて、ヴェルムドー島、オルステーケットの砂山に埋められた」

いま、この部屋には、外国語を話す人間が三人いる。

ピート・ホフマンは、買い手があたりを見まわしていることに気づいた。逃げ道を探しているのだ。

「レバノンのヨセフ、ヴィルタネン、ミオ。次はスコーネだな。やつはすっかり酒浸りで、自分がティーダホルムにいたのか、それともクムラだったか、ハルだったか、もう思い出せなくなってる。あとは、伯爵か……あいつはヘルネーサンドの拘置所で、シーツで首を吊《つ》ったよ。看守がシーツを切って死体を下ろしたって話だ。以上、あんたの挙げた五人。うまいこと選んだよな。あんたがティーダホルムにいたと証言できるやつはひとりもいないんだから」

濃い色の背広を着た男たちのひとり、マリウシュという名の男が、片手に拳銃《けんじゅう》を握って一歩前に踏み出した。ポーランド製のラドムという黒い拳銃で、マリウシュは新品らしきその銃を買い手の頭に向けた。ピート・ホフマンはマリウシュに向かって叫んだ――「落ち着け《ウスポクイ・シエン・ド・ディアブワ》」。ポーランド語で、「落ち着け」、何度も怒鳴る。マリウシュ、落ち着け、ウスポクイ・シエン・ド・ディアブワ、銃をこめかみに向けたりするな。

親指が安全装置にかかっている。マリウシュは指をゆっくり引くと、笑い声をあげて銃口を下げた。ホフマンはまたスウェーデン語に切り替えて続けた。

「フランク・シュタインは知ってるか？」

買い手を見つめる。侮辱されて腹を立てているはずの目。いまや激怒の色を帯びていてもおかしくない目。

だが、その目には、焦りと恐怖がうかんでいる。シルバーのアクセサリーをじゃらじゃらとつけた腕が、それを隠そうとしている。

「あたりまえだ」

「ほう。だれだ？」

「ティーダホルムのC棟。さっき挙げなかった名前。これで満足か？」

ピート・ホフマンはテーブルの上の携帯電話を手に取った。

「それなら、少し話でもするか？　同じ棟で服役した仲間なんだろ？」

携帯電話を男の顔に向け、警戒の目つきをカメラにおさめると、そらで覚えている番号を押した。ホフマンが写真を送り、ふたたび番号を押しているあいだ、ふたりは黙ったまま互いを見つめていた。

背広姿のふたり、マリウシュとイエジが、興奮したようすで言葉を交わしている。「そっち側に立て《ズ・ドゥルギエイ・ストローニ》」。マリウシュが立ち位置を変え、反対側、買い手の右側に立つ。「もっと頭に近づけろ《ブリージェイ・グウォヴィ》」。さらに近づいて、銃を構え、買い手の右のこめかみに銃口を向ける。

「勘弁してやってくれ。こいつらワルシャワの連中は、ちょっと神経質でね」

やがて、だれかが電話に出た。

ピート・ホフマンは相手と少し話をしてから、携帯電話の画面を掲げてみせた。褐色の長髪をうしろでひとつに束ねた男の写真。若さの失われた顔。

「ほら。フランク・シュタインだ」

ホフマンは買い手の不安げな目をじっと見つめた。買い手はやがて目をそらした。

「これでも……これでもまだ、あんたはこいつを知ってると言い張るのか？」

ホフマンは電話を切り、テーブルの上に置いた。

「こいつらふたりには、スウェーデン語がわからない。いまから言うことは、あんただけに言う」

　さきほど近づいてきて、買い手のどちら側に立つかを話しあい、その頭に銃口を向けているふたりを、ちらりと見やる。

「厄介なことになったたな。あんたが素性を隠しているせいだ。二分やるから、話せ。ほんとうは何者なのか」

「なんの話だ」

「いいかげんにしろ。無駄口を叩《たた》くな。もう手遅れだ。とにかく、ほんとうのことを話せ。いますぐだ。俺は、ここにいるふたりとは考えかたがちがう。あんたを殺したって面倒が増えるだけだと思ってる。死体が金を払ってくれるわけでもない」

　ふたりは、待った。互いを。こめかみの薄い皮膚にラドムの銃口をぐっと押しつけながら、マリウシュが漏らす、単調な舌打ちの音。それをかき消すほどの大きな声を、相手が出すのを、待った。

「それらしい経歴をでっち上げるところまでは、上手《うま》くやったな。だが、それもたったいま崩れた。相手を見くびったからだ。うちの組織は、ポーランドの諜報《ちょうほう》機関のお偉方が中心になってできてる。あんたについての情報はなんでも手に入るんだ。通った学校の名前を尋ねれば、あんたは暗記したとおりの答えを返してくるだろうが、俺は電話ひとつでその答えがほんとうかどうか確かめられる。あんたのお袋さんの名前、あんたの飼い犬が予防接種を受けたかどうか、買い替えたコーヒーメーカーが何色か、なんだっていい。電話を一本かければ、あんたの答えが嘘かほんとうか確かめられるんだ。ついさっきも、そうした。たったの一本、電話をかけただけだ。するとフランク・シュタインは、あんたを知らないと言った。ティーダホルムでいっしょに服役したことなどないと言った。無理もない。あんたはティーダホルムで服役したことなんかないんだから。あの判決は、嘘だ。ここにやってきて、できたてのアンフェタミンを買うふりをするためにでっち上げた、真っ赤な嘘だ。というわけで、もう一度言う。素性を明かせ。そうすれば、場合によっては、このふたりが引き金を引かないよう、説得してやらないこともない。場合によっては」

マリウシュが拳銃のグリップを握りしめている。舌打ちの音がだんだん密になり、大きくなる。ホフマンと買い手の話している内容はわからないまでも、なんらかの破局が近づいていることはわかるのだ。ポーランド語で叫ぶ――「ちくしょう、なにを話してやがる、こいつはいったい何者なんだ」。そして、拳銃の安全装置を解除した。

「わかった」

買い手の男は、迫りくる敵意の壁を感じとった。これからどんな行動に走るか予測のつかない、落ち着きを失った壁を。

「警察《ポリス》だ」

マリウシュとイエジは、スウェーデン語を解さない。

が、〝ポリス〟という言葉に、通訳は要らなかった。

ふたりはまた大声で怒鳴りはじめた。イエジのほうが興奮して、いいから引き金を引け、とマリウシュに叫んでいる。ピート・ホフマンは両手を上げ、ふたりに向かって一歩を踏み出した。

「おまえらは下がれ！」

「こいつ、サツだぞ！」

「俺がなんとかする！」

「もう任せられるか！」

ピート・ホフマンはふたりを止めようとしたが、止められそうにない。頭に銃を突きつけられている男も、そのことを悟った。身体が震え、顔が歪《ゆが》んでいる。

「俺は警察の人間だ、頼む、こいつをどうにかしてくれ！」

イエジの声のボリュームが、少し下がったように聞こえた。冷静と言ってもいいほどの態度で、「もっと近く《プリージェイ》」、男にもっと近づけとマリウシュに指示し、「こっちから《ズ・ドゥルギエイ・スト》だ《ローニ》」、また立ち位置を変えろと告げる。やはりこちら側からこめかみを撃ち抜いたほうがいいだろう、と判断したのだ。

ベッドに横たわったまま過ごす。身体が目覚めを拒み、世界があまりにも遠いところにある、そんな朝だ。

エリック・ウィルソンは湿気のこもった空気を吸い込んだ。開いた窓から室内に入り込んできたジョージア州南部の早朝は、まだ肌寒いが、まもなく暑くなるだろう。昨日よりもさらに暑くなるはずだ。頭上で戯れる大きな天井扇の羽根を目で追ってみたが、やがて涙がうかんできて止《や》めた。昨夜は、一時間ずつ断続的にしか眠れなかった。電話で四回話し、パウラの声に表われた焦りはそのたびに増した。その声に、聞いたことのない響きがあった——いまにも逃げ出したがっているような、焦り、迷い。

ＦＬＥＴＣの広い訓練場から、いつもどおりの音が、しばらく前から聞こえてきている。ということは、もう七時を過ぎているのだろう。スウェーデンは午後。そろそろ終わるころだ。

上半身を起こし、枕に背をあずける。ベッドから窓の外に目を向けると、もうずいぶん前からそこにある朝の光が見えた。昨日、シークレットサービスが大統領を守り、救い出したアスファルトの広場には、だれの姿もなく、見せかけの銃撃のあとの沈黙が反響しているだけだが、数百メートル離れたところ、となりの訓練場には、朝から元気な国境警備隊の連中がいた。軍服めいた制服姿で、そばに着陸した白と緑のヘリコプターに向かって走っている。かぞえてみると、八人いた。彼らはヘリに乗り込み、空へ消えた。

ベッドを離れ、冷たい水でシャワーを浴びると、少し楽になった気がした。昨夜のできごと、恐怖を帯びた会話が、はっきりとよみがえってきた。

手を引いてくれ。

無理ですよ。わかってるでしょう。

下手をすれば、十年から十四年はくらうことになるぞ。

エリック、もしこの取引をやらなかったら、もしここで手を引いたら、もっともらしい理由もなくそんなことをしたら……そのほうがリスクが大きいですよ。命が危なくなるんだから。

エリック・ウィルソンは電話で話をするたびに、商品の引き渡しも代金のやりとりも、自分の後ろ盾なしで実行することはできない、実行するなと、手を替え品を替え説得しようとした。が、無駄に終わった。買い手も売り手も運び屋も、すでにストックホルムに到着してしまっているのだ。

　中止するには遅すぎた。

　急いで朝食をとれば間に合うだろう。ブルーベリーパンケーキに、ベーコン、ふわふわの白い食パン。ブラックコーヒー、そして、《ニューヨーク・タイムズ》。毎朝、同じテーブルにつく。広いレストランの、静かな一角。自分の朝は、自分だけのものにしておくほうがいい。

　パウラのような人物は初めてだった。これほどまでに深く、組織の中に入り込んだ人物。これほどまでに鋭く、抜け目なく、冷静な人物。いま担当しているのは五人だが、パウラはほかの四人を合わせたよりもずっといい。犯罪者にしておくには惜しい人材だ。

　ブラックコーヒーを、もう一杯。それから、部屋へ急いだ。遅刻気味だ。

　開いた窓の外では、白と緑のヘリコプターがうなりながら空中にとどまり、国境警備隊の制服を着た隊員が三人、ヘリの下から伸びたワイヤーにぶら下がっていた。互いに一メートルほどの間隔を置いて、それぞれ地面に向かって下りていく。メキシコ国境付近の危険な地域を想定しているのだろう。これもまた、訓練のひとつ。ここではいつも、訓練ばかりが行なわれている。エリック・ウィルソンは、アメリカ東海岸にあるこの軍事基地に、すでに一週間近く滞在している。欧州の警察官を対象とした、情報収集、潜入捜査、証人保護の研修で、今回のコースはあと二週間ほど続く予定だ。

ウィルソンは窓を閉めた。開けっぱなしにしていると客室清掃係に嫌がられる。みなが勝手に換気をすると、この滞在施設の新型エアコン装置がうまく作動しなくなるのだという。シャツを着替えていると、鏡の中に、金色に近い髪の色をした背の高い中年男性の姿が見えた。本来ならすでに、アメリカ各地の四州の警官たちとともに研修室で一日を過ごすため、この部屋を出ていなければならないところだ。

それでも、彼はじっと立っていた。八時三分。もう終わっているころだろう。

パウラの携帯電話は、机に並んだ五台のうち、いちばん右に置いてある。ほかの四台と同じで、登録されている番号はひとつしかない。

エリック・ウィルソンが質問する間もなかった。

「まずいことになりました」

スヴェン・スンドクヴィストは、刑事捜査部門の長く、暗く、ときにずいぶんと埃《ほこり》っぽい廊下が、いまだに好きになれない。学校を出てからずっと、ここストックホルム市警で働いている。その片隅にある、郵便受けや自動販売機からほど近いオフィスを拠点に、刑法に記されたあらゆる種類の犯罪を捜査してきた。この日の午前、暗く埃っぽい廊下を歩いていた彼は、上司のオフィスの前にさしかかったところで、ふと足を止めた。ドアが開いている。

「エーヴェルト?」

ぎくしゃくと動く大柄な男が、オフィスの壁ぎわで四つん這《ば》いになっている。

スヴェンはドアの枠をそっとノックした。

「エーヴェルト?」

その声は、エーヴェルト・グレーンスの耳に届かなかった。彼はなんの反応も示さず、大きな茶色い段ボール箱の前で、両手両ひざを床についたままだ。スヴェンはふと胸騒ぎを覚えたが、その思いをなんとか振り払った。以前にも一度、この猛々《たけだけ》しい警部が警察本部の床にくずおれているのを見たことがある。いまから一年半前、エーヴェルトは地下階の床に座って、昔の捜査資料らしき書類の束を胸に抱えて、ある二言をゆっくりと、何度も繰り返していたのだ。〝あいつが死んだ〟〝俺が殺した〟。公務員に対する暴行事件を扱った、二十七年前の捜査。若い女性警官が重傷を負い、介護ホームで一生を過ごすことになった。そのあと、捜査資料を読んだスヴェンの目は、この女性警官の名前に釘付《くぎづ》けになった。アンニ・グレーンス。ふたりが結婚していたとは知らなかった。

「エーヴェルト、なにをやってるんだ？」

大きな茶色い段ボール箱に、なにかを詰めている。そこまでは見えた。なにを詰めているのかは見えない。スヴェンはまたドアの枠を叩《たた》いた。オフィスの中は静まり返っている。それなのに、エーヴェルトにはノックの音が聞こえていない。

なんとも奇妙な日々だった。

愛する人を亡くすとだれもがそうするように、エーヴェルトもまた、はじめはその事実を否定し――〝あいつが死んだなんて嘘だ〟――次いで怒りにかられた――〝どうして俺がこんな目に〟。そのあと、次の段階に移ることができずにいた。ほとんどのことに怒りをもって対処する彼は、その怒りの中で立ち止まっていた。が、つい最近、エーヴェルトが悲嘆から立ち直るプロセスが始まったらしい。数週間ほど前のことだ。怒りが少しおさまったように見える。むしろ自分の殻に閉じこもり、物思いにふけっている。以前より無口になった。きっと、以前よりもいろいろと考えているのだろう。

スヴェンはオフィスに足を踏み入れた。その音はエーヴェルトにも聞こえたが、彼は振り返らず、ただ苛立《いらだ》ちを感じるといつもそうするように、大きくため息をついてみせた。なにかがエーヴェルトの心をかき乱す。スヴェンのせいではない。介護ホームを訪れてからずっとだ。いつもなら、あそこに行けば心が安らぐのに、今日はなにかが引っかかってしかたがない。スサンヌ。長いこと、あの介護ホームで働いていて、アンニの面倒をよくみてくれた医学生、いまは研修医になっているスサンヌ。彼女に言われたこと、彼女がみせた拒絶。〝悲しみを習慣にするのはよくありません〟。そりゃあ、裕福な連中の住むリディンゲ島で、二十代半ばの小娘が人生訓を垂れるのは簡単なことだろうよ、と思う。〝あなたが恐れていらっしゃることは、もうすでに起きてしまったんですよ〟。あんな小娘に、孤独のなにがわかるというのか。

介護ホームからの帰り道は、意図していたよりも速いスピードで車を走らせた。警察本部の倉庫にまっすぐ向かい、空の段ボール箱を三つ手に入れると、なぜこんなことをしているのだろうと自分で思いながら、記憶にあるかぎりずっと使っている自分のオフィスへ戻った。そして、自分にとってただひとつ、意味のあるもの——机のうしろの棚と向きあって、しばらくたたずんだ。自ら曲を組み合わせて録音した、シーヴ・マルムクヴィストのカセットテープ。六〇年代のものなのに、いまだ色褪《いろあ》せていない、初期のレコードのジャケット。ある晩、クリファンスタの市民公園で撮った、シーヴの写真。幸せだった時代と結びついたもの、すべて。

そして、荷造りを始めた。中身を新聞紙に包み、段ボール箱を重ねた。

「もう、いない」

エーヴェルト・グレーンスは床に座り、段ボール箱を見つめている。

「いいか、スヴェン？　この女がこの部屋で歌うことは、もう二度とない」

否定、怒り、悲しみ。

スヴェン・スンドクヴィストはエーヴェルトのすぐうしろに立ち、禿《は》げた頭頂を見つめた。頭に浮かぶのは、これまでに何度も繰り返された場面。早朝、深夜、エーヴェルトがオフィスの冴《さ》えない明かりの下で、シーヴ・マルムクヴィストの声に合わせてゆっくりと身体を揺らしているあいだ、待たされたときのこと。たったひとりで立ち、存在しない相手をしっかりと抱きしめて、彼女とダンスをしていたエーヴェルト。あの癇《かん》に障る音楽が、いやになるほど聞かされて口ずさめるようになってしまった歌詞が、そのうち恋しくなるのかもしれない。それは、エーヴェルト・グレーンスとともに働いてきた長い年月の一部にほかならないのだから。

頭に浮かぶこの光景が、そのうち懐かしくなるだろう。

同時に、この光景がついになくなるのかと思うと、笑いがこみあげてきそうだった。エーヴェルトは両腕で松葉杖《まつばづえ》をついて、大人としての年月を歩んできた。片方の腕に、アンニ。もう片方の腕に、シーヴ・マルムクヴィスト。いま、彼はひとりきりで歩きはじめるのだ。床を這っているのはそのせいだろうか。

スヴェンは訪問者用のくたびれたソファーに腰を下ろし、エーヴェルトの作業を見守った。エーヴェルトは最後の箱を持ち上げると、部屋の隅に積んである二箱の上に載せ、苦心しながらていねいにテープで封をした。汗をかき、一心不乱に働いている。段ボール箱を押し、狙った位置にきっちりと収めようとしている。いったいどういう心境なんだ、とスヴェンは聞きたかったが、黙っていた。聞いてはいけないような気がした。聞くのは、思いやりを見せているようで、実は自分のためでしかない。エーヴェルトがいまやっていることこそ、じゅうぶんな答えだ。彼は、前に進もうとしている。たとえ、自分では意識していないとしても。

「どうしたんですか?」

彼女は、ノックもせずに、そう言った。

まっすぐにオフィスに入ってくると、はたと立ち止まった。音楽が鳴っていないことと、机のうしろの棚が空洞になっていることに気づいたのだ。

「警部？　いったいなにをしたんですか？」

マリアナ・ヘルマンソンはスヴェンを見やった。スヴェンはまず、棚の空洞を見やってうなずき、それから重なった段ボール三箱に向かってうなずいた。これまで、ヘルマンソンがこの部屋に来ると、かならず音楽が鳴り響いていた。過去の音楽。シーヴ・マルムクヴィスト。あの音楽がないと、この部屋に来たという感じがしない。

「警部……」

「なにか用か？」

「なにをなさったのか知りたいんです」

「もういないんだ」

ヘルマンソンはがらんと空いた棚に近寄った。まっすぐな埃の跡に指を走らせる。カセットテープ、プレーヤー、スピーカー、シーヴ・マルムクヴィストの白黒写真、すべてが長いあいだ、ずっと同じ場所に置かれていたのだ。

彼女は綿ぼこりを引き寄せ、手の中に隠した。

「もういない？」

「ああ」

「だれがですか？」

「あの女が」

「だれですか？　アンニさん？　シーヴ・マルムクヴィスト？」

エーヴェルトは初めて振り返り、ヘルマンソンを見つめた。

「なにか用でもあるのか、ヘルマンソン？」

彼はまだ、床に座ったままだ。段ボール箱と壁にもたれて座っている。いままで一年半近く、彼はずっと悲嘆に沈み、破綻《はたん》と狂気のあいだをさまよってきた。ヘルマンソンはそのあいだ、どうにもいたたまれず、何度も彼に苛立ちをぶつけ、そのたびに許しを乞《こ》うた。もうあきらめてしまおうか、ぼろぼろになった人間の果てしない苦悶《くもん》を見なくてすむよう、いっそこの仕事を辞めてしまおうか、とまで考えた。きっとこの人はいつか白旗を上げ、完全に壊れてしまう、倒れたまま起き上がれなくなる——そんなふうに思いはじめていた。が、いまのエーヴェルトの顔を見ると、苦しみの中にひたむきさのようなものがのぞいているのがわかった。長いあいだ、どこかべつの場所に置き去りになっていた意志の強さが、そこに表われていた。

段ボール箱が、数箱。大きな空洞のできた棚。そんなものを見て、彼女は意外にもほっとしていた。

「はい。用はあります。たったいま、通報が入りました。住所は、ヴェストマンナ通り七十九番地」

エーヴェルトは耳を傾けている。ヘルマンソンはそのことを感じとった。忘れかけていたあの真剣さで、じっと耳を傾けている。

「殺しです」

ピート・ホフマンは美しいマンションの大きな窓から外を眺めた。ストックホルム市内のべつの地区にあるべつのマンションだが、よく似ていると言っていいだろう。どちらも三部屋で、ていねいにリフォームされ、天井は高く、壁は白い。が、このマンションの磨き込まれた木の床に、買い手となるはずだった男は倒れていない。片方のこめかみに大きな穴をひとつ、もう片方のこめかみにふたつ穴をあけて倒れている男など、ひとりもいない。

建物の外の広い歩道に、華やかに着飾った男女が何人か集まっている。大きな劇場の昼公演に向かうのだ。期待に胸を躍らせている。演目は、賑《にぎ》やかなドタバタ喜劇。舞台の上で、役者たちがドアを出入りしては、セリフを大声で叫んでいく。

ホフマンはときおり、歩道を行く彼らのような人生に憧《あこが》れる。シンプルな日常。ごくふつうの人々が集まって、ごくふつうのことをする、それだけの日々。

盛装して芝居を楽しみにしている人々から目をそらし、ヴァーサ通りとクング橋のどちらも見渡せる窓辺を離れて、マンションの広い部屋を横切った。彼のオフィスだ。

古風な机に、鍵《かぎ》のかかった銃保管庫がふたつ、最近よく燃えるようになった暖炉。最後の運び屋がキッチンで吐いているのが聞こえる。もうずいぶん長いこと吐きつづけている。まだ慣れていないせいだ——同じ旅を何度か繰り返さなければ、慣れることはできないから。ホフマンがキッチンへ向かうと、イエジとマリウシュは黄色いビニール手袋をはめて流し台のそばに立ち、茶色いゴムの塊をひとつずつ拾い上げていた。床に置かれたバケツふたつに、若い女が牛乳などといっしょに吐き出したものだ。この女こそ、十五人目の運び屋、最後のひとりだった。最初のひとりはヴェストマンナ通りで吐かせたが、あとの十四人はここで吐かせるしかなくなった。ホフマンにとってはいやな展開だった。このオフィスは彼を守る盾、彼の隠れ蓑《みの》だ。クスリもポーランド人もここからは遠ざけておきたかった。が、時間がなかったのだ。最悪の事態だった。人間の頭を撃ち抜いてしまったのだから。ホフマンはマリウシュをじっと見つめた。高価な背広を着たこのスキンヘッドの男は、つい数時間前に人を殺したというのに、そんなそぶりをいっさい見せない。思っていることが顔や態度に出ない性分なのか、それとも単にプロだからなのか。マリウシュのことは恐れていないし、イエジも怖くはないが、こいつらの過激さは侮れない、と思う。もし自分が、このふたりに不安を抱かせるようなこと、忠誠を疑われるようなことをしていたら、さきほど放たれた銃弾があの男ではなく、自分の頭を貫いていてもおかしくはなかっただろう。

怒りが苛立《いらだ》ちを追いかけ、苛立ちが不安を追いかけて、身体の中を駆けめぐる。じっと立っていることが難しい。

自分は、あの場にいた。止められなかった。

あれを止めようとすれば、自分が死ぬ。

だから、べつの男が代わりに死んだ。

目の前にいる若い女は、すべて吐き出したようだ。この女のことはよく知らない。今回が初対面だ。知っているのは、女がイリナという名前で、グダンスク出身で、二十二歳の学生で、どんなに大きな危険を冒しているか自分でわかっていない、ということだけで、知識としてはそれでじゅうぶんだった。完璧《かんぺき》な運び屋。自分たちが探しているのは、まさにこういう種類の人間だ。

もちろん、ほかの種類の連中もいる。たとえば、数千人単位で大都市の郊外に溜《た》まっているクスリ漬けの連中。ここにいるイリナが受け取るよりもさらに少ない額で、自分の身体を輸送用コンテナとして喜んで差し出す。が、クスリ漬けの連中はもうなるべく使わないと決めた。やつらは信用ならない。しばしば、目的地に着くはるか前に、自分で勝手に吐き出してしまうのだ。

ホフマンの中にある、怒り、苛立ち、不安。いや、もっとたくさんの感情が、思いがある。

作戦とはいえなかった。自分の知らないあいだに、商品を運び込む手配が済んでいたのだから。

なんの結果も出せなかった。本来なら、ポーランド人のふたりはもうワルシャワに戻り、さらなるビジネスパートナーをあぶり出す道具となってくれているはずだった。

取引にもならなかった。運び屋を十五人迎え入れたのは無駄だったわけだ。以前にも使ったことのある経験者の十人には、カプセルを一人当たり二百個、新人の五人には百五十個を飲ませた。合計で二十七キロを超える量の、製造したてのアンフェタミン。街で売るために薄めれば、販売量は八十一キロ。これが、一グラム当たり百五十クローナで売れる。

だが、後ろ盾がなければ作戦にはならない。なんの結果も出せず、取引すらも失敗した。

ただ、知らないあいだに商品が運ばれてきて、人がひとり死んで終わっただけだ。

ピート・ホフマンは、真っ青な顔をしたイリナという若い女に向かってうなずいてみせた。金は朝からずっと、あらかじめ束にしてまとめた状態で、ズボンのポケットに入れてある。彼は最後の束を引っ張り出すと、札をぱらぱらとめくり、約束どおりの額であることをイリナに見せた。彼女は新人だから、組織の要求に適うほどのキャパシティーはまだなく、この初めての旅で運んだ量は千五百グラムだけだ。売るときには三倍に薄めるので、六十七万五千クローナ分の商品を運んできたことになる。

「おまえの取り分は四パーセントだ。二万七千クローナ。だが、それでは半端だから、切り上げて三千ユーロやる。次回はもっと飲み込めば、もっと稼げる。ブツを運ぶごとに、胃が少しずつ大きくなるから」

イリナは美しい女だ——真っ青な顔をして、髪の生えぎわに汗をにじませていても。スウェーデンの三部屋あるマンションで、床にひざをついて、数時間にわたって嘔吐《おうと》を続けたばかりであっても。

「帰りの切符をください」

ピート・ホフマンがイエジに向かってうなずくと、イエジは濃い色の背広の内ポケットから切符を二枚出した。ストックホルムからイースタッドへ向かう電車の切符と、イースタッドからシフィノウイシチェへ向かうフェリーのチケットだ。イリナに差し出す。彼女が受け取ろうとした瞬間、イエジは手を引っ込めて微笑んだ。しばらく待ってから、ふたたび切符を差し出す。彼女がまた手を伸ばし、イエジはまた手を引っ込めた。

「いいかげんにしろ、当然の報酬だろう！」

ホフマンはイエジの手から切符をひったくり、イリナに渡した。

「また連絡する。おまえに仕事を頼む時が来たら」

怒り、苛立ち、不安。

ストックホルムの一警備会社のオフィスということになっているこのマンションに、三人だけが残された。

「この取引は、俺が仕切っていたんだ」

ピート・ホフマンは、その日の午前中に人をひとり射殺した男に向かって、一歩を踏み出した。

「この国の言葉を話せるのは俺で、命令を下すのも俺だ」

怒り、という言葉では足りない。激しい憤怒。銃声が響いたあのときから、ずっと自分の内に抱えていた。まずは運び屋たちの世話をして、吐かせて、商品を確保しなければならなかったから。いま、ようやく身体の外に放つことができる。

「人を撃つなら、俺の命令でやってもらう。俺が命令した場合だけだ」

この激しい怒りがどこから来るのか、なぜこれほどまでに強く怒りを感じるのか、よくわからない。ビジネスパートナーを特定できなかったから、失望しているのか。自分と同じ任務を負っていたらしい男が、無駄死にさせられたことへの苛立ちなのか。

「だいたい、さっきの銃はどこにやった？」

マリウシュは自分の胸を指差した。上着の内ポケットだ。

「おまえは人をひとり殺した。終身刑になってもおかしくない。なのに、その凶器をまだ内ポケットに入れているだと？　おまえ、馬鹿か？」

ホフマンを苦しめているのは、激しい怒りだけではなかった。〝ほんとうなら、おまえたちはいまごろ、報告のためにポーランドへ戻っているはずだったのに〟。そこには恐怖も同じくらい含まれていて、彼はその感情をなんとか押しのけると、内ポケットを指差してへらへら笑っている男に近づき、顔を寄せた。〝役を演じ切れ〟。結局、それがすべてだ。力を誇示し、侮れない相手だと思わせること。手に入れたものは、けっして手放さないこと。〝役を演じ切るか、死ぬか、ふたつにひとつだ〟

「だって、サツだったんだろう？」

「どうしてわかる？」

「本人がそう言ったじゃないか」

「おまえ、いつからスウェーデン語がわかるようになった？」

ホフマンはゆっくりと息をついた。苛立ちと疲れを態度で示しながら、キッチンの丸テーブルに置かれた金属の器に向かう。吐き出され、きれいに洗われたカプセルが、二千七百五十個入っている。純粋なアンフェタミン、約二十七キロだ。

「〝ポリス〟と言ってた。聞こえたんだ。あんたにも聞こえただろう」

ホフマンは相手のほうを見ずに答えた。

「ワルシャワでの打ち合わせには、おまえも来てただろう。だったら、ルールはわかってたはずだ。俺が最後まで仕切るってことを。俺ひとりが仕切るんだってことを」

クルーノベリ地区の警察本部から、ヴァーサスタン地区への短い移動のあいだ、彼は座り心地の悪さを感じていた。具体的に言えば、尻《しり》の下になにかある。マリアナ・ヘルマンソンがハンドルを切ってヴェストマンナ通りに入り、車が七十九番地に近づいていくあいだに、彼は重い身体をほんの少し持ち上げ、座席を手探りした。カセットテープが二本。シーヴ・マルムクヴィストの曲を集めたものだ。プラスチックケースをつかむと、段ボール箱に入れるべきだったのに忘れていた音楽を見つめる。それから、助手席の前の小物入れに目をやった。あそこにも二本、カセットテープが入っている。彼は身をかがめると、カセットテープを助手席の下、できるかぎり奥に突っ込んだ。持ち帰るのを忘れては困るが、そばに置いておくのも気が進まない。段ボール箱に詰めて封をしておくはずだった、べつの人生の断片。ここにあるのが、最後の四つだ。

エーヴェルト・グレーンスは、後部座席に座ることを、自ら選んだ。かける音楽はもうないし、ひっきりなしに呼びかけてくる無線機に耳を傾ける気にも、応答する気にもなれない。それに、スヴェンやエーヴェルトよりもヘルマンソンのほうがずっと、首都の混みあった道路での運転に長《た》けている。

窮屈な状態だった。パトカーが三台と、鑑識班が乗ってきた紺のフォルクスワーゲンのワゴン車が、ずらりと並んだ住人たちの車の脇に二重駐車されている。ヘルマンソンは車のスピードを落とし、歩道に乗り上げると、入口の前、見張り役の制服警官ふたりのそばで停止した。ふたりはどちらも若く、顔色が悪い。手前に立っているほうが駆け寄ってきた。彼から見たこの車は、男二人と女一人を乗せた赤い車でしかない。ヘルマンソンはすぐさま彼の意図を察し、窓ガラスをノックされそうになるのと同時に窓を開け、警察の身分証を掲げてみせた。

「刑事です。三人とも」

制服警官に向かって微笑みかける。彼は若く見えるだけではなく、実際、ヘルマンソンよりもかなり年下のようだ。勤めはじめたばかりなのだろう。そうでなければ、エーヴェルト・グレーンスの顔を知らないはずがない。

「最初に駆けつけたのはあなたたち？」

「はい」

「通報はだれから？」

「県警の無線連絡センターの話だと、名乗らなかったそうですが」

「殺しだって聞いたけど、あなたたちがそう言ったの？」

「殺しのようだとは言いました。上がってみればわかりますよ」

五階に上がると、エレベーターからいちばん遠いドアが開いていた。ここでも制服警官が見張りをしている。さきほどよりももっと年上で、もっと長いこと勤めている警官。こちらの顔も知っていて、スヴェン・スンドクヴィストに向かって会釈している。ヘルマンソンはスヴェンの二歩うしろを歩きながら、身分証を見せる準備を整えた。自分はこれから、近しい同僚以外にも顔を覚えてもらえるほど、ひとつの職場に長くとどまることがあるのだろうか、と考える。なんとなく、そうはならない気がする。自分がそういうタイプとは思えない。

ふたりは白衣をはおり、透明な靴カバーをつけて室内に入った。エーヴェルトはのろのろと上下するエレベーターに乗ると言って聞かなかった。もうすぐ来るはずだ。かなり狭い玄関に、幅の狭い簡素なベッドだけが置かれた寝室、緑色の美しい戸棚の並ぶキッチン。書斎の机は使われているようすがなく、本棚はがらんとしている。

残るは、あと一部屋。

ふたりは顔を見合わせてから中に入った。

居間には、オーク材の大きな長方形の食卓と、そろいの椅子があるだけで、ほかにはひとつも家具がなかった。六脚の椅子のうち四脚が寄りあうように置いてあり、五脚目は少し離れたところでななめになっていて、座っていた人が急に席を立ったあとのように見える。六脚目は、床に倒れている。ずしりと重い椅子なのに、どういうわけか横倒しになっているのだ。ふたりはその理由を突き止めようと近寄った。

まず目に入ったのは、カーペットの黒ずんだしみだった。

かなり大きなしみだ。色は褐色に近く、いびつな形をしている。直径はおそらく、四、五十センチほどだろう。

まもなく、頭も見えた。

しみの中央に載っていて、まるで浮かんでいるようだ。男性で、まだずいぶん若いように見える。顔がめちゃくちゃになっているから断定はできないが、屈強そうな体つきで、年配の男性が身につけるとは思えない服を着ている。黒いブーツに、黒いジーンズ、白いTシャツ。首にも手首にも指にも、シルバーのアクセサリーがじゃらじゃらとついている。

スヴェン・スンドクヴィストは、男が右手で握っている拳銃《けんじゅう》に目を向け、そこに意識を集中した。

拳銃をじっと見つめつづけて、ほかのものをすべて切り離すことができれば、死を——自分にはけっして理解できない、この醜悪な死というものを、目の当たりにしなくてすむかもしれない。

拳銃は黒光りしている。九ミリ口径で、犯罪現場で目にすることのあまりないメーカーのもの——ポーランド製のラドムだ。スヴェンは身をかがめてその銃に顔を近づけた。そうすることによって、身体から流れ出した生命、高価なカーペットに褐色のしみをつくった生命から遠ざかった。スライドが排莢時《はいきょう》の位置で止まっているらしく、中の銃弾がはっきり見える。彼はさらに、銃身やグリップ、安全装置を観察した。とにかく視線を据えられる対象を探した。なんでもいい。死でなければ。

離れたところに、ニルス・クランツがいる。若い部下をふたり従えている。三人の鑑識官たちは協力しあって、部屋じゅうを隅々まで探っていた。ひとりがビデオカメラを構え、白い壁紙についたなにかを撮影している。スヴェンは大きく一歩を踏み出して死体の頭から遠ざかり、カメラが見ているものに目を向けた。なにかが変色したような、小さな跡だ。生気のない目からじゅうぶんに離れた、無害なもの。

「この死体には、射入口がひとつある。頭を一発撃たれたんだ」

ニルス・クランツがいつのまにか、カメラを構えた鑑識官のうしろに立ち、スヴェンに耳打ちしてきた。

「だが、射出口はふたつある」

壁紙とその変色部分を見ていたスヴェンは、年配の鑑識官クランツに問いかけるような視線を向けた。

「射入口は、射出口ふたつを合わせたよりも大きい。発射時の圧力が直接かかったせいだ」

スヴェンにはクランツの声がちゃんと聞こえている。が、言っている内容はよくわからず、知りたくもないので質問もせず、壁の変色部分を差したクランツの指先を目で追った。

「ちなみに、たったいまビデオカメラで撮影していたこれ、いまきみが見ているこれは、あの死体の一部だよ。脳の組織だ」

スヴェン・スンドクヴィストはゆっくりと息をついた。死から目をそむけたくて、壁紙の変色部分に注目したのに、またもや死が襲いかかってきた。それも、これ以上具体的になりようのない形で。目を伏せる。エーヴェルトが部屋に入ってきたのがわかった。

「スヴェン？」

「ん？」

「下に行って、最初に駆けつけた連中から話を聞いたほうがいいんじゃないのか？この建物の住人の聞き込みもしなきゃならんだろう。とにかく、ここじゃないところにいる連中から話を聞いてこい」

スヴェンはありがたいと思いながらエーヴェルトを見やり、カーペットの黒ずんだしみや壁の変色部分をそそくさと離れた。エーヴェルトは死体に近づいてしゃがみ込んだ。

彼らは、権力のありかを確認しあった。これからもまた、何度も同じように確かめあうのだろう。そして、彼は、つねに勝たなければならない。

役を演じ切るか、死ぬか、ふたつにひとつだ。

彼はマリウシュとイエジのあいだに立って、ホフマン・セキュリティー社のキッチンの丸テーブルに向かい、アンフェタミンのカプセル二千七百五十個の中身をあけている。ポーランド、シェドルツェの工場から運ばれてきたばかりの商品だ。医療用の白いビニール手袋をはめて、中身が漏れた場合に運び屋の胃を守る茶色いゴムをつまみ取り、それからカプセルの真ん中にナイフで切り込みを入れて、大きなガラスのボウルに粉を落とす。これをブドウ糖と混ぜて薄めるのだ。ポーランド東部で製造されたアンフェタミン一に対し、オーデン通りのスーパーで買ったブドウ糖を、二の割合で。二十七キロの純粋な覚せい剤は、こうして八十一キロになり、街で売ることのできる商品となった。

ピート・ホフマンは家庭用のはかりに銀色の容器を置き、薄めたアンフェタミンをきっかり千グラム入れた。アルミホイルで粉をそっと覆い、角砂糖のように見えるものをその上に置く。固形燃料だ。マッチを近づけ、白く四角い燃料が燃えはじめると、容器のふたをしっかりと閉める。まもなく酸素がなくなり、炎が消えると、アンフェタミン一キロの真空パックができあがった。

彼はこの作業を、容器ひとつずつ、八十一回繰り返した。

「ガソリンは?」

イエジがホワイトガソリンのボトルを開けると、アンフェタミンの入った容器のふたや側面に注ぎかけ、脱脂綿でまんべんなくこすりつけた。ふたたびマッチをつける。青みがかった炎がぼっと燃え上がった。十秒後、イエジは雑巾《ぞうきん》を使って火を消した。

これで、指紋がすべて消えた。

血のしみは、廊下の壁についたものがいちばん小さく、広い居間の反対側の壁ではもう少し大きくなり、食卓についたしみはさらに大きく、倒れた椅子のまわりの床でいちばん大きくなっているようだった。色もまた、死体に近づくにつれて黒ずんで濃くなり、生命を失った頭の載ったカーペットの大きなしみが、いちばん濃い色をしていた。

エーヴェルト・グレーンスは、倒れている男が急にささやきかけてきても聞こえそうなほど、近くに座っている。この死からは、なにも感じない。名前すらない死だ。

「エーヴェルト、ほら、ここが射入口だ」

ビデオカメラであたりを撮影し、写真を撮り、床に手とひざをついて這《は》いまわっていたニルス・クランツは、エーヴェルト・グレーンスが信頼を寄せる数少ない専門家のひとりだ。この男が、さっさと適当な答えを出して一時間でも早く帰ってテレビを見よう、などと考える人間でないことは、これまでの経験でじゅうぶんにわかっている。

「拳銃《けんじゅう》を頭に強く押しつけたんだな。だから、銃口からこめかみに、発射時のすさまじい圧力がかかった。ほら、見えるだろう。顔の側面が半分ほど吹っ飛ばされている」

死体の顔色はすでに灰色に近く、目はうつろだ。まっすぐに結ばれた口は、もう二度と言葉を発しない。

「わからんな。射入口がひとつなのに、射出口がふたつ？」

クランツは頭の右側にあいたテニスボール大の穴に手をかざした。

「三十年この仕事をやっているが、こういうケースはかぞえるほどしかお目にかかっていない。が、まあ、あり得ることなんだ。解剖すればはっきりする。銃弾は一発だけだ。まちがいない」

そしてエーヴェルトの白衣の袖《そで》を引っ張った。意気込んだような声になっている。

「こめかみに、一発。半分が鉛、半分がチタンのソフトポイント弾だ。それが頭蓋骨《ずがいこつ》に当たってふたつに割れた」

クランツは立ち上がると、片手を上げた。古い建物で、天井の高さは三メートル二十センチある。細かいひびが少々入っているだけで、状態はいい――クランツが指差した先を除けば。そこだけは、白く塗られた天井に、深い亀裂が走っていた。

「銃弾の半分が、あそこから出てきたよ」

硬い金属を指先で慎重に掻《か》き出したときに、コンクリートの細かい破片が落ちたのだ。

そこから少し離れたところでは、やわらかな木の板にもっと大きな傷が入っていた。

「あとの半分はここに埋まっていた。つまり、キッチンへのドアは閉まっていたということになる」

「どうもわからんな、ニルス」

エーヴェルトはまだ、穴のあいた頭のそばに座り込んでいる。

「殺しだと言われてここに来た。だがな、こうして見ると……自殺でもおかしくないんじゃないか？」

「そう見せかけようとしたんだよ」

「というと？」

クランツは拳銃を握った手のそばに立った。

「偽装だと思う。だれかがこいつを撃って、そのあとに拳銃を握らせたんだろう」

そして廊下へ姿を消すと、黒い鞄《かばん》を持ってすぐに戻ってきた。

「念のため確かめるよ。射撃残渣《ざんさ》を調べる。それではっきりする」

エーヴェルトは頭の中で計算した。ヘルマンソンを見やると、彼女も同じことをしているようだった。

通報があってから、一時間四十五分。まだ、じゅうぶん間に合う。この死体にはまだ、異物の粒子がさほど付着してはいないだろうから、射撃残渣のテストが無効になることはない。

クランツは鞄を開けると、指紋採取用のテープを一ロール取り出し、テープを死体の手、とりわけ人差し指と親指のあいだに何度か押しつけた。それからキッチンに移動し、流し台のそばに用意してあった顕微鏡に向かう。スライドガラスの上にテープを載せ、接眼レンズを通して観察した。

数秒ですんだ。

「火薬の跡はなし」

「おまえの言ったとおりってことか」

「拳銃を握っているこの手はつまり、引き金を引いてはいない」

クランツは振り返って続けた。

「他殺だよ、エーヴェルト」

彼は左手を右肩に近づけると、肩にかかった圧力がやわらぐまで革ベルトを引っ張り、ホルスターを手に取った。開けて、九ミリ口径の拳銃、ラドムを取り出す。弾倉をはずすと、最後の銃弾を弾倉にこめた。こうして十四弾すべてが収まった。

ピート・ホフマンはしばらくのあいだ、じっとその場に立っていた。自分の息遣いがはっきりと聞こえた。

いま、ヴァーサ通りとクング橋を望むこのマンションには、彼ひとりしかいない。十五人目の運び屋はもう数時間ほど前に、南へ向かう電車に乗り込んだし、マリウシュとイエジもついさきほど、同じく南に向けて車で出発した。

長い一日だった。それなのに、まだ夜にもなっていない。当分は眠れないだろう。

机のうしろに、銃保管庫がふたつ置いてある。どちらも同じ形で、高さ、幅ともに一メートル強。小さな上段は空で、大きな下段にライフルが一挺《ちょう》入っている。ホフマンは片方の保管庫の上段に拳銃を置き、フルに弾をこめた弾倉をもう片方の保管庫の上段に置いた。

マンションを横切って歩く。ここは一昨年《おととし》から、ホフマン・セキュリティー株式会社の事務所として使っている。親会社であるヴォイテク・セキュリティー・インターナショナル社が、数多く所有している子会社のひとつだ。ホフマンはそのほとんどに行ったことがあり、とりわけ北欧各地の子会社――ヘルシンキ、コペンハーゲン、オスロは何度も訪問している。

白いマントルピースに濃い色のレンガをあしらった、美しい暖炉。これと似たような暖炉を、ソフィアが昔から自宅に欲しいと思っていることを、彼は知っている。かごの底に残った小ぶりの乾いた薪《まき》をわしづかみにすると、それに火をつけ、その上に置いたもっと大きく太い薪が燃えだすのを待ってから、服を脱いだ。ジャケット、ズボン、シャツ、下着、靴下が、黄色に近いオレンジ色の炎の中に消えた。イエジとマリウシュの服もどさりと投げ込む。炎は赤みを帯びて力強く燃えている。ホフマンは裸でその前に立ち、心地よい熱を楽しみながら、服がおおかた燃えてしまうまで待った。ここまで燃えたら、バスルームに入ってドアを閉めても大丈夫だろう。最悪の一日を、シャワーで洗い流したい。

ひとりの人間が、頭を撃ち抜かれた。

あの男も、自分と同じ任務を負っていたようだが、経歴をでっち上げるうえで、自分よりも詰めが甘かった。

温度を調節するつまみを回すと、熱い湯が肌を打った。そうして、熱さのあまり痛みを感じるぎりぎりの線まで温度を上げたが、しばらく我慢していると、身体の感覚がだんだん麻痺《まひ》してきて、奇妙な穏やかさに包まれた。

こんな生活を始めてから、もうかなりの時が経つ。ときおり、自分が何者なのかを忘れてしまうことがある。夫としての、父親としての生活、近所の人たちと同じように、芝生や花壇の手入れにいそしんで暮らす一軒家での生活と、それとはまったくべつの人間としての生活が交ざりあってしまうことに、彼は恐怖を感じていた。

ヒューゴーと、ラスムス。

四時過ぎに迎えに行くと約束している。ホフマンは湯を止め、鏡の脇の棚から新しいバスタオルを出した。もう四時半近い。彼は事務所へ急ぐと、火が消えかかっていることを確かめ、クローゼットを開けて白いシャツ、グレーのジャケット、着古したジーンズを選んだ。

《六十秒以内に玄関を出て、鍵《かぎ》をかけてください》

彼はびくりとした。玄関脇で、防犯アラームの六桁《けた》の暗証番号を正しく押した瞬間に流れるこの電子音声には、一生慣れないだろうと思う。

《あと五十秒でアラームが作動します》

すぐにワルシャワと連絡を取ろう。本来なら、もうすでに連絡を取っているべきなのだが、あえて待った。まずは商品がすべて無事に運ばれてきたことを確認したかった。

《あと四十秒でアラームが作動します》

ホフマン・セキュリティー株式会社の玄関で、格子柵《さく》と厚い扉に鍵をかける。警備会社。これが組織のやりかただ。これが東欧のマフィアのやりかただ。ホフマンは昨年訪れたサンクトペテルブルクを思い出した。あの街には、KGBなどの諜報《ちょうほう》機関の元職員が立ち上げた警備会社が、ざっと八百社ほどある。表向きこそ異なれど、やっていることはみな同じだ。

階段を下りている途中で、二台ある携帯電話の片方が鳴った。

たったひとりしか番号を知らない携帯電話。

「ちょっと待ってください」

ヴァーサ通りの少し離れたところに車を停めてある。ドアを開けて乗り込み、盗み聞きされる危険がなくなってから会話を続けた。

「もしもし?」

「僕の助けが要るんだろう」

「それは昨日の話です」

「帰国を早めたよ。明日にはストックホルムに着く。十一時に五番で会おう。その前に、きみも飛行機に乗る必要があると思う。きみの信用のために」

死人の頭にあいた大きな穴は、少し離れたところから見るとさらに大きく見えた。
エーヴェルト・グレーンスはニルス・クランツのあとを追ってキッチンに入ったが、しばらくすると向きを変え、横倒しになった椅子のそばに倒れた男、頭の右側に弾痕《だんこん》をひとつ、左側にふたつつけた男を、じっと見つめた。床に倒れたこの男が生きてきた年月と同じくらい長いあいだ、さまざまな殺人事件の捜査に携わってきたエーヴェルトは、ひとつの真実を学んでいた——死というものは、どれも唯一無二である。それぞれに歴史が、経過が、続きがある。だから毎回、見たことのないものに遭遇する。そ死体のうつろな瞳《ひとみ》に近寄ると、この目は自分の行くべきでない方向を見ている、と感じる。

この死は、いったいどこで終わるのだろう？　この目はなにを見たのだろう？　どこに続いていくのだろう？

「どうした、説明は要らないのか？」

キッチンの床にしゃがみこんだクランツは、待ちぼうけをくらっていた。

「要らないのなら、べつにかまわん。私も忙しいんだ」

大理石の床のつなぎ目を指している。エーヴェルトは、いや、聴いている、とうなずいてみせた。

「ここのしみなんだが。見えるか？」

白っぽい、いびつな形の痕《あと》が見える。

「胃の中身だよ。まだ十二時間も経っていない。これと同じようなしみが、このあたりにいくつも残っていた」

クランツはそう言いながら、空中で円を描いてみせた。

「中身はどれも同じだ。食物と、胆汁。だが、もっと興味をひかれるものも見つかった。ゴムのかけらだ」

いびつな形をした白いしみは、エーヴェルトが顔を近づけてみると、少なくとも三か所に散見された。

「ゴムは部分的に腐食していた。おそらく、胃酸のせいだ」

クランツは顔を上げた。

「嘔吐物《おうと》の中にゴムが見つかった。その意味はわかるな？」

エーヴェルトは大きなため息をついた。

ゴムの意味するところは、人間コンテナだ。人間コンテナ、すなわち、クスリの運び屋。クスリの取引にかかわる場所で人が死んでいるのだから、クスリが絡んだ殺人事件ということになる。そして、クスリが絡んだ殺人事件は、かならずといえるほど捜査が難航する。大量の時間、資金、人員が費やされることになる。

「クスリを飲み込んで来た運び屋が、このキッチンに、まさにこの場所にいたということだ」

エーヴェルトは居間のほうを向いた。

「じゃあ、あの男は？　あの男についてはなにがわかった？」

「なにもわからん」

「なにも？」

「いまのところはな。あんたも仕事しろよ、エーヴェルト」

エーヴェルトは居間に入り、もう存在しない男に近寄った。警官がふたりがかりで男の腕と脚をつかみ、持ち上げて黒いゴム袋に入れている。なかなか閉まらないファスナーをなんとか引き上げ、金属製のキャスター付き簡易ベッドに袋を載せ、それを押して狭い玄関をぎりぎり通っていくのを、エーヴェルトはじっと見守った。

ヴァーサ通りを離れ、南へ向かう高速道路に入ってスルッセン付近まで来たところで、渋滞に巻き込まれた。時刻は五時に近づいている。保育園へ迎えに行く約束の時間から、すでに一時間近くが過ぎていた。

ピート・ホフマンは運転席に座ったまま、ストレスと、暑さと、自分にはどうすることもできない夕方の混雑への苛立《いらだ》ちを、なんとか振り払おうとした。道路の先は目の届くかぎり、トンネルの中までずらりと、動かない車の列で三車線が埋まっている。いつもなら、都会の喧噪《けんそう》にささくれ立つ気持ちを抑えるために、指先で触れるとたまらないほどすべらかなソフィアの顔を、ひとりで自転車に乗れたときのヒューゴーの瞳を、寝ぐせだらけの髪にローズヒップのスープや薄めたオレンジジュースをつけているラスムスの姿を思い浮かべる。が、今日はその手が効かない。〝当時、同じ区画にはだれがいた？〟。愛する人の姿を思い浮かべると、その奥に、ヴェストマンナ通りのマンションで人がひとり死んだ、あの取引の場面が見え隠れする。〝スコーネ。ミオ。レバノンのヨセフ。ヴィルタネン。伯爵。何人挙げれば気がすむんだ？〟。自分と同じ任務を負った、もうひとりの潜入者。〃あとは？〃。自分の目の前に座っていた、自分よりも演技の下手だった、もうひとりの潜入者。〃あとは？〃。でっち上げの経歴がどんなふうに作られ、どんな体裁をしているものか、真実を暴くにはどんな質問をすればいいか、ほかならぬ自分こそがだれよりも知っている。自分も、あの男も、それぞれの側で警察のために働き、同じ場所にたどり着いた。ああするしかなかったのだ。ああしなければ、あの男だけでなく、自分も殺されていただろう。果たして、死ぬのはひとりですんだ。そして、死んだのは自分ではなかった。

人が死ぬところを見たのは初めてではない。だから、それが問題なのではない。死は日常の一部で、信頼を勝ち得るためにも避けて通るわけにはいかなかった。人が死んでも、親しくなければあっさり忘れることも覚えた。が、今回の作戦は自分の責任だ。それが殺人事件になってしまった。下手をすれば、終身刑が待っている。

さきほど、ジャクソンビルの郊外にある空港からエリックが電話してきた。警察から非公式に給与を受け取り、ひそかに公務員として働いてきたこの九年の経験で、ピート・ホフマンは自分が価値のある存在であることを自覚していた。警察はこれまでに何度も、それが仕事だろうとプライベートだろうと、彼の違法行為をうまくもみ消してくれた。今回の件も、エリック・ウィルソンがうまくもみ消してくれることだろう。警察官という人種は、そういう工作に長《た》けている。しかるべき上司に機密情報報告書を出せば、たいていはそれですむらしい。

動かない車の中がさらに暑くなり、ホフマンがシャツの襟元に流れる汗をぬぐっていると、いまいましい車の列が少しずつほぐれはじめた。数メートル前をゆっくりと進む車のナンバーに視線を据えながら、ヒューゴーとラスムスの姿を、ほんとうの人生のありようを、なんとか頭に呼び戻す。それから二十分後にようやく、エンシェーデダーレン地区の団地の並ぶ界隈《かいわい》にある保育園〈さんざし園〉の駐車場で、車を降りることができた。

入口に近づく。が、ふと立ち止まり、ドアの取っ手から数センチのところで手を止めた。遊んではしゃいでいる子どもたちのにぎやかな声に耳を傾け、笑みをうかべる。今日いちばんの幸せな時間に、数秒間ほど浸りきった。それからドアを開けようとしたが、また動きを止めた。ふと肩のあたりが引きつれたような気がしたのだ。ジャケットの下にさっと手を入れる。そして、ほうっと安堵《あんど》の息をついた。ショルダーホルスターはきちんとはずしてあった。

ドアを開ける。焼きたての菓子の香りがする。遅いおやつを食べる子どもたちが何人か、食堂でテーブルを囲んでいた。はしゃぎ声は奥の部屋、広い遊び部屋から聞こえてくる。ホフマンは玄関の低い椅子に腰を下ろした。すぐそばに小さな靴が並び、ひとりひとりに割り当てられたフックには、名前と、飾りとして手描きの象がついていて、色とりどりの上着が掛かっていた。

ホフマンは若い女性に向かって会釈をした。新しい職員のようだ。

「どうも」

「ヒューゴーとラスムスのお父さんですね？」

「どうしてわかったんですか？　まだ……」

「残ってる子はもう数人しかいませんから」

そう言うと、彼女は使い古されたパズルや四角い積み木の入った棚の向こうへ消え、やがて子どもをふたり連れて戻ってきた。三歳と五歳の子ども。ふたりの姿を見ると、彼の心は笑い声をあげる。

「おかえり、パパ」

「おかえり、おかえり、パパ」

「おかえり、おかえり、おかえり、パパ」

「おかえり、おかえり、おかえり、おかえり……」

「ただいま。ふたりとも勝ち。今日は〝おかえり合戦〟をやってる時間がないんだ。明日なら大丈夫。いいね？」

手を伸ばして赤い上着を取り、ラスムスのまっすぐ伸ばした腕に袖《そで》を通してやると、ひょいと抱き寄せて、じっとしていない足から上履きを脱がせ、外履きを履かせた。

前かがみになると、自分の靴がちらりと見えた。しまった。これを暖炉で燃やすのを忘れた。つややかに光っているこの黒い靴の表面には、死がまだ残っているかもしれない――皮膚片や血や脳組織がついているかもしれないのだ。家に帰ったらすぐに燃やさなければ。

助手席にうしろ向きにセットしてあるチャイルドシートに触れ、きちんと固定されていることを確かめた。ラスムスはいつものとおり、チャイルドシートのカバーの細かい模様を指でつまんでいる。ヒューゴーのチャイルドシートはもっと角張った硬いもので、座席がもう少し高い。ホフマンはシートベルトを確かめながら、やわらかな頬にキスをした。

「これから電話をかけるんだ。ほんのちょっとのあいだでいいから、静かにしててくれるかい？　高速道路の下をくぐるまでに終わらせるから」

カプセルに入ったアンフェタミン、きちんと固定しなければならないチャイルドシート、死のかけらで輝いている靴。

これらすべてが日常の一部なのだということを、いまは考えたくなかった。

高速道路につながる混みあった道路を横切った瞬間に、電話を切った。短い電話を二本かけることができた。一本目は、旅行会社へ。ワルシャワ行きのスカンジナビア航空、十八時五十五分発の最終便を予約した。二本目は、本社の連絡窓口であるヘンリックへ。五時間後に現地で会う約束をとりつけた。

「ほら、間に合った。高速道路のこっち側でちゃんと終わったよ。これからはラスムスとヒューゴーとしか話さない」

「お仕事の電話してたの?」

「そうだよ。お仕事の電話だ」

三歳。この年齢で、すでに言語を聞き分けているうえ、父親がその言語を仕事に使っていることもわかっている。ホフマンはラスムスの髪に手をやり、さっと撫《な》でた。後部座席にいるヒューゴーが、なにか言おうと身を乗り出したのがわかった。

「僕だって、ポーランド語できるよ。イェデン、ドゥヴァ、チュシ、チテリ、ピエンチ、シェシチ、シェデム……」

ヒューゴーはそこで黙り込んだ。それから、スウェーデン語で続けた。声が少し暗くなった。

「……八、九、十」

「よくできました。すごいじゃないか」

「もっとかぞえられるようになりたい」

「オシェム、ジェヴィエンチ、ジェシェンチ」

「オシェム、ジェヴィエンチ……ジェシェンチ?」

「そう。これで十までかぞえられるようになった」

「なったね」

〈エンシェーデ生花店〉の前を過ぎると、ピート・ホフマンは車を停め、少しバックしてから降りた。

「ここでちょっと待ってて。すぐ戻るから」

生花店から戻ると、そこから自宅までは数百メートルほどだ。車庫の前の狭い空間に、プラスチック製の赤い玩具《おもちゃ》の消防車が放置されていて、ホフマンはそれをよけようとした結果、車の右側を塀に軽く擦ってしまった。シートベルトをはずし、チャイルドシートのベルトもはずしてやると、濃い緑の芝生を走っていく子どもたちの足を目で追った。ふたりは勢いよく地面に腹ばいになると、丈の低い生け垣を這《は》って抜け、子ども三人と犬二匹のいる隣家に入っていった。ホフマンは笑い声をあげた。腹の中や首筋にぬくもりが広がる。子どもたちの元気さ、子どもたちの喜び。ときに人生はひどくシンプルだ。

花束を片手に握って玄関の鍵《かぎ》を開ける。中は暗い。今朝はあわててこの家を出た。なにもかもがいつもより時間のかかる、そんな朝だった。朝食のあと食卓にずっと置きっぱなしにしていた皿を洗い、一階のあちこちの部屋に散らばった服を片付けようと思ったが、その前に地下へ下り、ボイラー室に入った。

いまは五月だから、石油ボイラーのタイマーを作動させる予定はしばらくない。ホフマンは手動でボイラーの赤いスイッチを入れると、ふたを開け、ボイラーががたがたと震えて火がつく音に耳を傾けた。それから身をかがめ、靴ひもをほどいて靴を炎の中に投げ込んだ。

三本の赤いバラを花瓶に入れ、食卓の中央に飾る。花瓶はある夏、有名なブランドであるコスタのガラス工場を訪れたときに買った、とても洒落《しゃれ》たものだ。アパートからこの家に引っ越してきたのも、同じ年の夏だった。ホフマンは、そのときからずっと変わっていないソフィアとヒューゴーとラスムスの席に、それぞれの皿を置いた。解凍しておいたひき肉五百グラムを冷蔵庫の最上段から出し、フライパンで炒《いた》める。塩、こしょう、生クリーム、トマト缶ふたつ。いい香りが漂いはじめた。フライパンの中身に指を突っ込む。味もいい。鍋《なべ》に半分ほど水を注ぎ、パスタを茹《ゆ》でるのに吹きこぼれないよう、オリーブ油を少々入れる。

二階に上がり、寝室に入った。ベッドは乱れたままだ。ホフマンはどさりと倒れ込み、妻の香りのする枕に顔を埋《うず》めた。つねに荷造りしてある状態の旅行鞄《かばん》が、クローゼットの中で待ち構えている。パスポート二つ、ユーロとズウォティ、米ドルの入った財布、シャツ一枚、靴下、下着、洗面道具。鞄を持って一階に下りると、そのまま玄関に置いた。湯が沸いている。細めのスパゲッティーを、一袋の半分、湯気のたつ中へ投げ込んだ。時計を見る。五時半。急がなければならないが、なんとか間に合いそうだ。

外はまだあたたかい。日差しはもうすぐ、隣家の屋根の向こうに消えるだろう。ピート・ホフマンは生け垣に近寄ると――今年の夏こそ、この生け垣もばっさり刈らなければならない――その向こう側に見慣れた子どもたちふたりの姿を認め、食事の時間だと大声で呼びかけた。細い道をタクシーが近づいてくるのが聞こえる。ぐっと曲がり、車庫の前に入って停止した。赤いプラスチックの消防車は今回も無事だった。

「おかえり」

「ただいま」

ふたりはいつものように抱擁を交わした。ホフマンはそのたびに、もう離すものか、と思うのだった。

「悪いけど、食事、いっしょにできない。これからワルシャワに行かなきゃならないから。急なミーティングなんだ。でも、明日の夜には帰る。いい?」

彼女は肩をすくめた。

「よくない。今夜いっしょに過ごせるの、楽しみにしてたのに。でも、しかたないわね」

「食事は作ったよ。食卓に置いてある。子どもたちにはもう言ったから、すぐ帰ってくる。というか、帰ってこなきゃ困る」

彼女の唇に、軽いキスをひとつ。

「もう一回、して。わかってるくせに」

もうひとつ。かならず、偶数。彼女の頰に手を置いた。軽いキスを、ふたつ。

「三回になっちゃったじゃない。もう一回」

もう一度。ふたりは微笑みあった。ホフマンは旅行鞄を持って歩きはじめた。生け垣に目をやる。真ん中の下のほうに穴があいている。子どもたちはここから這ってくるはずだ。

が、まだ姿が見えない。まあ、そんなことは想定内だが。

ホフマンはまた微笑み、車のエンジンをかけた。

エーヴェルト・グレーンスは、スヴェン・スンドクヴィストの座る助手席の下のマットを手探りした。ここにカセットテープを二本突っ込んだはずだ。助手席前の小物入れにも二本入っている。全部持ち帰って、段ボール箱に詰めて、忘れてしまうつもりだ。

若い制服警官ふたりは、さきほどよりも少し顔色が良くなったように見えるが、あいかわらずヴェストマンナ通り七十九番地前の歩道で、車の前タイヤとマンションの入口のあいだに立っている。ヘルマンソンが車のエンジンをかけ、バックしはじめたところで、片方が窓をノックしてきた。スヴェンが窓を開けた。

「どう思われました?」

エーヴェルト・グレーンスが後部座席から身を乗り出した。

「おまえの思ったとおりだよ。あれは殺しだ」

警察本部のあるクルーノベリ地区に戻ったときには夕方で、ベリィ通りには駐車できるスペースが見つからなかった。ヘルマンソンは古ぼけた警察本部の建物群のまわりを三度ぐるぐると回ったあげく、エーヴェルトが反対したにもかかわらず、クングスホルム通りにあるノールマルム地区警察署とストックホルム県警の入口のそばに駐車した。エーヴェルトは守衛に向かってかすかにうなずいてみせ、入口のドアを抜けて中に入った。もう何年も通っていなかったドア。警察本部に入るときには、ここではないほかの入口を使うのが習慣になっていて、彼はめったにそれを破らない――習慣を好む人間だから。習慣にしがみついていれば安全だと、はるか昔に学んだから。廊下を抜け、狭い階段を通って、県警の無線連絡センターに入る。この大きな建物の心臓のような場所、小ぶりのサッカー場並みに広い空間だ。ずらりと並んだコンピュータの前には、一台おきに警察官や一般職員が座り、目の前にある小さなモニター三台に加え、壁一面を覆うはるかに大きなスクリーンにも視線を向けている。一日に四百件ほど入ってくる、緊急通報番号一一二番への通報のひとつひとつを、ふるいにかけるべく待ち構えている。

三人はそれぞれコーヒーの入ったカップを手にして、五十代らしい女性のそばで椅子に腰掛けた。彼女は警察官ではない一般職員で、人と話すとき、相手の腕に手を置く癖があった。

「何時だった？」

「十二時三十七分です。その一分ぐらい前から聴いてみましょうか」

女性はエーヴェルトの肩に手を置いたまま、もう片方の手で〝12:36:00〟とコンピュータに入力した。沈黙が長く感じられる。なにも聞こえない中で、何人もの人間がいっしょになって耳を澄ませている、そんなときに生まれがちな長い沈黙だ。

《十二時三十六分二十秒》

電子音声が英語で告げる。これは世界のどこの警察でも変わらない。そのすぐあとに、人間の声。若い女が泣きながら、マリア広場のマンションでの乱闘騒ぎを通報してきた。

《十二時三十七分十秒》

子どもの声。パパが階段から落ちて、ほっぺたと髪の毛からものすごく血が出てる、と叫んでいる。

《十二時三十七分五十秒》

なにかのこすれる音。

室内であることはまちがいなさそうだ。おそらく、携帯電話からかけている。

モニターには、発信者不明、と表示された。

「匿名のプリペイド式携帯ですよ」

オペレーターの女性の手は、エーヴェルトの肩から離れている。また触れられてはかなわないので、彼は返事をしなかった。他人に身体を触られるのはずいぶんと久しぶりで、どうすれば力を抜いてリラックスできるのか、もうわからなくなっている。
《はい、緊急通報センター》
また、なにかのこすれる音。それから、うなるような、耳障りな音。やがて男の声が聞こえてきた。緊張と焦りのにじんだ、しかし落ち着きを装っている、ささやくような声だ。
《人が死んでる。ヴェストマンナ通り七十九番地》
スウェーデン語だった。訛《なま》りはない。が、男の言葉はまだ終わっていない。雑音のせいで、最後のひとことが聞きとりにくくなっている。
「もう一度聴かせてくれ」
オペレーターは、モニター画面を黒いミミズのように横切っている、時間の流れを示す帯にカーソルを当て、録音を少し巻き戻した。
《人が死んでる。ヴェストマンナ通り七十九番地。五階》
それだけだった。雑音がフェードアウトして、通話は終了した。電子音声が淡々と《十二時三十八分三十秒》と告げ、年配の男性が動転したようすで、カーラ通りの売店に強盗が入っている、と通報してきた。エーヴェルトは立ち上がり、礼を言った。
三人は長い廊下を歩いて刑事捜査部門へ向かった。スヴェン・スンドクヴィストは歩調をゆるめた。脚を引きずる歩きかたが、年とともにひどくなっているのに、けっして杖《つえ》をつこうとはしないエーヴェルトと、話をするためだ。

「エーヴェルト、あのマンションだけど、大家の話だと、ここ二年ほどはポーランド人に貸してるそうだ。インターポールのクレーヴィエさんに頼んで探してもらってる」

「運び屋。死体。ポーランド人」

エーヴェルト・グレーンスは、これから二階分上ることになる長い階段の下で立ち止まり、ふたりの部下を見つめた。

「つまりは、クスリ、暴力、東欧、ってことか」

ふたりはエーヴェルトを見つめ返したが、エーヴェルトはそれ以上なにも言わず、ふたりも尋ねることはなく、三人はそれぞれカップを手にしてコーヒーメーカーのそばで別れた。エーヴェルトはドアを開けると、いつもの習慣で机のうしろの本棚に向かったが、手を伸ばそうとしたところではっと動きを止めた。棚が空洞になっている。埃《ほこり》が積もって残ったまっすぐな線、さまざまな大きさの四角く醜い跡。ここに、カセットプレーヤーがあった、ここに、カセットを並べていたラックがあった。少し離れたところに見える、大きさの同じふたつの四角は、スピーカーの置いてあった跡だ。

エーヴェルト・グレーンスは、ひとつの人生の痕跡《こんせき》を、手で払い落とした。

段ボール箱に詰めた音楽、もう二度とこの部屋でかかることのない音楽は、べつの時代と結びついている。彼は罠にはめられたような気分で、沈黙と——この部屋に存在したことのない沈黙と向きあおうとした。

不愉快な沈黙だった。それは、すさまじい勢いで怒鳴りつけてきた。

エーヴェルトは机に向かって腰を下ろした。〝運び屋。死体。ポーランド人〟。ついさきほど、頭に大きな穴を三つあけた男を目にした。〝つまりは、クスリ、暴力、東欧、ってことか〟。この街で三十五年も警官をやってきたが、まったくひどくなる一方だ。どんどんエスカレートする。〝つまりは、組織犯罪、ってことだ〟。ときおり過去に逃げたくなるのも、無理もないことではなかろうか。〝つまりは、マフィア、ってことだ〟。警察官になりたてのころ——まだ若く、社会を変えることができると信じていたころ、マフィアというのは南イタリアやアメリカの大都市など、はるか遠くの世界で勢力をふるっているものでしかなかった。が、いまはどうだ。今日のような殺し。その容赦のなさ。はなはだしい汚染。犯罪組織が麻薬や銃を取り引きし、人身売買に手を染めて得た金を分けあっているのを、大都市周辺の警察は指をくわえて見ているだけだ。ストックホルム市警の管轄区にも、毎年新たな連中がなだれ込んできていて、エーヴェルトがここ数か月で捜査した中には、メキシコやエジプトのマフィアが絡んでいる事件もあった。今回の事件の鍵《かぎ》を握っているらしいポーランドのマフィアには、初めて相対するわけだが、その構成要素もまた、ほかとなんら変わらない

――麻薬、金、死。あちこちで捜査はしているものの、全体像はけっしてつかめない。刑事たちが日々、精神や身体を削りながら仕事をしている一方で、マフィアの連中は日々、手に負えない領域へと少しずつ遠ざかっていく。

エーヴェルト・グレーンスは長いこと机に向かい、茶色の段ボール箱を眺めていた。

音が恋しい。

シーヴ・マルムクヴィストの音。アンニの音。

すべてがもっと単純明快だった時代の音。

ワルシャワ・フレデリック・ショパン空港の到着ロビーは、いつも混みあっている。この大空港の改装にともなって、出発便の数も到着便の数も増えた。道に迷ってさまよう旅行者や、すぐ近くを猛スピードで走っていく運搬車などで、あたりは混乱をきわめ、ピート・ホフマンはここ一年で二度もロストバゲージを経験していた。

軽い旅行鞄《かばん》をすでに手にしている彼は、荷物受取所のベルトコンベアーを素通りし、二時間前にあとにしたストックホルムよりも少し大きな街へ歩み出た。タクシーの黒い革張りの座席はタバコのにおいがして、ホフマンはふと幼いころを思い出した。両親にはさまれて狭い後部座席に座り、祖母の家へ向かっているような気がする。ワルシャワの街を眺めながら、あれからこの街はすっかり様変わりしたな、と思った。ヴォイテクのヘンリックに電話をかけ、飛行機が定時に着いたこと、約束の場所で二十二時に会えることを告げた。電話を切ろうとしたところで、会合にはあとふたり参加する、とヘンリックが伝えてきた。ズビグニエフ・ボルツと、グジェゴシュ・クシヌーヴェック。副社長と、組織のトップだ。ピート・ホフマンはここ三年、ヴォイテク・セキュリティー・インターナショナル社の本社を毎月訪れ、ヘンリックと会合を重ねている。そうやって少しずつヘンリックの信頼を勝ち取り、彼のあと押しを得て出世の階段を上がってきた。ヘンリックは、ホフマンを信用している人間、嘘をつかれているなどとは夢にも思っていない数多くの人間のひとりだ。が、相手が副社長となると、話は変わってくる。ホフマンは一度しか彼に会ったことがない。かつて軍や秘密警察に属し、その後ヴォイテク社を設立して、ワルシャワの中心地にある黒い建物から会社を操っている連中のひとり。元少佐で、ぴんと背筋を伸ばし、いかにも諜《ちょう》報《ほう》員らしい動きかたをするが、表向きにはビジネスマンの殻をかぶっている。そう、彼らは自分たちのことをあくまでも〝ビジネスマン〟と呼ぶ。そんな副社長と、組織のトップが、会合に出席するという。いったいどういうことだろう。ホフマンはタバコのにおいのする革張りの座席に背をあずけた。胸の中に感じるこれは、おそらく、恐怖だ。

タクシーは閑散とした夜の道路を走った。モコトゥフ地区に近づいていくと、うすよごれた窓の外に、広い公園や立派な大使館の建物が見えてきた。ホフマンは運転手の肩を叩《たた》き、停まってくれと頼んだ。電話をかけなければならない先が二か所ある。

「追加料金になるよ」

「いいから停まってくれ」

「二十ズウォティ追加だ。さっき言った料金に、停車分は含まれてないから」

「ごちゃごちゃ言ってないで停まれ！」

ホフマンは身を乗り出し、運転手の耳元でささやきかけるように告げた。ひげの生えた運転手の頬が、冷や汗で光っている。車はヤン・ソビエスキ通りを離れ、ヴィンツェンティ・ヴィトス通りに入ると、新聞を売るキオスクと横断歩道のあいだで停まった。ホフマンは肌寒い夜のただ中でじっと立ち、ソフィアの疲れた声に耳を傾けた。ヒューゴーとラスムスがすぐそばでソファーに横たわり、それぞれクッションをひとつずつ占領して眠っている、と彼女は話す。明日は保育園の遠足でナッカの自然保護区に行くから、早起きしなければならないのだという。あの保育園は遠足が多い。今回は春の森がテーマらしい。

「あっ、そういえば」

「ん？」

「お花、ありがとう」

「愛してるよ」

妻が愛しくてしかたがない。いまではもう、留守にするのは一晩が限界だ。以前は――ソフィアと出会う前の自分は、こんなふうではなかった。殺風景なホテルの部屋で孤独に首を絞められるように感じることも、愛する相手がいないのに息をしたってしかたがないなどと思うことも、昔はなかった。

会話を終わらせたくない。電話を手に持ったまま長いこと立ち、モコトゥフ地区に並ぶ立派な建物のひとつを眺めながら、妻の声がこのまま消えずにとどまってくれることを願う。が、叶《かな》わぬ願いだ。携帯電話を替え、もう一か所に電話をかける。アメリカ東海岸はもうすぐ十七時になるはずだ。

「パウラが三十分後に連中と会います」

「わかった。でも、いやな予感がするな」

「事態は把握できてます」

「ヴェストマンナ通りでの失敗の責任を問われるかもしれない」

「あれは失敗じゃないですから」

「人がひとり死んだじゃないか！」

「それは、ここではどうでもいいことなんですよ。それよりも、商品がきちんと確保されたことのほうが大事なんです。人を撃ち殺したことの後始末は、たったの数分でなんとかなる」

「それはどうだろう」

「明日のミーティングで全部報告します」

「十一時きっかりに、五番で」

タクシーの運転手がクラクションを鳴らしたが、ホフマンは苛立《いらだ》って手を振った。あと数分、暗がりの中で、肌寒い空気に包まれて、ひとりきりでいたい。それから、彼はまたもや両親にはさまれて座り、スウェーデンのストックホルムから、ポーランドのバルトシツェまで旅をする。旧ソ連の飛び地であるカリーニングラードとの国境から、十キロほど離れたところにある町だ。もっとも、両親はカリーニングラードとは呼ばなかった。そう呼ぶことをかたくなに拒んだ。父と母にとって、あの土地はケーニヒスベルクにほかならず、カリーニングラードというのはソ連領になってからの名称、馬鹿どもが勝手につけた名前でしかなかったから。幼かったホフマンは、両親の声に含まれた軽蔑《けいべつ》の念を感じとってはいたものの、両親が自ら去った土地にいつも帰りたがっているのはなぜなのか、どうしても理解することができなかった。

クラクションを鳴らしていた運転手は、悪態をつきながら車を発進させ、ヴィンツェンティ・ヴィトス通りを離れると、華やかな緑の公園や、大企業の入っている建物のそばを、かなりのスピードで素通りしていった。ワルシャワのこの地区には、人の姿があまりみられない。需要と供給の法則に合わせて地価が跳ね上がったこの地区は、人でごった返すことなどめったにないのだ。

両親は一九六〇年代の終わりに国を逃れた。ホフマンは何度も父親に理由を尋ねたが、答えが返ってくることはなく、母親にしつこく聞いて、ときおり細切れに話を聞いた。船の話。母が妊娠していたこと。暗闇の中、荒れた海上で数晩を過ごし、もうここでふたりとも死ぬのだと覚悟したこと。スウェーデンのシムリスハムンという町にほど近いところで、陸に上がったこと。

車が右折し、ルドヴィク・イジコフスキ通りに入る。あと一ブロックで到着だ。

ここ数年、自分の一部であるこの国を、何度も訪れている。ここで生まれ育っていたかもしれない国。もしそうなっていたら、いまとはべつの人間になっていたことだろう。バルトシッェにいる親戚《しんせき》のようになっていたかもしれない。彼らは、両親が死んだあとも長いこと連絡を取りつづけようとしてくれたが、こちらがなにも返さないものだから、徐々に音信が途絶えた。なぜ返事をしなかったのか？　自分でもよくわからない。もっと言うなら、こうして近くまで来ているのにどうして連絡しないのかも、なぜ一度も訪ねていかないのかも、よくわからない。

「六十ズウォティだ。運賃が四十で、むりやり停まらされたから二十ズウォティ追加」

ホフマンは助手席に百ズウォティ紙幣を置いて車を降りた。

モコトゥフ地区の中心にある、黒い、大きな古い建物。七十年前に焼け野原となったワルシャワでは、最古の部類に入る建物だ。ヘンリックは外階段で待っていた。ふたりはあいさつをするだけで、ほとんど言葉を交わさない。どちらも世間話のしかたなど知らない人間だ。

会議室は十一階の廊下の奥にあった。あまりにも明るく、あまりにもあたたかい部屋。副社長と、六十歳ほどの男――これが〝トップ〟なのだろう――が、細長いテーブルの奥で待っていた。ピート・ホフマンはやたらと固い握手を受け、すでに引いてある椅子に向かった。テーブルの端に、ミネラルウォーターが一瓶用意されていた。探るような目つきから、逃げることはしなかった。そんなことをすれば――逃げることを選べば、一巻の終わりだ。

ズビグニエフ・ボルッと、グジェゴシュ・クシヌーヴェック。

いまだにわからない。このふたりが会合に来たのは、自分をここで死なせるためなのだろうか。それとも、組織のさらに奥へ招き入れるためだろうか。

「クシヌーヴェック氏も同席して、少し話をお聞きになりたいそうだ。会うのは初めてだな？」

ホフマンは洗練された背広に向かってうなずいた。

「お会いしたことはありませんが、お顔は存じ上げています」

そう言うと、何年も前からポーランドの新聞やテレビで見かける男に向かって微笑んでみせた。実業家であるこの男の名が、ヴォイテク社の長い廊下でときおりささやかれているのを耳にしたことがある。東欧のあちこちで生まれた新たな組織の例に漏れず、ヴォイテクもまた、東西の壁がいきなり崩れ、資本の奪いあいに経済界も犯罪組織も躍起になった、あの時代の混沌《こんとん》の中から生まれた組織だ。軍人や警察官が立ち上げたこれらの組織は、みな同じような階級構造で、その頂点にトップが君臨している。グジェゴシュ・クシヌーヴェックはヴォイテクのトップであり、しかも完璧《かんぺき》としかいいようのないトップだ。国の中枢に近い有力者として、組織を庇護《ひご》する力を備えている。経済力も申し分なく、法律的な面でもぼろを出さない。経済と犯罪を結びつける保証人。金と暴力を覆い隠す、表向きの顔。

「商品は？」

副社長はホフマンの観察をすませたらしい。

「はい」

「確保したんだろうね」

「確保しました」

「確かめさせてもらうぞ」

「かまいません。まちがいなく確保できていますから」

「よし。では、今後も頼む」

それだけだった。こうして、あの件は過去となった。

ピート・ホフマンは今夜、どうやら死なずにすむようだ。

笑いたくなった。不安が消えてみると、なにかが身体の中でふつふつと湧き上がり、あふれ出しそうになった。が、まだ終わりではない。脅威や危険は去ったかもしれないが、儀式は続く。これからも昂然《こうぜん》と胸を張っていなければならない。

「わが社のマンションを、残念な状態にしたまま退散してくれたそうだね」

まず、商品が確保されたことの確認。それから、人がひとり殺されたことについての質問。副社長の声はさきほどよりも落ち着いていてなごやかだ。いま話していることはもう、さきほどの話題に比べたら、さして重要ではないのだから。

「ここの社員が、スウェーデンの警察に頼まれたポーランドの刑事に、なぜ、どういう経緯でストックホルムの中心街にマンションを借りているのか、などと尋ねられる事態は避けたいのだ」

この追及もかわせる、とホフマンは確信した。が、すぐには答えず、クシヌーヴェックをちらりと見やった。〝商品〟〝マンションを、残念な状態にしたまま退散した〟。この立派な実業家は、副社長とホフマンがなんの話をしているか、ちゃんとわかっている。言葉というのは妙なものだ――だれもが言葉を濁せば、あの件はなかったことにできる。この部屋にいる人間はだれも、アンフェタミン二十七キロとは言わないし、殺人という言葉も使わない。少なくとも表向きはなにも知らないことになっている人間が、そこにいるかぎり。

「スウェーデンでの作戦は私が仕切る、私が命令を下す、ということになっていました。その取り決めが守られていたら、こんなことにはならなかったはずです」

「ほう。どういうことか説明してくれたまえ」

「あなたがたが仕事を任せたあのふたりが、勝手なことをせずに、きちんと指示に従ってくれれば、こんな状況にはならなかったんです」

〝作戦〟〝勝手なこと〟〝状況〟。ホフマンはまたトップを見やった。

いまの言葉。こんな言葉を使うのは、あんたのためなんだ。

だが、どうしてあんたはここにいる？　どうしてあんたは俺のとなりに座って、話を聞いているんだ？　あんたにとって、この話にはなんの意味があるんだ？

俺はもう、怖くない。

ただ、わからない。

「こういうことは、もう二度と繰り返さないように」

ホフマンは答えなかった。締めの言葉は、副社長に譲ってやろう。それがルールのようなもので、自分の得意分野だ――ルールを守ること。ゲームに参加すること。そうしなければ死が待ち受けていると、わかっているから。パウラという正体が知れてしまったら、ピート・ホフマンは一巻の終わりだ。十時間前のあの買い手と同じ運命が待っている。ワルシャワの郊外へ向かう車に乗せられ、ポーランド人ふたりにはさまれて座り、安全装置のはずされた銃をこめかみに突きつけられることになる。

自分は、あの男よりも役を演じるのが上手《うま》い。答えかたは申し分なく、でっち上げの経歴も頭に叩《たた》き込んである。自分は、死なない。死ぬのは、ほかのやつらだ。

トップが動いた。かすかな動きだったが、それでも副社長に向かってうなずいたのだとわかった。

満足げな表情。ホフマンは合格したのだ。

副社長もホフマンの合格を望み、そのうえで計画を練っていたようだ。立ち上がった彼は、笑みのようなものをうかべていた。

「実は、閉ざされた市場への進出を考えている。投資はもう始めていて、北欧の各国で少しずつシェアを拡大している。そしてこれから、きみの担当国にも進出するというわけだ。スウェーデンだよ」

ピート・ホフマンは黙ったままトップを見つめ、それから副社長に視線を移した。

〝閉ざされた市場〟

刑務所のことだ。

ライトのきつい明かりを向けると、歯型を取るための金属製の道具ふたつがぎらりと光った。ニルス・クランツが片方を手に取り、水色の粉と水を入れる。それから、部屋の中央の簡易ベッドに横たわった人間を覆う緑色のシーツを引きはがすよう、エーヴェルト・グレーンスに頼んだ。

全裸の男性の死体。

青白い皮膚、鍛え抜かれた身体。わりに若い男だ。

が、顔の皮膚がない。なんの傷もない身体に、髑髏《どくろ》が載っている。

不思議な光景だ。観察する側ができるかぎり奥まで見られるよう、きれいに洗われた骨。正確な答えを出すのに邪魔になる皮膚は取り除かれている。

「アルジネート印象材。われわれはこれを使っている。これでじゅうぶんだからな。もっと高価な印象材もあるが、解剖のときにそんな無駄遣いは必要ない」

クランツは死体の下顎《したあご》を引いて口を開かせると、水色の液体の入った金属トレーを上の歯に押しつけた。数分ほどそのまま固定し、印象材が固まるのを待った。

「写真、指紋、DNA、歯型。これでじゅうぶんだよ」

消毒の行き届いた部屋で、クランツは何歩かあとずさると、法医学者のルードヴィッグ・エルフォシュに向かってうなずいてみせた。

「射入口」

エルフォシュはむき出しになった頭蓋《ずがい》の右こめかみ部分を指した。

「銃弾は側頭骨を貫通して、ここで勢いを失った」

こめかみの大きな穴から頭蓋の中央に向けて、指先で空中に線を描く。

「下顎骨《かがくこつ》。要するに、あごの骨だな。弾の通った跡を見ると、銃弾の覆いが硬い骨に当たって割れて、ふたつの小さな弾ができて、左側に射出口がふたつできたのだとはっきりわかる。ひとつが下顎骨を貫通。もうひとつが、前頭骨を貫通した」

エーヴェルトはクランツを見やった。彼があのマンションで言ったことは、やはり正しかったということになる。

「それから、エーヴェルト、これだ。注目してくれ」

ルードヴィッグ・エルフォシュは死体の右腕を持ち上げた。筋肉が反応せず、つい最近まで生きていたはずの身体がゴムのようになっているのは、なんとも不思議な光景だ。

「ここ、見えるか？　手首のまわりに、くっきり跡が残っている。死んだあとに、だれかに手をつかまれたんだな」

エーヴェルトがまたクランツを見やると、彼は満足そうにうなずいた。ここでもまた、彼が正しかったと証明された。この男が死んだあとに、何者かがその腕を動かした。何者かが、男の死を自殺に見せかけようとしたのだ。

エーヴェルトは解剖室の中央でライトに照らされた簡易ベッドを離れ、廊下の窓を開けた。外は暗い。この夜もまた、終わりに近づいている。

「名前がわからない。経歴もわからない。もっと知りたい。もっとこの男に迫りたい」

彼はクランツを、次いでエルフォシュを見つめた。じっと待つ。ついにエルフォシュが咳払《せきばら》いをした。

情報はいつだって、もっとある。

「歯の詰め物を見たんだがね。ほら、ここ。下の前歯に近いところだ。八年ぐらいか、まあせいぜい十年ほど前の治療跡だろう。おそらくスウェーデンで治療したものだ。詰め物のしかたや質でわかる。プラスチックの詰め物で、ヨーロッパの大半で使われている台湾からの輸入品とはまったくちがう。ちょうど先週、ここでチェコ人の死体を扱ったときにも、下の歯に根管充塡《じゅうてん》がしてあったんだが、使われているセメントが……ここスウェーデンで良しとされているものとはかけ離れていた」

エルフォシュは皮膚のない顔から胴体のほうへ両手を動かした。

「盲腸の手術を受けている。傷が見えるだろう。申し分なくきれいな手術跡だ。大腸の縫合のしかたを見ても、手術はスウェーデンの病院で行なわれたと考えていいと思う」

鈍い音が轟《とどろ》き、地面がぐらりと揺れた気がした。真夜中も近いというのに、トラックが一台、カロリンスカ医科大学の敷地を横切り、法医学局の窓のそばを通り過ぎたのだ。

ルードヴィッグ・エルフォシュはエーヴェルトのいぶかしげな視線に気づいた。

「気にするな。ここから少し離れたところへ荷物を運んでいる。なにを運んでいるのかは知らないが、毎晩こうなんだ」

そう言ってから、エルフォシュは簡易ベッドから少し離れた。エーヴェルトにぜひとも近くで見てほしかったからだ。

「歯の詰め物、盲腸の手術跡。それに、外見も北欧人とみてまちがいないと思う。というわけで、エーヴェルト、この男はスウェーデン人だな」

エーヴェルトは白い髑髏となった顔をじっと観察した。

〝胆汁、アンフェタミン、ゴムの痕跡《こんせき》が見つかった。

だが、おまえが吐いたものじゃない。

ポーランド・マフィアとクスリが絡んだ抗争だろう、と俺たちは結論づけた。

だが、おまえはスウェーデン人だ。

おまえは、運び屋ではなかった。売り手でもなかった。

おまえは、買い手だったのか〟

「クスリをやってた痕跡は？」

「ない」

「ほんとうに？」

「注射の跡もないし、血液からも尿からも検出されなかった」

〝おまえは買い手だったのに、自分ではクスリをやっていなかった〟

エーヴェルトはクランツのほうを向いた。

「通報は？」

「えっ？」

「あの電話の分析は終わったのか？」

ニルス・クランツはうなずいた。

「実は、さっきまでヴェストマンナ通りにいたんだ。ある仮説を思いついてね。それを確かめるために現場へ行った。通報してきた男が〝五階〟と言う直前に、雑音が入っただろう？　あの短い電話の、最後のほうで」

そう言ってエーヴェルトを見やる。エーヴェルトも覚えていた。

「思ったとおりだったよ。あのマンションのキッチンにある冷蔵庫の、圧縮機の音だった。周波数も、間のあきかたも同じだった」

エーヴェルトは死体の脚をぽんと叩《たた》いた。

「キッチンから電話をかけていた、と？」

「そうだ」

「声の主は？　スウェーデン人だと思うか？」

「訛《なま》りがいっさいない。ストックホルム周辺の人間だな」

「ということは、スウェーデン人は二人いたんだ。ポーランド・マフィアがクスリの取引をして、殺人が行なわれたマンションに、スウェーデン人が二人いた。一人は死んで、ここにいる。もう一人が通報した」

死体の脚を、もう一度、ぽんと叩く。まるで脚がふたたび動きだすことを望んでいるかのように。

「おまえはあそこでなにをしていた？　おまえたちは、あそこでなにをしてたんだ？」

すさまじい恐怖を感じていた。が、どうやら、死なずにすみそうだ。組織のトップと初めて顔を合わせた。その事実が死を意味しない以上、自分は組織のさらに奥へ招き入れられるのだ、とわかった。どんなところに、どのようにして招き入れられるのかはわからないが、とにかくパウラは、ここ三年、毎日、毎分、命の危険を冒しながらめざしてきた突破口に、着々と近づいているわけだ。

ピート・ホフマンは明るすぎる会議室で、だれも座っていない椅子のとなりに座っている。グジェゴシュ・クシヌーヴェックは、すでにこの部屋を去った——洒落《しゃれ》た背広姿で、清廉潔白なイメージを崩すことなく、犯罪組織や金、さらに金を稼ぐための暴力など、まるで関係ないかのような言葉だけに耳を傾けて。

副社長はもう、さきほどとはちがって、話すときに唇を引きつらせることはなく、無理に背筋を伸ばすこともなかった。ズブロッカの瓶を開け、りんごジュースと混ぜている。こうして上層部の人間とウォッカを嗜《たしな》むのは、親密さと信頼の表われにほかならず、ホフマンは瓶の中に漬け込まれた野草、バイソングラスを見つめて微笑んだ。

さして美味《うま》い酒ではないが、これも礼儀、マナーというやつだ。そして、目の前にいる元諜報員《ちょうほういん》にも微笑みかけた。社会の階層を抜かりなく這《は》い上がった男。彼は、ふだんの食卓で使うような味気ないグラスではなく、吹きガラスの高価なタンブラーまで出してきてくれたが、その大きく武骨な手では、どう持ったらいいのかよくわかっていないようだった。

「乾杯《ナ・ズドローヴィエ》」

ふたりは互いの目を見つめ、グラスの中身を飲み干した。副社長がさらに酒を注ぐ。

「閉ざされた市場、か」

そして飲み干し、また酒を注いだ。

「あいまいな言葉遣いはもうやめようか」

「私もそのほうがいいです」

三杯目も空になった。

「スウェーデンの市場。いまが攻め時だ」

興奮のあまり、じっと座っているのが難しい。ヴォイテクはすでに、ノルウェー、デンマーク、フィンランドの市場を牛耳っている。今回の会合の意味がだんだんわかってきた。なぜトップがさきほどまで同席していたのか。なぜ自分がこうして、バイソングラスとりんごジュースの味のする酒を飲んでいるのか。

長いことめざしてきた場所に、とうとうたどり着いたのだ。

「スウェーデンの刑務所では、約五千人が服役している。そのうち八十パーセント近くがなんらかの依存症で、アンフェタミンやヘロイン、アルコールを大量に消費している。ちがうか？」

「おっしゃるとおりです」

「十年前も同じだった？」

「ええ、同じでした」

エステローケル刑務所で過ごした、あの地獄のような十二か月。

「アンフェタミンは、街頭では一グラム百五十クローナで売れる。刑務所の中なら、その三倍だ。ヘロインは、街頭では一グラム千クローナで売れる。刑務所の中なら、その三倍だ」

ズビグニエフ・ボルツがこの話をするのは初めてではない。ほかの国で作戦を展開するにあたって、ほかの部下たちと同じ話をしてきた。どの国へ進出するにせよ、ポイントはたったひとつに集約される——金勘定だ。

「クスリ漬けの服役囚が、四千人。アンフェタミン中毒の連中は一日に二グラム、ヘロイン中毒の連中は一日に一グラム消費する。つまり、ホフマン、たった一日の取引で……八、九百万クローナは稼げるってことだ」

パウラは九年前に生まれた。それから毎日、死ととなり合わせで生きてきた。が、いま、この瞬間に、すべての苦労が報われた。いままでについてきた、あらゆる嘘。あらゆるごまかし。すべては、ここに来るためだった。ついにたどり着いたのだ。

「壮大な作戦ですね。しかし、最初に……かなりの投資が必要です。ビジネスが軌道に乗って、なんらかの利益をあげられるようになる前に」

副社長は、ふたりのあいだの空いた椅子を見やった。

ヴォイテクには投資するだけの財力があるし、閉ざされた市場を牛耳る時が来るまで辛抱強く待つ余裕もある。経済面での保証人もいる。言ってみれば東欧マフィア版〝顧問《コンシリエーレ》〟だが、資力も権力も本場に勝るとも劣らない。

「そのとおりだ。壮大な作戦だよ。しかし、実行可能な作戦だ。これを、きみに指揮してもらう」

エーヴェルト・グレーンスは窓を開けた。零時ごろにそうして、クングスホルム教会の鐘の音に耳を傾けるのが習慣になっている。もうひとつ、どこなのかいまだによくわからない教会の鐘の音も聞こえる。クングスホルム教会よりも遠いところで鳴っているから、弱々しい音を風が飲み込んでしまう夜には、ここまで音が届かない。彼は身体の中に不思議な感覚を抱えて、オフィスを歩きまわった。暗闇の中、シーヴ・マルムクヴィストの声がまったく聞こえない警察本部で過ごす、初めての夜。こんな夜にはいつも、自分で曲を選んで録音したカセットテープに耳を傾け、べつの時代に包まれて眠りに落ちていたのだ。

ここにはもう、穏やかさどころか、それに似たもののかけらすら見当たらなかった。

真夜中だというのに窓の外で戯れるさまざまな音は、これまで一度も気にしたことがなかった。が、今夜はベリィ通りを走る車を早くも疎ましく思い、ハントヴェルカル通りの急な坂にさしかかってスピードを上げる車の音すら苦々しく感じる。窓を閉め、にわかに訪れた沈黙とともに腰を下ろすと、インターポールの担当者であるイェンス・クレーヴィエからさきほど受け取ったファックスを読みはじめた。一昨年《おととし》からヴェストマンナ通りのマンションの借り手になっているポーランド人に対し、スウェーデン警察の要請で行なわれた事情聴取の記録。聞いたこともない名前で、どう発音したらいいのかすらわからない。四十五歳、グダンスク生まれ、ワルシャワ在住。前科なし、なにかの嫌疑をかけられたこともなく、事情聴取を担当したポーランド人の刑事によれば、ストックホルムでの事件当時、この男がワルシャワにいたことはまちがいないという。

〝だが、おまえも事件にかかわっているんだろう。なんらかの形で〟

エーヴェルト・グレーンスはぎっしりと文字で埋まった書類を手に、考えをめぐらせた。

〝警察が到着したとき、ドアには鍵《かぎ》がかかっていた〟

立ち上がり、暗い廊下に出ていく。

〝鍵をこじ開けた形跡はなかったし、力ずくでドアを開けたようすもなかった〟。コーヒーを、二杯。〝つまり、何者かが鍵を使って出入りした、ということだ〟。それから、ビニール包装されたチーズサンドイッチと、バナナ味の飲むヨーグルトを、自動販売機で買った。〝出入りした人物とおまえには、つながりがあるはずだ〟

暗い静けさの中で立ったまま、コーヒーを一杯飲み干し、ヨーグルトを半分飲んだが、チーズサンドイッチはエーヴェルトですら食べられないと思うほどひからびていて、そのままゴミ箱に投げ捨てた。

ここにいれば、安心できる。

広く殺風景な警察本部。ここで埋もれてしまう同僚もいれば、あまりここに来たがらない同僚もいる。そんな警察本部こそ、エーヴェルトが耐えることのできる唯一の場所だった。ここにいれば、自分がなにをするべきか、いつでもわかる。自分は、ここに属している。訪問者用のソファーで眠ることもできる。そうすれば、スヴェーア通りと眠らない首都を望む自宅のバルコニーで、長い夜を過ごさずにすむ。

刑事捜査部門でいまだに明かりのついている唯一の部屋に戻り、音楽をしまい込んだ段ボール箱と向きあった。箱を軽く蹴《け》る。葬式にすら行かなかった。費用を払ったのは自分だが、参加はしなかった。ふたたび段ボール箱を蹴る。今度は、さきほどよりも強く。行けばよかった、と思う。そうすれば、彼女は自分のもとを去ってくれたかもしれない。ほんとうの意味で。

クレーヴィエが持ってきたファックスは、机の上に置いたままだった。死体とはなんのつながりも見いだせない、ポーランド国籍の男。エーヴェルトは悪態をつき、オフィスを横切ると、また段ボール箱を蹴りつけた。靴先が当たった側面に小さな穴があいた。このままでは八方ふさがりだ。わかっていることが少なすぎる。ポーランド・マフィアの麻薬取引が行なわれていたマンションに、スウェーデン人がふたり居合わせていたこと。片方が死に、もう片方がキッチンで、冷蔵庫のそばに立って、ささやき声で警察に通報してきたこと。訛《なま》りがなく、スウェーデン人とみてまちがいない、ということ――クランツがそう断言していた。が、ほかにはなにもわからない。

〃おまえは、あの場にいた。あの男が殺されたときに、通報してきた〃

エーヴェルト・グレーンスは、段ボール箱のそばにじっと立っている。もう蹴ることはしない。

〃おまえは犯人か、目撃者のどちらかだ〃

そして腰を下ろし、段ボール箱に背をあずけて、さきほどあいた穴を覆った。

〃犯人なら、人を撃って、それを自殺に見せかけたうえで、わざわざ電話で通報してきたりはしない〃

二度と聴かないと決めた音楽にもたれて座るのは、なかなか心地よかった。今夜はこのまま、この硬い床の上で過ごそう。暗闇を乗り越えて、朝を迎えるまで。

〃おまえは、目撃者だ〃

彼は二時間前から窓辺に座り、光の点を目で追っている。遠くにあるうちはとても小さく、やがて暗闇の中で高度を下げ、ワルシャワ・フレデリック・ショパン空港の滑走路に近づいてくるにつれて、だんだん大きくなっていく光の点。まもなく零時になろうとするころ、ピート・ホフマンは服を着たままホテルの硬いベッドに横たわり、眠ろうとした。が、すぐに無理だとあきらめた。目の前で人がひとり死んで始まり、スウェーデンの刑務所での麻薬取引を乗っ取る任務を与えられて終わったこの一日は、彼の中でまだまだ続き、彼にささやきかけ、怒鳴りつづけている。耳をふさいで眠りが訪れるのを待つ気力すらなかった。

窓の外では強い風が吹いている。〈ホテル・オケンチェ〉は、空港からわずか八百メートルのところにある。広々とした空間で風が戯れるのはよくあることだ。木々の枝がじっとしていないこんな夜こそ、光の点はいつにも増して美しい。ここに来ると、夜はこんなふうに座って、ポーランドの最後の一片を味わうのが好きだ。いつもこうして見つめるばかりで、けっして入り込むことのできない国。ほんとうなら、母国のように感じていてもおかしくないはずなのだが。この国には、いとこやおじやおばがいる。外見も違和感はない。言葉も話せる。それでも自分は、ここに属さない人間だ、と思う。

というより、自分はたぶん、どこにも属していない人間なのだろう。自分を強く抱きしめてくれるソフィアに、嘘をついている。父親である自分を抱きしめてくれるヒューゴーやラスムスにも、嘘をついている。エリックにも嘘をついている。ヘンリックにも嘘をついている。さきほども、ズビグニエフ・ボルッに嘘をついて、ズブロッカをもう一杯飲み干した。

あまりにも長いこと嘘をつきつづけているせいで、真実がどんなもので、どんな感触で、自分がいったいだれなのか、すっかり忘れてしまった。

光の点は、着陸間近の大きな飛行機に変わっている。強い横風にあおられて傾き、小さな車輪が何度かアスファルトにぶつかって、制御不能になったかのように跳ねたが、やがて落ち着き、飛行機はターミナルの新設された部分にほど近いタラップに向かって進んでいった。

ホフマンは窓に寄りかかり、冷たいガラスに額をそっと当てた。

ささやきかけてくる、怒鳴りつけてくる、そうやって、まだまだ続く一日。

目の前で、人間がひとり、息をしなくなった。そのことに気づいたときには、もう手遅れだった。あの男も自分も、立場こそちがったものの、同じ任務を負い、同じゲームに参加していた。あの男もまた、子どもや妻がいたかもしれない。あの男もまた、あまりにも長いこと嘘をつきつづけたせいで、自分がだれなのかわからなくなっていたかもしれない。

俺の名は、パウラだ。おまえの名は、なんだった？

窓辺に座ったまま、外の暗闇を見つめたまま、涙を流す。

真夜中、ワルシャワの中心街から何キロも離れたホテルの部屋で、彼はまぎれもないひとりの人間の死を胸に抱え、泣けなくなるまで泣いた。やがて、眠りが彼をとらえた。彼は嘘の通用しない暗黒の中へ、まっさかさまに落ちていった。

火曜日

エーヴェルト・グレーンスは、薄いカーテン越しに差し込んだ朝一番の日差しに目を刺激されて、眠りから覚めた。床に座り、重ねた三つの段ボール箱にもたれたままの姿勢だった。夜明けの光を見なくてすむよう、硬いリノリウムの床に横たわってさらに数時間ほどまどろんだ。眠るにはいい場所だった。背中の痛みはほとんど感じず、やわらかいコーデュロイのソファーだと収まりきらないこわばった脚も、ほぼずっと伸ばして横になっていられたからだ。

もうここで夜を過ごすのはやめよう、と思う。

急に目が冴《さ》えて、寝返りを打ってうつぶせになると、床に手をついてなんとか重い身体を起こした。机の上のペン立てから、青いフェルトペンを引っ張り出す。三箱ある段ボールそれぞれの側面に文字を書きつけると、強烈なにおいが鼻をついた。

〝件名、マルムクヴィスト〟

エーヴェルトはテープで封をした段ボール箱を見つめ、大声で笑った。音楽を箱に詰めてしまっても、眠ることはできた。しかも、こんなによく眠れたのは久しぶりだ。ほんの少し、ダンスのステップを。だれも歌っていない、だれも音楽を奏でていない、相手もいない、それでも、ステップを踏む。

いちばん上に重ねた箱を持ち上げたが、あまりにも重く、結局、床の上に置いてずるずると押しながらオフィスを出て、廊下を抜け、エレベーターにたどり着いた。三階下の地下階、押収品保管室へ向かう。またフェルトペンで、段ボール箱のふたに〝19361231〟と事件番号を書きつけた。汗をかきながら箱を押し、さきほどよりも暗い廊下を抜けて、押収品が保管されている部屋にたどり着いた。ドアが開いている。

「エイナションを出せ」

低い木製のカウンターの奥に、若い一般職員がいる。カウンターはかなり年季が入っていて、エーヴェルトはここに来るたびに、子どものころ学校帰りによく立ち寄って買い食いをした店を思い出すのだった。オーデンプラン広場近くの店で、もうずいぶん前に潰《つぶ》れてしまい、いまはよくあるカフェになって、コーヒー牛乳のようなものを飲みながら携帯電話を見せあう少年少女のたまり場と化している。

「エイナションさんがどうかしたんですか？」

「この件はエイナションに頼みたいんだ」

「でも、いまは僕が……」

「エイナションを出せと言っている」

若者は不満げに鼻を鳴らしてみせたが、なにも言わず、カウンターを離れ、エーヴェルトと同年代の男を連れてきた。肥満体に黒い前掛けをつけている。

「おお、エーヴェルト」

「トール」

優秀な刑事として何十年も働いたのに、ある朝いきなり腰を下ろして、もうこれ以上胸くそ悪いものは見たくない、ましてや捜査などしたくない、と静かに宣言した男。あのときは、エーヴェルトも彼とさんざん話をした。そして、理解した——生きがいをもって生きていると、こういう決断に至ることもあるのだ、と。無意味な死に囲まれずに生きたいと願うようになるのだ。いったん腰を下ろしたエイナションはけっして動こうとせず、上役が地下階への扉を開け、押収品を入れた箱のずらりと並んだ部屋へ彼を招き入れたときに、初めて立ち上がった。押収品も進行中の捜査の一部ではあるが、夜中も頭から離れない、などということはめったにないから。

「段ボール箱に入れた資料がある。預かってほしい」

エイナションは木のカウンター越しに段ボール箱を受け取り、青いフェルトペンで書かれた角張った文字を見つめた。

「件名、マルムクヴィスト。なんだ、これ？」

「捜査の資料だ」

「それはわかる。でも、マルムクヴィストなんていう事件は聞いたことがない」

「捜査はもう終わった」

「それなら、ここじゃなくて……」

「ここで保管してほしいんだ。安心して置いておける場所に」

「エーヴェルト……」

　エイナションは黙り込んだ。長いことエーヴェルトを見つめ、それから段ボール箱に視線を移した。そして、微笑んだ。件名、マルムクヴィスト。事件番号、１９３６１２３１。その笑みが深くなった。

「なんだ。これ、彼女の誕生日だよな？」

　エーヴェルトはうなずいた。

「捜査はもう終わった」

「ほんとうに？」

「あと二箱持ってくる」

「そういうことなら……まあ、ここで保管したほうがいいだろうな。世界にふたつとない証拠品なんだから。だれも見張ってない屋根裏や、湿気のある地下倉庫よりは、ずっといい」

エーヴェルトはその瞬間まで、自分の緊張にまったく気づいていなかった。肩や腕や脚からゆっくりと力が抜けていくのを感じて、そのことに自分で驚いた。エイナショ ンがわかってくれないかもしれないと思っていたわけだ。

「押収品目録が要る。いま書いてくれ。いい保管場所を見つけてやるよ」

エイナションは用紙二枚とペンを差し出した。

「書いてるあいだに、この捜査資料は極秘だっていう印をつけておく。極秘だよな?」

エーヴェルトはまたうなずいた。

「よし。極秘としておけば、捜査関係者しか開けられない」

かつては優秀な刑事で、いまは黒い前掛け姿で地下室のカウンターにいるこの男は、段ボール箱のふたに封をするように赤い紙を貼りつけた。エーヴェルト・グレーンス警部本人でなければ解くことのできない封印だ。

段ボール箱を抱えて棚へ向からエイナションを、エーヴェルトはありがたい気持ちで見つめた。

説明せずともわかってくれる相手だ。

カウンターに用紙を置き、歩きだしたところで、押収品を並べた棚のほうからエイナションの歌声が聞こえてきた。

あなたが送ってくれたのは　とってもきれいなチューリップ
昨日のことは忘れてくれと　あなたは言うけれど
『本気になんかならないわ』。シーヴ・マルムクヴィスト。エーヴェルトは立ち止まり、狭い保管庫に向かって呼びかけた。

「いまはやめてくれ」

あなたを想ってこれまでに　さんざん涙を流したわ
だから私の答えはひとつ　たったひとつなの

「エイナション！」

エーヴェルトは大声を出した。エイナションが棚の向こうから驚いた顔をのぞかせた。

「いまはやめろ、エイナション。弔いの邪魔をするな」

押収品保管室をあとにすると、身体が軽くなった気がした。地下階がどことなく美しいとすら感じられ、彼はエレベーターに向かってかぶりを振ると、三階分の階段を上がりはじめた。その途中で、上着の内ポケットに入れた携帯電話が鳴った。

「もしもし」

「ヴェストマンナ通り七十九番地での殺人事件の捜査責任者はあなたですか？」

エーヴェルトは息を切らしていた。階段を使うことはめったにないからだ。

「だれだ？」

「あなたが責任者ですかと聞いたんです」

声の主はデンマーク語を話しているが、言っていることは楽に理解できた。おそらくコペンハーゲン周辺の人間だろう。これまでに仕事でデンマークを訪れたことは何度もあるが、そのほとんどがコペンハーゲンだった。

「電話をかけてきたほうが名乗るのが筋だろう」

「失礼。コペンハーゲン市警強行犯課、ヤコプ・アナスンです。あなたがたの殺人・暴行課に相当する部署です」

「用件は？」

「ヴェストマンナ通り七十九番地での殺人事件の捜査責任者はあなたですか？」

「だれが殺人事件だと言った？」

「私です。被害者は、私の知っている男かもしれないんです」

エーヴェルトは階段の最後の段で立ち止まった。息を落ち着かせようと努めながら、デンマークの刑事を名乗った声が先を続けるのを待った。

「私の素性を疑っているんですか？　なんなら、そちらからかけていただいてもかまいませんよ」

「電話を切ってくれ」

エーヴェルトは自分のオフィスに急ぐと、机の三番目のひきだしに目的のファイルを見つけた。しばらく中身をめくってから目の前に広げると、コペンハーゲン市警の代表番号に電話をかけ、強行犯課のヤコプ・アナスンにつないでほしい、と告げた。

「はい、アナスンですが」

同じ声だった。

「電話を切ってくれ」

ふたたび代表番号にかけると、今度はヤコプ・アナスンの携帯電話につないでほしいと頼んだ。

「アナスンです」

同じ声だ。

「窓を開けろ」

「えっ？」

「さっきの質問に答えてほしいのなら、窓を開けるんだ」

声の主が電話を机の上に置き、しばらくのあいだ、きしむ窓の掛け金と格闘しているのが聞こえた。

「開けましたが」

「なにが見える？」

「ハンブロー通りが」

「ほかには？」

「身を乗り出せば、海も見えます」

「コペンハーゲンにいれば、海なり運河なりはたいていのところから見える」

「ランゲ橋も」

エーヴェルトは、コペンハーゲン市警強行犯課の窓から、何度も外を眺めたことがある。晴れた日にはランゲ橋あたりの水面が輝いて見えることを、彼は知っていた。

「モルビューはどこにいる？」

「私の上司ですか？」

「そうだ」

「向かいの部屋です。いまは留守ですが、いつもはたいてい……」

「クレステンスンは？」

「クレステンスンなんていませんが」

「よし。いいだろう、アナスン。話を進めよう」

エーヴェルトは待った。電話をかけてきたのはデンマーク語を話すこの男だから、話を先へ進めるのもこの男の役目だろう。自分のオフィスの窓辺に向かう。こちらは警察本部のさして美しくない中庭が見えるだけで、海のかけらも見当たらない。

「死んだ男はもしかすると、われわれの協力者かもしれません。写真を見たいんです。ファックスしていただけませんか？」

エーヴェルトは机の上のファイルに手を伸ばし、クランツの撮った写真が入っていることを確かめた。あのマンションで、顔にまだ皮膚がついているあいだに撮影された写真だ。

「五分後に送る。見たら電話をくれ」

‡

エリック・ウィルソンは、ストックホルムの街を散歩するのが好きだ。ごろつきのたぐいや、逆に背広をびしっと着こなした男たち、美しい女たち、麻薬の売人、ベビーカー、トレーニングウェアを着た人々、犬、自転車。どこに向かうでもなくたたずんでいる人々もちらほら見える。十時半、ストックホルムはまだ昼を迎えていないが、警察本部からサンクトエーリクスプラン広場までの短い道のり、新しい石畳の敷かれた歩道で、いま挙げた種類の人々すべてに出会った。ここのほうが涼しく、楽に息ができる。ジョージア州南部はいまの時点ですでに暑すぎた。数週間もすれば、耐えがたいほどの暑さになるだろう。現地時間の午後五時過ぎにニューアーク国際空港を出発し、八時間のフライトを経て、早朝、ストックホルム・アーランダ空港に到着した。飛行機の中では、前の席の老婦人ふたりがひっきりなしにしゃべりつづけ、となりの席の男が五分ごとに咳払《せきばら》いをしていたにもかかわらず、それでもうとうととまどろみ、しばらく眠ることができた。タクシーがストックホルムの中心街に入り、やがて警察本部に近づくと、ウィルソンは運転手にまわり道を頼んだ。ヴェストマンナ通り七十九番地に向かい、少し待っていてほしいと告げる。パウラに教わった住所だ。マンションの五階の階段室で見張りに立っている民間の警備員に身分証を見せた。ドアの枠に白と青のテープが張りめぐらされ、犯罪現場につき立ち入り禁止、との貼り紙がしてある。ウィルソンは、つい一日前に人が殺された現場となった、いまはだれもいないマンションに入り、ひとりで中を歩きまわった。出発点は、居間のテーブルの下のカーペットについた褐色の大きなしみだ。まさにここで、ひとつの生命が流れ落ちた。しみの端のほうで、椅子が倒れたままになっている。死んだ男が座っていた椅子だ。天井の亀裂を観察し、キッチンに続く閉ざされたドアにあいた穴も調べた。銃弾にえぐられた跡がくっきりと残っている。それから、居間の壁のそばに立った。変色した部分に、針や三角旗で印がつけてある。これを参考にして、発砲の角度や勢いを判断するのだ。

これこそ、ウィルソンがこのマンションに来た目的だった――血痕《けっこん》の分析。パウラに会って話を聞く前に、自ら見ておかなければならないと思ったのだ。エリック・ウィルソンは、鑑識官たちがひもを二本使って区切った、三角形の先端のような壁面に注目した。この範囲だけは、三角旗が立っていない、つまり、血痕や脳質が飛び散っていない。じっと見つめ、記憶にとどめ、そして、確信した。発砲の瞬間、彼にとって重要な人物ふたり――撃った人間と、撃っていない人間――が、どこに立っていたのか。

サンクトエーリク橋では気持ちのよい風が吹いている。船や電車、車を眺める。だから、散歩が好きなのかもしれない。しばらく立ち止まって、眺めていられるから。

昨日は携帯電話を通じて、パウラの興奮と不安に耳を傾けた。ストックホルムに着き、ひとりで落ち着いて問題のマンションを調べてみた結果、パウラの話はつじつまが合っていると思った。たしかに、パウラはやり手だ。殺すか殺されるかの瀬戸際に立たされたら、人を殺すだけの強さも能力も備えている。したがって、彼が撃った可能性もじゅうぶんに考えられるわけだが、そうではないとウィルソンは確信した。電話をかけてくるたびに、パウラの声ににじんだ焦りは増し、恐怖もだんだんあらわになっていった。潜入者とその監督者として過ごしてきた九年のあいだ、密に連絡を取りあって信頼関係を築いてきたのだ。パウラが真実を話しているかどうか、いまのウィルソンには聞き分けられる。

サンクトエーリクスプラン広場十七番地の入口の前で立ち止まる。交通量の多い道路に面した、細い木枠にかたどられたガラスの扉だ。あたりを見まわす。そばを素通りしていく顔はどれも、こちらのようすなどうかがっていない。そのことをもう一度確かめてから、建物の中に入る。

今朝、ヴェストマンナ通りの血痕分析を終え、あちこちに残ったしみを離れてマンションを去った彼は、待っていたタクシーに乗り込んで警察本部に向かい、刑事捜査部門にある自分のオフィスに入った。捜査担当者の一覧を調べてみると、すでに責任者が決まっているらしかった。エーヴェルト・グレーンス。助手として、スヴェン・スンドクヴィストとマリアナ・ヘルマンソンがついている。グレーンス警部とは何年も同じ部門で働いてきたが、一風変わった彼のことはあまりよく知らない。親しくなろうと長いこと努力したが、いっさい反応がないのであきらめた。昔はずば抜けて優秀だったのかもしれないが、いまはシーヴ・マルムクヴィストなぞに聞き入っている、ただの短気な老人だ。そんな同僚と親しくなる必要はない。ウィルソンは捜査担当者の一覧を閉じたが、そのままパソコンに向かい、〝犯罪届出定型簿〟というシステムに入ると、ヴェストマンナ通り七十九番地で検索した。過去十年で三件が見つかった。いちばん最近の事件を選び出す。盗品罪。一階に住む、名前からしてフィンランド人らしい男が、盗まれた銅を約一トン売ったという事件だった。

エリック・ウィルソンはサンクトエーリクスプラン広場十七番地に入り、扉を閉めると、先を急ぐ車の音を離れ、静けさの中で息をついた。階段室は暗く、明かりをつけようとしたがどうしてもつかない。三回試してもつかないので、狭いエレベーターで六階へ上がった。ちょうど配管工事中で、住人はみな一時的にべつのところへ移っている。床を覆う茶色い紙の上にじっと立ち、耳を傾けたが、まったく物音はせず、だれもいないと確信できたところで、ドアポストに〝ステンベリ〟の名が記された扉の鍵《かぎ》を開けた。中の二部屋とキッチンを見てまわり、透明なビニールに覆われた家具をひとつひとつ確かめる。こういう場所を使うのがウィルソンのやりかただ。ストックホルムで不動産を貸している大口の家主の中には、住人が一時的に建物を離れているマンションの鍵と、そこで工事を請け負っている業者のスケジュールを貸し出してくれる人が何人かいる。このマンションは〝五番〟で、ウィルソンは一か月ほど前からここを使っており、何人かの潜入者たちと何度か会合を重ねた。工事が終わり、住人が戻ってくるまで、あと一か月ほどは使える予定だ。

キッチンの窓を覆うビニールを指先ではがすと、窓を開け、中庭を見下ろした。砂利道はきれいに整えられ、新品のガーデンテーブルと椅子が、ブランコ二台と小さな滑り台を四角く囲むように置いてある。パウラは一分もしないうちに来るだろう。ヴルカヌス通り十五番地に入口のある、向かいの建物の裏口を通って。それがルールだ

――ストックホルムでマンションを貸している家主の協力を得て、住人のいないマンションを使うこと。べつの住所に正面入口のあるべつの建物からも、中庭を通って裏から入れるマンションを選ぶこと。

エリック・ウィルソンは窓を閉め、覆いのビニールを左右の窓ガラスにテープで貼りつけて元に戻した。ほぼ同時に階下でドアが開き、パウラが砂利道を足早に進んだ。

‡

エーヴェルト・グレーンスは、ニルス・クランツが撮った死体の写真のフォルダーを手に持ったまま、落ち着かない時間を過ごしていた。十分前、ここに入っている写真のうち一枚を、コペンハーゲン市警強行犯課にファックスで送った。解剖のためきれいに拭《ぬぐ》われた顔、皮膚のまだ残っている頭の写真だ。フォルダーにはさらに写真が三枚入っていて、エーヴェルトは返事を待ちがてらそれらの写真を眺めた。前から撮ったものが一枚、左側からが一枚、右側からが一枚。エーヴェルトの勤務時間のかなりの部分は、こうして記録された死を見つめることに費やされる。いままでの経験から言って、眠っているだけなのか、それともほんとうに死んでいるのか、写真を見るだけではわからないことが多い――今回は頭に大きな穴が三つあいているせいで、その点ははっきりしているのだが。自分で現場に赴いて死体を見ておらず、写真を鑑識官から渡されたり、ほかの町の警察からファックスで送ってもらったりした場合、エーヴェルトはまず、死体の頭の下でぎらついているスチールの台に目をやる。この台があるということは、解剖の際に撮られた写真だということだ。エーヴェルトはもう一度写真を眺めると、もしこれが自分だったらどんなふうに見えるだろう、と考えた。自分の頭がスチール台に載るとしたら、その写真を見つめる者はいったいなにを思うのだろう、と。

「もしもし」

電話が鳴り、彼はフォルダーを机に置いて応答した。

「コペンハーゲンのヤコプ・アナスンです」

「うむ」

「送っていただいた写真ですが」

「どうだった？」

「やはり思ったとおりのようです」

「名前は？」

「私が担当している情報提供者です」

「名前は？」

「それはまだ言えません。百パーセントの確証がないかぎり無理です。情報提供者の身元をいたずらに明かしたくないんです。わかっていただけますね」

エーヴェルトにはもちろん理解できたが、それが気に入るかどうかは別問題だった。情報提供者や潜入者の身元を秘密にしておくべきだという考えかたは、情報提供者の数が増えるにしたがって勢力を増していて、警察内部での正しい情報のやり取りよりも優先されてしまうことがある。どんな警察官でも、いきなり〝監督者〟となって情報提供者を何人も従えるようになり得る昨今、こうした秘密主義は利益以上の弊害をもたらしているように思える。

「なにがあれば確かめられる？」

「あなたがたの持っている情報をくだされば」

「歯型。指紋。ＤＮＡはまだ待っている最中だ」

「送ってください」

「すぐに送る。また何分かしたら電話をくれ」

スチール台に置かれた頭。

エーヴェルトは光沢のある写真紙を手のひらでなぞった。

潜入者。コペンハーゲン市警の潜入者。ポーランド・マフィアによる殺人の現場となったマンションで、スウェーデン語を話していたふたりのうちのひとり。

もうひとりは、だれだったのだろう？

‡

ピート・ホフマンは殺風景な中庭の砂利道をたどりながら、その先にある建物の六階に目を向けた。覆いとなるビニールが一時的に取り払われた窓に、ウィルソンの頭がちらりと見えた。今朝は八時過ぎに、LOTポーランド航空の始発便でワルシャワ・フレデリック・ショパン空港を飛び立った。昨晩は冷たいガラス窓に額をつけて夜を明かしたが、とくに疲れは感じていない。ひとりの人間が死に、ワルシャワで重要な会合に出席した、そんな一日を過ごしたあとで、アドレナリンと不安が交互に胸を満たしている。とにかくどこかに向かって進まなければ気がすまず、どうしたら立ち止まれるのか見当もつかなかった。さきほど自宅に電話をかけたが、応答したラスムスはなかなか電話を切りたがらず、話が次から次へとあふれ出してくるようだった。話の内容は正直よくわからなかったが、どうやらアニメの話で、緑色をした怖い怪物について語っているらしいことはわかった。ふと、ごくりとつばを飲み込む。身体が少し震えている。だれかを愛しいと思う気持ちが身体からあふれそうになるときの、震え。今夜には会える。会えたら、三人ともきつく抱きしめてやろう。離してくれと言われるまで。フェンスに設けられた扉を開け、さらにもうひとつ扉を開けて、ヴルカヌス通り十五番地の中庭からサンクトエーリクスプラン広場十七番地の中庭へ移動すると、裏口から階段室に入った。スイッチを何度押しても明かりがつかず、中は暗いままだ。かなり急な階段を六階まで上る。途中で壊れて閉じ込められてはかなわないので、エレベーターはけっして使わない。一歩進むごとに茶色い紙を踏むことになり、物音を立てずに歩くのは至難の業だ。時計に目をやり、ドアポストに記された名前を見る。〝ステンベリ〟の名を掲げたドアが、十一時きっかりに中から開いた。

エリック・ウィルソンはすでにキッチンのテーブルと椅子二脚のビニールを取り払い、ガスコンロと流し台の下の戸棚の覆いをはがそうとしていた。それからあちこち探しまわり、インスタントコーヒーらしきものの入ったガラス容器と、鍋《なべ》をひとつ取り出した。

「ステンベリ氏にごちそうになろう。どんな人かも知らないが」

ふたりは腰を下ろした。

「ソフィアは元気かい？」

「さあ」

「さあ、ってことはないだろう？」

「ここ何日か、ほとんど顔を合わせてませんから。でも、ソフィアの声が——昨日の晩、電話で話して、今朝も話したんですが、わかるんですよ。俺が嘘をついてることに、いつにも増して嘘をついてることに、ソフィアは感づいてる」

「大切に守ってやりなさい。わかってるだろうね？」

「俺が彼女を守ろうとしてることは、あなただってよく知ってるじゃないですか」

「よし。それでいいんだ、ピート。きみのやっていることは、ソフィアや子どもたちに比べたら、大事でもなんでもない。それだけは、これからも忘れないでほしい」

インスタントコーヒーはどうも好きになれない。あっさりしすぎる後味。ワルシャワの高級レストランで出されるコーヒーを思い出す。

「あの男、警察だなんて言わなきゃよかったのに」

「ほんとうに警察官だったのか？」

「わかりません。たぶん、ちがうと思います。俺と同じ立場だったんじゃないかと。それで、心底おびえていた」

ウィルソンはうなずいた。たしかにおびえていたのだろう。パニック状態になって、ふつうの状況なら口にすれば安全だと思われる言葉を、思わず口にした。が、その場では、その状況では、まったく逆の結果を招く言葉だった。

「あいつの叫び声が──俺は警察の人間だ、っていう悲鳴が、拳銃《けんじゅう》の銃声に変わるのが聞こえました」

ホフマンはカップを置いた。どんなに頑張ってみても、インスタントコーヒーはやはり飲めなかった。

「人が死ぬところを見たのは久しぶりでした。人が息をしなくなる瞬間の、あの静けさ。最後の息がすうっと消えていくのを見守っているときの、あの沈黙」

エリック・ウィルソンは目の前にいる男をじっと観察した。人ひとりが死んだ責任を抱えて、動揺している男。がっしりとした体格で、必要とあらばいくらでも非情な態度を取れる男だが、いまはまったくの別人だ。ヴォイテク・セキュリティー・インターナショナル社への潜入捜査を始めたのは、もう三年ほど前のことになる。国家警察の情報収集部門が出した報告書に、ヴォイテクという組織は東欧マフィアの中でも成長著しく、すでにノルウェーとデンマークに拠点を確立している、とあったのだ。そこで、ストックホルム市警で情報提供者関係の業務を統括している責任者が、報告書をウィルソンに転送してきて、たしかパウラはポーランド語とのバイリンガルだったな、と言った。パウラに関しては、ASPENや前科記録にも立派な経歴を登録してあるから、チェックされて品定めされることになっても心配はなかった。

そうして、やっとここまでたどり着いた。

パウラは組織の上層部へ昇りつめた。その勇気と風格、いかにも犯罪者らしい態度が功を奏したのだ。ワルシャワと直接連絡をとるようになり、ポーランドの警備会社という隠れ蓑《みの》をまとったヴォイテクの副社長や、トップとも接触した。

「安全装置を解除するのが聞こえたのに、間に合わなかった」

エリック・ウィルソンは、自分が担当している潜入者であり、自分の友人でもある男を、じっと見つめた。その顔には、ピートとパウラが交互に現われた。

「やつらを落ち着かせようとはしたんですが、度が過ぎてはまずいし、それで……エリック、ああするしかなかったんですよ。わかるでしょう？　役割を演じ切らなきゃならない。完璧《かんぺき》に演じなきゃならない。そうしないと……そうしないと、自分が死ぬことになる」

その顔が完全にパウラとなった。こうなると、いつも驚かされる。

「あの男の演技が下手すぎたんです。不自然だった。犯罪者を演じられるのは、ほんとうの犯罪者だけだから」

エリック・ウィルソンはむろん、彼の言うことを信じていた。パウラがどういう立場にあるかはよく知っている。彼が日々、死の危険を冒しながら暮らしていることも、彼のような人間、つまり〝たれ込み屋〟が、犯罪者どもにどれほど嫌われ憎まれているかも、わかっている。それでもなお――実のところ、自分でもなぜなのかよくわからないまま――ピートの無実を確かめたい、と思った。彼の犯した罪をもみ消すべく奔走する前に、この男が無実だと確信したかった。

「撃った男だが」

「えっ？」

「角度は？」

「エリック、あなたの言いたいことはわかりますが、証拠もちゃんとあるんですよ」

「角度は、と聞いているんだ」

ピート・ホフマンは、ウィルソンが質問をしなければならないのだと理解している。しかたのないことだ。

「右のこめかみから、まっすぐ、頭に」

「きみはどこに立っていた？」

「死んだ男の真正面に」

エリック・ウィルソンは頭の中で、さきほど訪れたマンションへ戻った。床のしみや壁の三角旗、血痕《けっこん》も脳組織も見つからなかった範囲を思い返す。

「きみの服に返り血は？」

「ついてません」

これまでのところは、正しい答えが返ってきている。

死人の向かい側にあたる位置に、血痕はなかった。

その代わり、銃の引き金を引いた男は、相当な返り血を浴びたはずだ。

「まだ持ってるのか？　服は」

「いや。燃やしました。念のため」

ホフマンは、エリックがなにを求めているかを承知している。証拠だ。

「けど、撃った男の服はありますよ。いっしょに燃やしてやるって言って預かって、シャツだけとっておいたんです。必要になるかもしれないと思って」

〝おまえはつねにひとりきりだ。自分だけを信じろ〟

ピート・ホフマンは、そうやって生きている。そうやって生き延びている。

「やはり抜かりないな」

「それから、拳銃も持ってます」

ウィルソンは笑みをうかべた。

「通報したのは？」

「俺です」

ここでも、答えは正しい。

ウィルソンは警察本部を出るとき、県警の無線連絡センターに立ち寄り──《十二時三十七分五十秒》──録音を確かめてきたのだった。

「聞いたよ。きみはあわてた声をしていたな。無理もないことだ。だが、なんとか解決してみせる。きみとの話を終えてここを出たら、すぐに行動開始だ」

‡

エーヴェルト・グレーンスはもう、待つことにうんざりしていた。さきほどの通話から二十二分が経っている。死人の歯型と指紋を調べるのに、どれほど時間がかかるというのか？　コペンハーゲン市警のヤコプ・アナスンは、この男が情報提供者かもしれないと言っていた。エーヴェルトはため息をついた。警察の上層部が思い描いている将来像——情報提供者、潜入者として民間人を使うこと。そのほうが、警察官に追跡や捜査をさせるよりもはるかに安上がりだ。しかも警察は必要とあらば、情報提供者を切り捨てることもできる。無責任に首を切っても、組合にうるさく抗議されることはない。エーヴェルトには受け入れがたい将来像だ。刑事が仕事をしなくても、仲間を裏切ってたれ込む犯罪者がいれば事足りる、そんな未来が来るころには、もう定年退職していたいと思う。

二十四分。彼は自分から電話をかけた。

「はい、アナスン」

「ずいぶん時間がかかるな」

「グレーンス警部ですか」

「で？」

「やっぱりそうでした」

「ほんとうか？」

「指紋だけで確定です」

「名前は？」

「われわれはカーステンと呼んでいました。私が担当している潜入者の中でも優秀な男です」

「コードネームか？　いいかげんにしてくれ」

「しくみはご存じでしょう？　監督者の私が、潜入者の本名を明かすわけには……」

「俺がやってるのは殺人事件の捜査だ。おまえのエセ秘密主義など尊重してやるつもりはない。氏名と、市民番号と、住所を教えろ」

「無理です」

「未婚か既婚か。靴のサイズ。性的嗜好《しこう》。下着のサイズ。殺人現場でなにをやっていたのか。だれの依頼であそこにいたのか。なにもかも知りたい」

「無理です。この作戦にかかわっているのはカーステンだけじゃなくて、ほかにもたくさんいるんです。だから、なんの情報もさしあげることはできません」

エーヴェルトは受話器を机に叩《たた》きつけてから、通話口に向かって叫んだ。

「なるほどな……整理してみようか……デンマークの警察はそもそも、スウェーデン領内で作戦を進めていたのに、こっちの警察にはひとことも知らせなかったな！　そのあげくに作戦が失敗して殺人事件が起きたってのに、デンマークの警察はそれでも、事件を解決しようとしてるスウェーデンの警察にひとことも知らせないっていうのか？　アナスン、わかるだろう？　あまりにも馬鹿げてる！」

もう一度、受話器を机に叩きつける。さきほどよりも、強く。もう叫び声はあげていない。むしろ吐き捨てるようなささやき声だ。

「アナスン、おまえには与えられた任務があって、それを優先しなきゃならないことはわかってる。だがな、それは俺も同じなんだ。この事件を、そうだな……いまから二十四時間以内に解決できなかったら、おまえがなんと言おうと押しかけさせてもらう。そうしたら、とことんまで情報交換だ」

‡

ピート・ホフマンは、気持ちが軽くなったのを感じていた。

昨晩は、ヴェストマンナ通りでの失敗に関する副社長の質問に正しい答えを返し、車で郊外へ連れて行かれて頭を二発撃たれる事態を免れた。そしてたったいま、エリックの質問にも正しい答えを返した。エリックこそ、ホフマンのほんとうの目的がなんであるかを証言できる唯一の人物である。これから彼が裁判にかけられたり刑を言い渡されたりすることのないよう、うまく取りはからってくれるはずだ。

ワルシャワで組織のトップに会った。スウェーデンの閉ざされた市場を乗っ取るにあたり、経済面での後ろ盾となる人物だ。これこそ、ずっと待ち望んできたチャンスにほかならなかった。

「クスリを大量に消費する服役囚が、四千人。クスリの値段は、塀の外の三倍になる。一日当たり、八百万、場合によっては九百万クローナほど稼げるんですよ。まあ、全員がきちんと払ってくれるとしての話ですが」

ホフマンはキッチンのテーブルを覆っているビニールをさらに引きはがした。

「けど、ほんとうの目的はほかにあります」

エリック・ウィルソンは耳を傾け、背もたれに身体をあずけた。すべてを賭《か》けてようやくたどり着いた、この瞬間。三年という長い年月をかけて、一分の隙もない組織に深く食い込めるほどの危険な犯罪者像を、必死で作り上げてきた。パウラがつかんだ情報は、捜査員四十人分の仕事に匹敵する。彼は、スウェーデンのどの警察官よりも、このマフィアの一派を熟知している。

「目的は、塀の外も支配することなんです」

危険にさらされ、つねに命を脅かされ、それでもめざしつづけた瞬間。

「服役中でも、金をふんだんに持っていて、クスリ代を払える連中もいます」

ひとつの組織が、大きくなり、権力を握り、ただの一組織ではなくなる瞬間。

「が、払えない連中もいます。それでも、われわれはそいつらに売りつづけます。そいつらはちびちびとクスリを続けて、やがて刑期を終えると、Tシャツ何枚かと三百クローナの手当、家へ帰るための切符をもらって出所します。そいつらはもう、ヴォイテクの下僕です。こうやって、塀の外で働く人材を手に入れるんです。刑期を終えたそいつらは、働いて借金を返すか、頭に銃弾を二発撃ち込まれるか、ふたつにひとつを選ばされるわけです」

スウェーデンの警察が踏み込んで、犯罪の拡大を止めることのできる瞬間。千載一遇のチャンス。

「エリック、わかりますか？　この国には、刑務所が五十六か所あります。建設中の新しい刑務所もいくつかあります。それを全部、ヴォイテクが掌握します。そのうえ塀の外でも、おおぜいのヤクザ者に借金を負わせて、やつらを意のままに操るようになるんです」

東欧マフィアの事業分野は、三つ。

銃の取引。売春。クスリ。

エリック・ウィルソンは、ビニールの覆いをかけなおしたばかりのキッチンテーブルのそばに座ったまま、向かいの建物と共有されている中庭を眺めた。こうした組織がすべてを牛耳るようになるのを、警察はふつう、黙って見ていることしかできない。いま、ヴォイテクは最終段階に入ろうとしている。まずは刑務所に入り込み、それから塀の外も牛耳ろうとしている。が、今回は大きなちがいがひとつだけある。その組織の中枢に、警察側の人間がいるということだ。警察は内部情報を得て、どこで、どのようにして、いつ反撃に出ればいいか、判断することができる。

エリック・ウィルソンは、パウラがフェンスの扉を開け、閉め、向かいの建物に消えていくのを見守った。

もうひとつ、会合を開く時が来た。

内閣府で。

ヴェストマンナ通り七十九番地での殺人事件の責任を問われずにすむという保証を得なければならない。刑務所の中でも、潜入捜査を続けられるように。

部屋の片隅に、段ボール箱が二箱残っている。まもなくこれを床に置いたままずるずると押して廊下を進み、エイナションのところへ持っていくつもりだ。押収品保管室の安全な保管庫で、極秘扱いで預かってもらうために。

彼女はずっと、ひとりきりだった。

昔は、そのことがわかっていなかった。自分のことで精一杯だったから。自分の抱えている恐怖がすべてだったから。自分がどれほど孤独かということが、すべてだったから。

あの場所に行ってすらいないのだ。彼女が埋葬される日、彼はひげを剃《そ》って、黒い背広を着て、それからオフィスのコーデュロイのソファーに横になって、ひたすら天井を見つめていた。

エーヴェルト・グレーンスは目をそらした。彼女と結びついている段ボール箱を見る気になれない。恥ずかしい、と思った。

しばらくヴェストマンナ通り七十九番地の件から離れようとした。このままでは行き詰まるだけだ。机の上は、ただ時ばかりが過ぎ、一時間ごとに解決が難しくなっていく事件の捜査資料でいっぱいになっている。資料のフォルダーをぱらぱらとめくっては、一冊ずつ脇に重ねた。〝恐喝未遂〟――ストックホルム南駅周辺にたむろっているニキビ面の若者たちが、ショッピングセンターで店の主人を恐喝しようとした。〝車両の使用窃盗罪〟――サンクトエーリク橋の下のトンネルで、備えつけのコンピュータと無線機を奪われた覆面パトカーが見つかった。〝女性に対する迷惑行為〟――訪問禁止を言い渡されているにもかかわらず、シビュッレ通りに住む元妻の家を、元夫が何度も訪れていた。つまらない、冴《さ》えない事件ばかりだが、こうした捜査こそ彼の日常であり、あとできちんと片付けるつもりだ。片付けるのは得意なのだから。が、いまはちがう。いまは、死んだ男に行く手を阻まれている。

「入れ」

ドアをノックする音がしたのだ。音楽のなくなった部屋では、ノックの音までもがこだまする。

「いま、時間ありますか？」

開いたドアを見やると、あまり好ましく思っていない男の姿が見えた。なぜかはわからない。理由はとくにないのだが、とにかく気に入らない、そういうこともある。正体のわからない、違和感のようなもの。

「いや。時間はない」

ふさふさと豊かな金髪。すらりとした体形で、目に活気があり、饒舌《じょうぜつ》で、知的。おそらくハンサムと言っていいのだろう。まだ、あまり年は食っていない。

エリック・ウィルソンは、エーヴェルト・グレーンスとは正反対の人間だ。

「簡単な質問のひとつも無理ですか？」

エーヴェルトはため息をついた。

「簡単な質問なんてものはない」

エリック・ウィルソンは笑みをうかべ、オフィスに入ってきた。エーヴェルトは抗議しようと口を開きかけたが、やめた。ウィルソンは、大音量の音楽が廊下に漏れていることについて、いっさい文句を言ってこなかった数少ない同僚のひとりだ。こうして静かになったこの部屋に、一度ぐらい迎え入れてやってもいいかもしれない。

「ヴェストマンナ通り七十九番地の殺人事件ですが。僕の理解が正しければ……捜査を担当していらっしゃるのはあなたですね？」

「それがどうした」

エリック・ウィルソンはぶっきらぼうな警部と目を合わせた。今朝、パソコンで犯罪届出定型簿という記録簿を検索して、ある事件を見つけた。これなら自分の真の目的を隠すための口実になりそうだ、と思った。

「ちょっと思い出したことがありまして。現場は一階ですか？」

フィンランド人らしい名前、盗品罪、銅一トン。

「いや」

記録簿によれば、もう捜査は終了し、有罪判決が出て、すでに刑が執行されている。

「去年、同じ住所で、盗まれた銅を大量に売買していたフィンランド人を調べたことがあるんです」

グレーンス警部が捜査にかかわっていない、ささいな事件。したがって、ウィルソンもこの事件の捜査にかかわっていないことなど、グレーンスは知らないはずだ。

「ほう？」

「住所が同じだったので、気になったんですよ。つながりはあるのだろうか、と」

「ないよ」

「断言できるんですか？」

「ああ、断言できる。こっちはポーランド人が絡んでる。死んだのはデンマークの警察の潜入者だ」

エリック・ウィルソンは、求めていた情報を得た。

捜査を担当しているのがグレーンス警部であること。

グレーンス警部がすでに危険な知識を得ている、ということ。

　そして、グレーンス警部はしつこく捜査を続けるだろう、ということ。この老人はときおり、ずば抜けて優秀な刑事だったころのように、めらめらと燃え上がることがあるから。

「潜入者、ですか？」

「おい……おまえには関係のないことだろう」

「そんなことを言われたら興味が湧きますよ」

「出ていくときにはドアを閉めていってくれ」

　ウィルソンは抗議しなかった。もうじゅうぶんだ。廊下に出て数歩ほど歩いたところで、あたりを舞う埃《ほこり》の向こうからグレーンスの声が飛んできた。

「ドア！」

　二歩あとずさって、ドアを閉めると、次のドアへ急いだ。

　ヨーランソン警視正のオフィスだ。

「ウィルソンか？」

「いま、お時間ありますか？」

「座りなさい」

　エリック・ウィルソンは、自分やグレーンスの上司にあたる人物の真向かいに腰を下ろした。いや、上司であるだけではない。彼は、ストックホルム市警の潜入捜査を統括する情報提供元監督責任者でもある。

「厄介なことになりました」

ウィルソンはヨーランソンを見つめた。このオフィスのほうが広く、机も大きい。ヨーランソンがいつも小さく見えるのは、そのせいかもしれない。

「というと？」

「たったいま、エーヴェルト・グレーンス警部のところに行ってきました。ヴェストマンナ通りの殺人事件を担当なさってます。問題は、捜査責任者であるグレーンス警部よりも、担当者でない僕のほうが、事件の真相をはるかに詳しく知っているということなんです」

「それがどうして厄介なのかわからんが」

「パウラですよ」

「パウラ？」

「覚えてらっしゃいますか？」

「覚えているが」

これ以上の説明はほとんど要らない、とウィルソンは理解した。

「パウラが、現場にいたんです」

‡

電子音声。

《十二時三十七分五十秒》

なにかのこすれる音。明らかに室内だ。張りつめたささやき声。訛《なま》りはない。

《人が死んでる。ヴェストマンナ通り七十九番地。五階》

「もう一度」

ニルス・クランツはCDプレーヤーのボタンを押し、慎重にスピーカーを調節した。

最後のひとことを聞きとりにくくしている冷蔵庫の雑音も、ふたりにとってはすでに耳慣れた音と化している。

「もう一度」

エーヴェルト・グレーンスは、殺人事件を目撃したのち姿を消した男につながる、唯一の手がかりに耳を傾けた。

「もう一度」

クランツはかぶりを振った。

「私も忙しいんだよ、エーヴェルト。よかったら、CDに焼いてやろうか。そうすれば、好きなときに好きなだけ聴ける」

クランツは音声ファイルを新しいCDにコピーし、銃撃からわずか数分後に県警の無線連絡センターに入ってきた電話のやりとりを焼きつけた。

「これをどうしろと？」

「CDプレーヤー、持ってないのか？」

「自分の娘を殺した犯人を、父親が射殺した事件があっただろう。あの件でちょっと喧嘩《けんか》をしたあとに、オーゲスタムからもらった気はする。が、使ったことは一度もない。どうしてそんなもの使わなきゃならん？」

「これを貸してやるよ。気がすんだら返してくれ」

「もう一度だけ聴かせてくれないか？」

クランツはまたかぶりを振った。

「エーヴェルト？」

「なんだ」

「使いかたを知らないんだな？」

「まあな」

「ヘッドホンをつけて。自分で再生してくれ。なに、できるさ」

エーヴェルトは鑑識課のいちばん奥にある椅子に腰を下ろした。いくつかあるボタンをでたらめに押し、かなり長さのあるコードをためらいながらも引っ張ってみる。急にヘッドホンの中から通報の声が聞こえてきて、彼はびくりとした。

　自分が探している男について、自分が知っていることは、これしかない。

「そうそう、もうひとつ」

　ニルス・クランツが自分の耳のそばで両手を動かしていた。エーヴェルト、ヘッドホンを取れ、という合図だ。

「ヴェストマンナ通り七十九番地の建物を調べたよ。くまなく調べたが、事件に関係のありそうなものはなにも見つからなかった」

「もう一度探せ」

「おい、手を抜いたわけじゃないぞ。わかってるだろう、エーヴェルト」

　一回目でなにも見つからなかったのなら、二回目で見つかるわけがない。エーヴェルトにはもちろんわかっていた。だが、たどれる道がほかにないこと、いまのところ捜査が完全に行き詰まっていることも、また真実だった。CDプレーヤーを手に持ったまま、広い建物を足早に抜け、クングスホルム通りに出た。一分ほど経ったのち、通りかかったパトカーに歩道から合図を送って停止させると、後部座席のドアを開け、驚いた顔の巡査に、ヴェストマンナ通り七十九番地へ連れて行け、そこでしばらく待っていろ、と告げた。

午前中にウィルソンがやや不自然なようすで話していた、フィンランド人の名が掲げられたドアの前で少し立ち止まってから、階段を五階まで上がり、問題のマンションへ向かった。緑色の制服を着た民間の警備員が、まだ見張りに立っている。エーヴェルトは大きな血痕《けっこん》や壁の三角旗を見やった。が、今回、見たいのはキッチンだ。通報してきた男がここに立っていたことはまちがいない、とクランツが自信たっぷりに断言した、冷蔵庫のそばの場所。〝おまえは動揺しているのに、落ち着いた声を出していたな〟。エーヴェルトはヘッドホンをかぶると、さきほど再生がうまくいったときと同じように、ボタンをふたつ押した。〝おまえの通報は、的確で、理路整然としていて、迷いがない〟。また、あの声。〝おまえは混乱のただ中にあっても冷静に動ける人間だ〟。流し台と調理台のあいだを歩きながら、まさにこの場所に立っていた男の声に耳を傾ける。ドアの向こうで死んだ男がだらだらと血を流し、そのそばをうろついている人間がいるという状況で、人が死んでいる、とささやいた声。〝おまえは殺人にかかわったのに、わざわざ通報してきた。そして、姿を消した〟

「これはなかなか使えるな」

エーヴェルトは階段を下りながらニルス・クランツに電話をかけた。

「なんの話だ？」

「おまえから借りた機械だよ。気に入った。こいつがあれば好きなときに、好きなだけ聴ける」

「ああ、そうか、エーヴェルト。そりゃよかった。じゃあ、また」

パトカーは入口のそばで二重駐車して待っていた。巡査は運転席に座り、シートベルトをつけたままで待機している。

エーヴェルトは後部座席に乗り込んだ。

「アーランダ空港へ」

「えっ?」

「アーランダ空港へ行く」

「これ、タクシーじゃありませんよ。僕はあと十五分で勤務終了なんですが」

「なら、回転灯をつけなさい。そうすれば早く着く」

エーヴェルトは座席にもたれた。車はノールトゥルのインターチェンジへ向かい、そこから高速E4号線を北へ走った。〝おまえは、何者なんだ?〟。ヘッドホンをつける。空港の第五ターミナルに着くまでに、まだ何度も聴けるはずだ。〝おまえは、あそこでいったいなにをしていたんだ?〟。これから、鉛とチタンの銃弾が人の頭に食い込んだ瞬間、あのマンションにいた連中のうち、少なくともひとりについて、こちらよりも多くを知っている人物のもとへ向かう。情報を手に入れるまで、ストックホルムには戻らないつもりだ。〝おまえは、いま、いったいどこにいるんだ?〟

手に持ったビニール袋が、ハンドルと窓のあいだでゆらゆらと揺れている。

‡

ピート・ホフマンは午前十一時半に〝五番〟――ふたつの住所から中に入れる、住人のいないマンションを離れた。焦りを感じる。ヴェストマンナ通りでの発砲に、ヴォイテクで開けた突破口。信用されたのか、それとも、死を運命づけられたのか。とどまるべきか、それとも、逃げるべきか。中庭にあるフェンスの最後の扉を閉めたとき、電話が鳴った。保育園の職員からで、ふたりの子どもたちが熱を出し、真っ赤な顔でソファーにぐったりと座って迎えを待っている、という話だった。そこでエンシェーデダーレン地区の〈さんざし園〉にまっすぐ向かい、身体を火照らせて眠そうにしている子どもふたりを拾って、エンシェーデ地区の自宅へ戻った。

ビニール袋を、その中に入っているシャツを見つめる。グレーと白の格子柄だが、人の断片や血にまみれているせいで、模様はあまりよく見えない。

自宅に着き、子どもたちをそれぞれのベッドに横たえると、ふたりは子ども向けのマンガ雑誌を読みもせずに抱えて眠りに落ちた。彼はソフィアに電話をかけ、このまま家にいると約束した。ソフィアは受話器に向かってキスの音を立てた。二回。かならず偶数だった。

シャツからフロントガラスの向こうへ視線を移し、店の入口の上の時計を見つめる。あと六分。うしろを見やると、ふたりとも静かに座っている。目が潤み、身体の力が抜けている。ラスムスは後部座席にほとんど横になっている。

ソフィアと電話で話したあと、こちらを監視しているように思える家の中を歩きまわり、ときおり心配になって、眠る子どもたちの熱い頬を撫《な》でているうちに、やはり連れて行くしかない、と悟った。解熱剤のシロップは、冷蔵庫のドアポケットに入っていた。子どもたちはふたりとも、シロップがまずいから飲みたくない、べつに治らなくてもいい、と文句を言ったが、結局は用量の二倍にあたる量をスプーンで飲ませた。ふたりを車へ運び、セーデルマルム島、スルッセンへの短い道のりを走って、ヘーケン通りの入口から数百メートル離れたところに駐車した。

いま、ラスムスは後部座席にすっかり横になり、ヒューゴーはその上にもたれるようにして座っている。ふたりの火照った頬はいまのところ、解熱剤が効いているのだろう、少し赤みが薄らいでいる。

ピート・ホフマンの胸に、ある感覚が湧き上がった。これは、おそらく、恥というものだろう。

〝ごめん。こんなところに連れてくるべきじゃないのに〟

潜入者として雇われたときからずっと、愛する者を危険にさらすことはけっしてしないと自分に誓ってきた。今回だけだ。もう二度とやらない。以前にも一度だけ、何年か前だが、危ういところまで行ったことがある。客がふたり、いきなり自宅を訪ねてきたのだ。ソフィアがコーヒーを出した。明るく、愛想よく接していたが、自分がいったいだれにコーヒーを出しているのか、彼女にはわかっていなかった。副社長と、第四の男。出世の階段を着々と上がっているホフマンの身辺を、もう少し調べてみようと考えたのだろう。ふたりが帰ったあと、あのふたりは顧客だ、とソフィアに説明しておいた。彼女はその言葉を信じた。彼女はいつも信じてくれた。

あと、二分。

後部座席へ身を乗り出し、さしあたり熱の引いた子どもたちの額にキスをすると、パパはほんのちょっと、ほんのちょっとだけいなくなるけれど、いまみたいに静かに座っていてくれ、もう大きなお兄ちゃんなんだから、できるね、と告げた。

車をロックし、ヘーケン通り一番地の入口から中に入る。

その二十分前に、ヨート通り十五番地の扉から中に入っていたエリックはいま、三階の窓から彼を見つめている。パウラが中庭を横切るときには、いつもそうしている。

今回の待ち合わせ場所は、四番。十四時きっかり。

住人のいないマンション。街の中心に近い立派なマンションで、数か月に及ぶ改装工事のあいだ、六つある会合場所のひとつとして使わせてもらっている。階段で三階に上がり、ドアポストに〝リンドストレム〟と記された扉をめざすと、エリックに向かってうなずいてみせ、ビニール袋を差し出した。鍵《かぎ》のかかった銃保管庫に入れておいた袋。中身は、血痕と火薬のついたシャツ――昨日マリウシュが着ていたシャツだ。それから急いで階段を下り、子どもたちのもとへ戻った。

‡

スカンジナビア航空の機体から、コペンハーゲン・カストルップ空港のアスファルトに下りるタラップは、踏み板の部分がアルミニウム製で、一段ずつ下りるには低すぎるが一段飛ばしにすると高すぎるという微妙な段差だ。エーヴェルト・グレーンスは同じ飛行機に乗ってきた乗客たちを見やった。みなが同じように困ったようすで、ぎこちない足取りでタラップを下り、ターミナルビルへ向かう小さなバスに乗り込んでいる。エーヴェルトはタラップを下りたところで立ち止まり、〝POLITI（警察）〟の文字と青い線の入った白い車を待った。運転席に座っている若い制服警官は、ちょうど一時間ほど前にアーランダ空港の出発ロビー前で車を停めたスウェーデン人の巡査にどことなく似ていた。若い警官は急いで車を降りると、後部座席のドアを開け、スウェーデン人の警部に向かって敬礼をした。敬礼。久しぶりに目にする光景だ。七〇年代には自分も上司に敬礼したものだが、いまや上司の立場となった自分に向かって敬礼する部下などひとりもいない。それでいいと思っている。派手にへりくだられるのはどうも苦手だ。

後部座席には先客がいた。私服の男で、歳のころは四十代。スヴェンによく似ている。人当たりのいいタイプの刑事。

「ヤコブ・アナスンです」

エーヴェルトは笑みをうかべた。

「オフィスからランゲ橋が見えると言ったっけ」

「コペンハーゲンへようこそ」

車は四百メートル進んだところ、ターミナルビルのちょうど中ほどにあるドアの前で停まり、彼らは空港の警察署に足を踏み入れた。エーヴェルトは何度かここに来たことがあり、いちばん奥に会議室があることも知っていた。会議室のテーブルには、バターや砂糖にまみれたデニッシュと、コーヒーが載っていた。

彼らは、車で迎えに来た。警察署の会議室を押さえ、コーヒーと菓子まで出してくれた。

エーヴェルトは、プラスチックカップや角砂糖を探しているデンマーク警察の面々を、じっと観察した。

気分が上がる。明らかにこちらを拒もうとしていた態度、協力することへの無言の反発は、もうないのだとわかった。

ヤコプ・アナスンは、デニッシュについている紙に触れてべとついた指をズボンでぬぐうと、A4サイズの写真を一枚、テーブルの中央に置いた。大きく拡大されたカラーコピー。エーヴェルトは写真をじっと見つめた。三十代らしき男性。短い金髪で、精悍《せいかん》な顔立ちだ。

「カーステンです」

ルードヴィッグ・エルフォシュが解剖室で言っていたことを思い出す——被害者は北欧人らしい外見をしている、内臓や歯の治療跡を見ても、おそらくスウェーデンで生まれ育った人物だろう、と。

「うちのやりかたは、スウェーデンとはちがいましてね。男性の情報提供者には男性のコードネーム、女性の情報提供者には女性のコードネームをつけます。ものごとをやたらと複雑にしたところで、なんの得にもなりませんから」

〝おまえは床に倒れていた。頭に、大きな穴が三つあいていた〟

「カーステン。本名は、イェンス・クレスチャン・トフト」

〝そのあと、おまえはエルフォシュの解剖台に載っていた。顔の皮膚をすべて削がれた状態で〟

「国籍はデンマークですが、生まれも育ちもスウェーデンです。傷害罪、偽証罪、恐喝罪で有罪になって、コペンハーゲン西刑務所のD棟で二年服役したあと、われわれ警察に情報提供者として採用されました。あなたがたもやりかたは同じでしょう。拘置所にいる段階でスカウトすることもある。そうですね？」

〝この顔は覚えている。たしかに、おまえだ。洗浄されて解剖台に載せられたあとの写真を思い出しても、この写真によく似ている〟

「カーステンにはいろいろと教え込んだうえで、偽の経歴を与えました。彼は潜入者として、コペンハーゲン市警から給料を受け取って、ほぼあらゆる犯罪組織に取引を持ちかけていました。ヘルズ・エンジェルスやバンディドスなどのオートバイクラブ、ロシアや旧ユーゴ、メキシコのマフィア……なんでもありです。ポーランドのヴォイテクと取引したのは、これが三回目でした」

「ヴォイテク？」

「ヴォイテク・セキュリティー・インターナショナル社。警備や身辺警護、現金輸送などを請け負っている会社です。表向きはね。東欧ではよく使われる手です。警備会社が犯罪組織の隠れ蓑《みの》になっている」

「ポーランドのマフィア。これで具体的な名前がわかった。ヴォイテク、か」

「しかし、カーステンがスウェーデンで動いたのは、これが初めてだったんです。バックアップも用意できませんでした——そもそもスウェーデン領内での作戦は避けたかったので。それで、言ってみれば、取引が暴走した形になってしまったわけです」

エーヴェルトは失礼を詫《わ》びて立ち上がった。片手に死んだ男の写真を、もう片方の手に携帯電話を持って、会議室を出て広い出発ロビーに入る。大きなスーツケースを引きずりながら列に並ぼうと急ぐ人々にぶつからないよう、気をつけながら歩いた。

「スヴェンか？」

「ああ、もしもし」

「いま、どこにいる？」

「自分のオフィスだけど」

「パソコンの前に座れ。〝イェンス・クレスチャン・トフト〟で一括検索しろ。一九六五年生まれだ」

こんがりと日焼けして笑みをうかべた老婦人のカートから鞄《かばん》が落ち、エーヴェルトは身をかがめてそれを拾った。礼を言われて微笑み返しながら、スヴェン・スンドクヴィストが机の椅子を引いている音に耳を傾ける。やがて、パソコンが起動するときの、あのうるさい音が聞こえてきた。

「検索できたか？」

「まだ」

「急いでるんだ」

「エーヴェルト、いまシステムを立ち上げてるところなんだよ。時間がかかるんだ。僕にはどうしようもない」

「さっさと立ち上げればいいじゃないか」

さらに一分ほど、キーボードを叩《たた》く音が続いた。エーヴェルトは旅行者たちやチェックインカウンターのあいまを縫ってそわそわと歩きまわった。やがてスヴェンの声が聞こえてきた。

「該当なし」

「どこにも載ってないのか？」

「前科記録にも、運転免許証の登録簿にもない。スウェーデン国籍ではないようだし、犯罪の嫌疑をかけられたこともない。ＡＳＰＥＮにも載ってない」

エーヴェルト・グレーンスは、あわただしい出発ロビーをゆっくりと二周した。名前がわかった。居間の黒ずんだしみの上に倒れていたのがだれなのか、これで判明した。

が、このままでは意味がない。

死人に興味はない。死人の身元に意味があるのは、そこから犯人に近づける場合だけだ。わざわざ金を払ってここまで来たのは、犯人の名を知るためだった。が、その名前が、スウェーデンのどんな記録簿や名簿にも載っていないというのなら、なにも変わらない。

「これを聴いてくれ」

カストルップ空港の警察署に戻り、大きすぎるデニッシュと小さすぎるコーヒーカップの並ぶ部屋に入って腰を下ろすと、エーヴェルトはそう切り出した。

「まだ、いいです」

「たいしたもんじゃない。が、手がかりはこれしかないんだ」

言葉少なに通報してきたささやき声は、いまもなお、犯人につながる最も有力な手がかりだった。

「まだ聴きたくありません、グレーンス警部。話を続ける前に、このミーティングの条件をわかっていただけているかどうか、きちんと確かめたいんです」

ヤコプ・アナスンはCDプレーヤーとヘッドホンを受け取ったが、そのままテーブルの上に置いた。

「今日、電話で情報を明かさなかったのは、あなたがどういう人なのか知りたかったからです。あなたを信用してもいいのかどうか見極めたかった。というのも、カーステンが警察に雇われて動いていたことが知れたら、ほかの潜入者たち——カーステンの推薦とあと押しを受けてヴォイテクと接触している連中の命が危うくなるんです。したがって、ここで話した内容が部屋の外に漏れては困ります。よろしいですね？」

「潜入捜査が絡むとなんでも秘密にされるのは、どうも気に食わん。ほかの捜査が台無しになる」

「よろしいですね？」

「わかったよ」

アナスンはようやくヘッドホンをつけ、耳を傾けた。

「現場のマンションからの通報だ」

「そのようですね」

「こいつの声か？」

エーヴェルトはテーブルの上の写真を指差した。

「ちがいます」

「聞いたことのある声か？」

「もっと情報がないとなんとも言えませんが」

「手がかりはこれだけなんだ」

ヤコブ・アナスンはふたたび耳を傾けた。

「いいえ。聞き覚えのある声ではありません」

イェンス・クレスチャン・トフトという名のカーステンは死んだが、写真の目がこちらを見つめているような気がして、エーヴェルトは落ち着かなくなり、写真を引き寄せて裏返した。

「こいつに興味はないんだ。こいつを撃った犯人のほうに興味がある。現場のマンションに、ほかにだれがいたのか知りたい」

「わかりません」

「おい、こいつはおまえに雇われてたんだろう？　それなのにおまえは、だれと会う予定だったかも知らないっていうのか！」

ヤコブ・アナスンはむやみに怒鳴り散らす人間が嫌いだった。

「今度その調子で怒鳴られたら、このミーティングは終わりにしますよ」

「だが、おまえが雇ってたんだから……」

「いいですね？」

「わかったよ」

アナスンは話を続けた。

「カーステンは、ヴォイテク本社から派遣されてくる人間と、スウェーデン人の連絡係と会う予定でした。私が知っているのはそれだけです。相手の名前はわかりません」

「スウェーデン人の連絡係？」

「ええ」

「たしかなのか？」

「私はそのように聞いています」

「ポーランド・マフィアの取引が行なわれていたマンションに、スウェーデン語を話す人物がふたりいた。ひとりが死んだ。そして、もうひとりが通報した。

「おまえだったのか」

アナスンが驚いたようすでエーヴェルトを見やる。

「えっ？」

「スウェーデン人の連絡係だ」

「なにをおっしゃっているのかわからないんですが」

「そいつを絶対に見つけてやる、って話だ」

‡

車が激しく行き交い、頭に浮かぶ考えを片っ端から潰《つぶ》していくような高速道路から、自宅までは、距離にすればわずか数百メートルしか離れていない。が、学校や小さな公園のそばを通り、小道をいくつか抜けていくだけで、そこにはまったくの別世界が広がっている。車のドアを開け、耳を傾ける。競うように走っているトラックの轟音《ごうおん》すらも聞こえない。

自宅に入ろうとハンドルを切ったときにはもう、彼女は車庫の前に立って待っていた。

なんと美しいのだろう。ずいぶんと薄着で、足にはスリッパを履いたままだ。

「どこに行ってたの？　子どもたちまで連れて」

ソフィアは後部座席のドアを開けると、ラスムスの頬を撫《な》でてから抱き上げた。

「取引先に行ったんだ。二か所、約束があったのを、すっかり忘れてて」

「取引先？」

「防弾ベストが要るっていう警備会社と、防犯アラームを調整しなきゃならないっていう店。どうしても動かせない約束だった。ふたりはほんのちょっとのあいだ車で待たせただけだ。うしろの座席でじっとしていてくれた」

ソフィアは子どもたちの額に手を当てた。

「熱はあまりないみたい」

「よかった」

「治ってきてるのかも」

「そうだといいな」

俺は、ソフィアの頬にキスをする。ソフィアの香りに包まれて、俺は嘘をつく。

簡単なことだ。自分でもうまくやっていると思う。

でも、もういやだ。ひとつも嘘をつきたくない。ソフィアにも、子どもたちにも。

もう、たくさんだ。


身体の熱い子どもたちを、ベッドのある二階へふたりで運ぶと、木の階段がギシギシと音を立てた。小さな身体を、白い寝具の中に横たえる。ホフマンはしばらくその場にとどまって子どもたちを見つめた。ふたりともすっかり寝入っていて、軽くいびきをかいている——強力な細菌と闘っているときにはよくあることだ。この世のなによりも愛しいこのふたりが生まれる前、いったいどんな人生を送っていたか、思い返してみる。自分よりも大切な人などひとりもいなかった、うつろな日々。思い出すことはできるが、なにも感じない。あのころ大切だと思っていたこと、大きく、揺るぎなく見えたものが、実はなんの意味もないことに気づいたのは、自分を見つめ、パパ、と呼んでくれる存在が現われたあとのことだった。

子どもたちの部屋を行き来して、それぞれの額にキスをする。ふたりともまた熱がぶり返したらしく、唇に触れた肌が熱かった。キッチンに下り、ソフィアのうしろの椅子に座って、洗い物をしている彼女の背中を眺める。きれいになった皿はこのあと、彼の家の、彼女の家の、ふたりの家の食器棚に収まることだろう。ホフマンは彼女を信じている。そう、信頼している――人をこんなふうに心の底から信じきるなど、ソフィアと出会うまではできなかったことだ。自分は、彼女を信じている。そして、彼女も自分を信じてくれている。

彼女も、自分を信じてくれている。

ついさきほど、嘘をついた。いつもなら、あらためて考えることなどめったにない。すっかり習慣と化していて、自分が嘘をつこうとしていると意識するよりも前に、信《しん》憑性《ぴょうせい》はどうだろうと考えているありさまだ。それなのに、今回の嘘はいやでしかたがない。ソフィアの背後にこうして座っているいまも、あれは理不尽で耐えがたく、消耗させられる嘘だった、と感じている。

ソフィアが振り向き、微笑み、濡《ぬ》れた手で彼の頬を撫でた。

いつもなら、この瞬間を、心の底から待ち望んでいるのに。

いまは、ただただ、落ち着かない。

〝取引先に行ったんだ。二か所、約束があったのを、すっかり忘れてて。ふたりはほんのちょっとのあいだ車で待たせただけだ。うしろの座席でじっとしていてくれた〟。

もし、彼女が自分の言葉を信じてくれなかったら。〝そんなの、嘘でしょう〟。自分のつく嘘を、彼女がうのみにしてくれなかったら。〝ほんとうはなにをしてたのか、教えて〟。そうなったら、自分はそこでくずおれるだろう。終わるだろう。自分の強さ、人生、原動力——すべては、彼女からの信頼という土台の上に築かれているのだから。

‡

十年前のこと。

彼は、ストックホルムの北にあるエステローケル刑務所で服役していた。同じ区画で服役している連中、十二か月のあいだ彼の友となる連中は、それぞれ自分なりの方法で、恥を生き抜こうとしている。それぞれの嘘を、自己防衛メカニズムを、ていねいに築き上げている。

廊下をはさんだ向かいにある四番独房の男は、クスリをやっている。そして、クスリをやりつづけるために、盗みを働いている。郊外の一軒家を一晩で十五軒ほどやっつけてしまうこの男は、いつもしつこく口にする。〝俺は絶対に子どもを傷つけない。子ども部屋のドアはかならず閉めておく。子ども部屋からなにか盗むことだけは絶対にしない〟。繰り返し、呪文のようにそう唱える。自らの所業に耐えるための防御手段。こうして自分なりのモラルを掲げれば、少なくとも自分だけは、ちょっと善い人間になれたように思える。自己嫌悪を逃れられる。

ピートは知っている。だれもが知っている。四番独房の男はとっくの昔に、自分で作ったそのルールをかなぐり捨てた。いまの彼は、クスリを求める気持ちが子どもを尊重したいという気持ちよりも強くなると、子ども部屋にも遠慮なく侵入し、売れそうなものを盗み出す。

少し離れたところ、八番独房にいる男、傷害罪で何度も刑務所にぶち込まれているあの男も、自己嫌悪に耐えるため、似たようなモラルをでっち上げ、似たような呪文を唱える。〝俺は絶対、女に暴力をふるわない。暴力をふるう相手は男だけだ。女を殴ることだけは、絶対にしない〟

ピートは知っている。だれもが知っている。八番独房の男もとっくの昔に、言葉と行動をすっぱりと切り離した。いまの彼は、女にも暴力をふるう。邪魔だと思えば、だれかれかまわず殴る。

‡

偽りのモラル。

ピート・ホフマンは、それを軽蔑《けいべつ》していた。自分自身にまで嘘をつく連中を、ずっと軽蔑していた。

彼女を見つめる。彼女の濡れた手が不快だった。自分も同じことをしたではないか。自分なりのモラルを、自己嫌悪に陥らないための理屈を、家族を使って嘘をつくことは、絶対にしない。ソフィアと子どもたちを俺の嘘に巻き込むことだけは、絶対にしない〟。そう、破り捨ててしまったのだ。四番独房の男、八番独房の男、ほかの連中と同じように。軽蔑していた連中と同じように。

自分に、嘘をついた。

自分という人間は、自分で好ましいと思える自分自身は、もうどこにも残っていなかった。

ソフィアが蛇口の水を止める。皿洗いを終えて、流し台の水気を拭《ぬぐ》ってから、ピートのひざに腰を下ろした。彼女を抱き寄せ、頬に口づける。彼女がいつも望むとおり、二回。そして、首と肩のあいだに鼻を埋《うず》める。彼女の肌があまりにもやわらかい、その場所に。

エリック・ウィルソンは、潜入者と会ったあとにだけ使う専用のパソコンで、新たなファイルを作成した。

‡

Mがショルダーホルスターから、
拳銃《けんじゅう》（ポーランド製九ミリラドム）を抜いた。
Mが安全装置を解除し、
買い手の頭に銃口を当てた。

五番でパウラから受けた報告を思い返し、そのまま文字にするよう努める。
彼を守るために。自分自身を守るために。
だが、主な目的はべつにある。警察がどこに、なぜ、情報提供料を支払っているのか調べられた場合にそなえて、記録を残しておかなければならない。パウラをはじめとした潜入者たちが、警察の正式な給与受給者リストに載っていないにもかかわらず、警察から報酬を受け取ることができるのは、この機密情報報告書のおかげ、一般からの情報提供に対する支払いのため、警察が用意している予算のおかげなのだ。

PはMに落ち着くよう指示した。

Mは銃を下ろすと、一歩うしろに退き、安全装置をかけた。

機密情報報告書がこの机を離れ、ヨーランソン警視正を経由して県警刑事局長に行き着くと、ウィルソンはパソコンのハードディスクから報告書を削除し、暗証番号でロックして、電源を落とす。安全のため、このパソコンはけっしてインターネットに接続されない。

買い手が突然叫んだ。

「警察だ」

エリック・ウィルソンが報告書を書き、ヨーランソンがチェックし、県警刑事局長がこれを保管する。

それ以外のだれかに読まれ、知られてしまうと……潜入者の命が危ない。パウラの身元や、彼の負っている任務が、知るべきでない人間に知られてしまったら、それはパウラの死刑宣告になる。

Mはふたたび買い手のこめかみに銃口を向けた。

今回、スウェーデン警察は攻撃に出ない。だれも逮捕しないし、なにも押収しない。ヴェストマンナ通り七十九番地での作戦の目的は、ただひとつ——ヴォイテク内でのパウラの地位を強化すること。ヴォイテクにとっては日常のひとコマにすぎない、ありふれたクスリの取引だ。

Pは止めに入ろうとした。
買い手がまた「警察の人間だ」と叫ぶ。
Mが拳銃を買い手のこめかみに強く押しつけ、引き金を引いた。

潜入者はだれしも、いまだ明かされていない死刑宣告だけを道連れに、日々を暮らしている。

エリック・ウィルソンは、機密情報報告書の末尾を何度も読んだ。
パウラがこうなっていた可能性もあるのだ。

買い手はななめ右に傾き、
椅子から落ちて床に倒れた。

いや、パウラがこうなっていたはずはない。
デンマーク人潜入者の経歴をでっち上げた連中は、雑な仕事をしたわけだ。エリック・ウィルソンは、自らパウラを作り上げた。あらゆる登録簿を使って、少しずつ。いい仕事をしている、と自負している。
そして、ピート・ホフマンが生き残りの達人であることも、彼は知っている。

‡

エーヴェルト・グレーンスはコペンハーゲンのカストルップ空港で、ピルスナーの香りのするバーに入り、茶色い紙コップでデンマークのミネラルウォーターを飲んだ。封印を施された免税店のビニール袋に安物のチョコレートとココアリキュールを入れて、どこかに向かっている人々の群れ。年に一か月旅行をするため、残りの十一か月働いて金を貯める。そんな人生を送ることの意味が、昔からさっぱりわからない。

エーヴェルトはため息をついた。

捜査はほとんど進んでいない。ストックホルムを出発した数時間前と比べても、わかったことはあまり多くなかった。

死んだ男が、デンマーク人の潜入者だったこと。イェンス・クレスチャン・トフトという名前だったこと。デンマークの警察のために働き、犯罪組織に取引をもちかけていたこと。

犯人については、なにもわからない。

通報してきた男についても、なにもわからない。

現場となったマンションには、スウェーデン人の連絡係と、ポーランドから派遣されてきた、ヴォイテクという東欧マフィア一派のメンバーがいたらしい、ということもわかった。

が、それだけだ。

顔も、名前も、わからない。

「ニルス?」

エーヴェルトは鑑識課のオフィスにいるニルス・クランツをつかまえた。

「なんだ?」

「捜索範囲を広げてくれ」

「いまから？」

「いまから」

「どれくらい広げろと？」

「必要なだけ。周辺一帯だ。裏庭、階段室、ゴミ収集場、全部」

「どこにいるんだ？　ずいぶんと騒がしいが」

「バーだよ。飛行機が怖いのを飲んで忘れようとしてるデンマーク人がたくさんいる」

「そんなところでなにを……」

「ニルス？」

「なんだ」

「捜査を進めるきっかけになりそうな手がかりがあれば、なんでも……絶対に見つけてくれ」

ぬるくなったミネラルウォーターを飲み干し、バーカウンターに置かれた器からピーナッツをいくつかつまむと、ゲートに向かい、飛行機に乗り込もうとする客の列に加わった。

‡

ヴェストマンナ通り七十九番地での事件に関する機密情報報告書は、字のぎっしりと詰まったA４用紙五枚になり、薄すぎるクリアファイルに突っ込まれた。ヨーランソン警視正は一時間ほどでこれを四回読み、それからメガネを取って顔を上げ、エリック・ウィルソンを見た。

「だれだ？」

ウィルソンは、いつもなら警視正という立場にもかかわらず内気そうで、どことなく困っているように見えることの多いヨーランソンの顔を、じっと見つめた。

彼が報告書を一度読むたびに、その顔にうっすらと赤みが差し、緊張の色がうかぶ。いま、その顔は壊れそうになっている。

「死んだのはだれなんだ？」

「おそらく、潜入者です」

「潜入者だと？」

「べつの潜入者です。デンマークの警察に雇われていたようです。彼はパウラの存在を知りませんでした。パウラも彼のことを知りませんでした」

ストックホルム市警の刑事捜査部門の長である警視正は、Ａ４五枚を手に持っている。薄っぺらいその報告書は、部門の捜査資料をすべて合わせたよりも重い。彼はその報告書を、同じ時刻に同じ住所で起きた同じ殺人事件の、もうひとつの報告書と並べて置いた。グレーンス、スンドクヴィスト、ヘルマンソンによる公式な捜査がどこまで進んだかについて、検察官のオーゲスタムから受け取った報告書だ。

「ヴェストマンナ通りでの殺人事件にパウラがかかわっていても、ここ以外には漏れないという保証をください。関与の事実はこの報告書止まりだと」

ヨーランソンは目の前にあるふたつの書類を見つめた。事件の真相を記した、ウィルソンによる機密情報報告書。そして、グレーンスが進めている捜査の報告書。後者に記されているのは、いまこの部屋にいる警察官ふたりが容認する範囲の事実だ。今後もそうありつづけなければならない。

「ウィルソン、それは無理だ」

「グレーンス警部に知られたら……困ります。パウラは突破口のすぐ近くまで来ている。マフィアの一派が足場を築いているところに、初めて割り込んで、食い止めることができそうなんですよ。そんなことは、いままで一度もなかったんです。警視正もご存じでしょう。この町を支配してるのは、われわれじゃない。あいつらなんです」

「ハイリスクな情報提供元に保証を与えることなどできない」

エリック・ウィルソンは平手で机を叩《たた》いた。上司の部屋でそんなことをするのは初めてだ。

「ハイリスクってことはないでしょう。パウラの仕事に関する機密情報報告書を、あなたは九年前からずっと受け取ってきた。彼が一度も失敗したことがないのはご存じのはずです」

「しかし、パウラは犯罪者だ。そのことに変わりはない」

「犯罪者だからこそ、潜入者としてやっていけるんじゃないですか！」

「殺人にかかわったんだろう。そんな潜入者がハイリスクでないなら……なんだというんだ？」

ウィルソンは、もう一度机を叩くことはしなかった。

クリアファイルに手を伸ばすと、紙五枚をそこに突っ込み、強く握りしめた。

「警視正、よく聞いてください。パウラを失ったら、このチャンスも逃すことになります。千載一遇のチャンスです。これを逃したら、もう二度と巡ってこない。スウェーデンの刑務所も、フィンランドやノルウェー、デンマークと同じ状況になってしまうんです。いつまでぼうっと突っ立って見守っていればいいんですか？」

ヨーランソンは顔の前に片手をかざした。考えなければならない。ウィルソンの言いたいことはわかった。それが実際のところどんな意味をもつのか見極めたい。

「つまり、マリアのときと同じ形で解決したい、ということか?」

「パウラにはこのまま続けてほしいんです。少なくとも、あと二か月。あと二か月は、彼が必要です」

刑事捜査部門の長は、決意を固めた。

「話し合いを申し入れよう。内閣府で」

エリック・ウィルソンはヨーランソン警視正のオフィスを出ると、ゆっくりと廊下を歩いた。エーヴェルト・グレーンス警部のオフィスの開いたドアの前で、ふと立ち止まる。中にはだれもいない。留守なのだ——けっして解決することのない事件を捜査している、この警部は。

水曜日

人の、壁。

朝の八時、地下鉄のホームからヴァーサ通りへの出口まで、人の壁がどんなふうに移動していくものか、彼はすっかり忘れていた。

車は自宅の車庫の前、プラスチック製の赤い玩具《おもちゃ》の消防車のそばに置いてきた。子どもたちの熱がさらに上がって、ソフィアが病院や薬局に行かなければならなくなるかもしれないからだ。ピート・ホフマンはあくびをしながら、もたもたと進む通勤客のあいだを縫って歩いた。まだ疲れが身体に残っている。昨晩は、子どもたちの熱がだんだん上がっていく中、一時間ごとに起き上がってベッドを離れた。最初は零時をまわったころで、子どもたちの部屋の窓をすべて開け、熱い身体に掛かったブランケットをはぎ取り、そうしてふたりがまた眠りにつくまで、それぞれのベッドの縁にかわるがわる腰掛けてやった。最後は朝の五時ごろで、このときはまた解熱剤をむりやり飲ませた。良くなるには、とにかく休んで眠ってもらわなければならない。そうして夜明けが来ると、ピートとソフィアはガウン姿でひそひそと話しあい、子どもが病気になったり保育園が休園になったりするといつもそうしているように、その日の分担を決めた。ピートが午前中だけ仕事をして帰宅し、いっしょに昼食をとったあと、午後に仕事をするソフィアと交替することになった。

ヴァーサ通りはさして美しくもない、殺風景でつまらないアスファルトの道路である。それでも多くの旅行者にとっては、電車や空港からのバス、タクシーでストックホルムに到着し、初めて降り立つのがこの通りだ。光沢紙でできた観光パンフレットのストックホルムは、海や湖に浮かぶ島々、あこがれをかき立てる水の都だというのに。いずれにせよ、遅刻気味のピート・ホフマンの目には、ヴァーサ通りの醜さも美しさも映らなかった。シェラトン・ホテルに近づいていき、優雅なロビーのいちばん奥、バーカウンターのそばのテーブルをめざす。

一日半前に、ワルシャワのモコトゥフ地区、ルドヴィク・イジコフスキ通りの大きな黒い建物で顔を合わせた相手。ヘンリック・バクと、ズビグニエフ・ボルツ。連絡係と、副社長だ。

あいさつを交わす。凄《すご》みを見せつけようとする男たちの、がっしりとした握手。

本社が真剣であることを示すための訪問。

それが、いま始まる。この作戦は、優先順位が高いのだ。刑務所の外からの商品の受け渡しについては、その日時も含め、ワルシャワが直接決めることになる。

握手が終わると、副社長は飲みかけのオレンジジュースを前にふたたび腰を下ろした。ヘンリックはホフマンと並んでホテルの出口へ向かったが、やがて速度をゆるめ、ホフマンの半歩うしろを歩きはじめた。道がわからないからなのか、それとも状況を把握しておきたいからなのか。あいかわらず殺風景なヴァーサ通りを、さきほどとは反対側から歩き、地下鉄の出口を素通りすると、急ぐ車のあいだを縫って道路の反対側へ渡り、歩道をたどって、二階に警備会社のある建物へ向かった。

ふたりは言葉を交わさない。ワルシャワで一日半前、トップに会いにいく途中で顔を合わせたあのときも、ひとことも会話をしなかった。黙ったまま階段を上り、ホフマン・セキュリティー株式会社のドアを素通りして、三階、四階、五階、六階。最上階にひとつだけあるスチールのドアにたどり着く。屋根裏への入口だ。

ピート・ホフマンがドアを開け、ふたりは暗闇の中に足を踏み入れた。壁のどこかに、黒いスイッチがあるはずだ。しばらく手探りして探し当てたそれは、記憶よりもずっと低い位置にあった。中からドアに鍵《かぎ》をかけると、だれも外から入れないよう、鍵を差し込んだままにした。二十六という番号のついた物置部屋は、奥の片隅に積まれた夏用タイヤ四本を除けばまったくの空だ。ホフマンはいちばん上のタイヤを持ち上げると、ホイールの内側の空洞にテープで留めてあったハンマーとねじ回しを取り出した。薄暗く狭い通路に戻り、頭上一メートルほどのところに延びているつやつやしたアルミの太いパイプに沿って歩く。やがてパイプは壁にぶつかり、ファンヒーターの向こうへ消えた。ねじ回しの先を、パイプとヒーターをつないでいる細長いスチール板の縁に当て、ハンマーで強く打ってはずす。そのすき間から、白っぽい金属製の容器八十一個を取り出した。

ヘンリックはそれらの容器が屋根裏の床にずらりと並ぶのを待ってから、三つを選び出した。いちばん左、中ほどからひとつ、そして、右から二番目。

「あとは片付けていい」

ホフマンは残る七十八個の容器を拾い上げ、ファンヒーターのパイプ内の隠し場所に戻した。そのあいだに、ヘンリックが手元に残った容器三つを覆うホイルをはがした。不快なほど強烈なチューリップの香りが屋根裏を満たすのを、ふたりとも感じとった。

ひとつひとつの容器に、黄色い塊が入っている。

工場で製造されたアンフェタミンを、その二倍の量のブドウ糖で薄めたものだ。ピート・ホフマンは、服に血痕《けつこん》や脳組織の断片をつけたまま、ホフマン・セキュリティー社のキッチンで、イエジとマリウシュとともにアンフェタミンを薄めて真空密封したのだった。

ヘンリックは黒のブリーフケースを開け、簡素な秤《はかり》を取り出すと、試験管や外科用メス、スポイトを立てたラックのそばに置いた。千八十七グラム。アンフェタミン一キロ、プラス、容器の重さ。彼はホフマンに向かってうなずいた。ぴったりだ。

三つある黄色いアンフェタミン塊のうち、ひとつにメスを当てる。そっと表面をこすって、一本目の試験管に入る程度の小さなかけらを削り取った。フェニルアセトンとケロシンの入った二本目の試験管にスポイトを突っ込み、液体を吸い上げると、アンフェタミン上に落とし、試験管を何度か振った。一、二分ほど経ってから、試験管を窓に向ける。青みがかった透明な液体は、質のいいアンフェタミンであることを示している。濁った暗い色の液体になれば、その逆ということになる。

「三倍？　四倍？」

「三倍だ」

「良さそうだな」

ヘンリックは容器にホイルとふたをかぶせて密封すると、残るふたつについても同じ作業を繰り返した。どちらも青みがかった透明な液体となり、彼は満足そうな表情をうかべると、容器をファンヒーターの中に戻すようホフマンに告げた。ホフマンは換気用のパイプが元どおりになったことを示すカチリという音が鳴るまで、細長いスチール板を押し込んだ。

屋根裏のドアの鍵を外からしっかりとかける。一階まで階段を下り、ヴァーサ通りのアスファルトへ。黙ったまま歩く。

副社長は、さきほどと同じテーブルにいた。

彼の前に、また飲みかけのオレンジジュースが置いてある。

ホフマンはフロントの長いカウンターのそばで待ち、ヘンリックはヴォイテクのナンバー2のとなりに腰を下ろした。

〝青みがかった、透明な液体〟

〝薄めたアンフェタミン、八十一キロ〟

副社長が振り返ってうなずく。ピート・ホフマンは、高級ホテルのロビーを横切りながら、腹の中のこわばりが溶けていくのを感じた。

「この果肉がね。歯にはさまるんだよ」

副社長は飲みかけのジュースを指差し、さらに二杯注文した。若いウェイトレスが彼らに向かって微笑んでみせる。チップを百クローナもくれて、もしかするとさらに注文してくれるかもしれない、そんな客に向かってうかべる笑みだ。

「塀の外での作戦は、私が指揮する。中での作戦は、きみに指揮してもらう。クムラか、ハルか、アスプソースか。どれも警備レベルAの刑務所だ」

「コーヒーが飲みたいんですが」

ダブルのエスプレッソ。若いウェイトレスがまた微笑んだ。

「長い夜だったので」

ホフマンは、黙り込んだ副社長を見つめて、そう言った。

自分の力を誇示しあっている、と解釈できなくもないやりとりだ。いや、ほんとうにそうなのかもしれない。

半分ほどオレンジジュースの入ったグラスが二杯。テーブルの上にあるのがそれだけとなると、そこにはただのオレンジ色の液体にとどまらない意味があるように思えてしまう。

「そういう夜も、たまにはあるだろうな。長い、長い夜」

副社長は微笑んだ。いまの彼は、力比べをしたいわけではない。信頼のおける強い人間を求めているのだ。

「いま、アスプソースで四人、ハルとクムラで三人ずつ、うちの人間が服役している。それぞれべつの区画にいるが、連絡はとれる。いまから一週間以内に、重い罪を犯して逮捕されてほしい。いま挙げた刑務所のどれかにまちがいなく入れるほどの罪だ」

「二か月ください。それで終わらせます」

「時間は必要なだけやるよ」

「二か月でいいです。それよりも、保証をください。二か月きっかりで出してくださるという保証を」

「心配するな」

「約束してください」

「出してやるよ」

「どうやって？」

「服役中、家族の面倒はみる。仕事が終わったら、きみの面倒もみる。新たな人生、新たな身分。再出発のための金」

シェラトン・ホテルのロビーは、あいかわらずがらんとしている。

仕事でストックホルムへ来る人は、夕方になってからチェックインする。博物館や銅像を見にきた人は、新品のナイキのスニーカーを履いて、早口のガイドとともに街へ出ている。

コーヒーを飲み干してしまった。フロントに向かって手を挙げる。ダブルのエスプレッソをもうひとつ、それから、あの小さなミント味の菓子を。

「三キロで」

副社長がジュースの入ったグラスをテーブルの上に置く。

耳を傾けているのだ。

「三キロ所持で逮捕されます。事情聴取を受けて、自白します。共犯はいないと主張します。そうすれば、すぐに起訴されて、拘置所にいる期間は短くてすみます。そして、地方裁判所で長期の懲役を言い渡されます。アンフェタミンを三キロも所持していたとなると、スウェーデンの裁判所では優先的に処理されることになります。私は判決を受け入れ、刑はすぐに執行されます。すべてうまくいけば、二週間後にはもう、狙った刑務所に入っているでしょう」

ピート・ホフマンは、ストックホルムの中心にあるホテルのロビーに座っている。が、あたりを見まわすその目には、十年前のエステローケル刑務所の狭い独房が映っていた。

あのときに、彼は学んだ——刑務所で数か月を過ごしただけで、人間の人間たる部分がどんなふうに壊れてしまうものか。

〝尿検査！〟と叫ぶ声が響きわたる、地獄のような日々。大の男が素っ裸で一列に並ばされ、鏡のある部屋まで歩かされ、ペニスや尿をじっくりと観察される。抜き打ち検査が行なわれる、地獄のような夜。看守たちが独房の中をかきまわし、ひっくり返し、壊し、めちゃくちゃにして帰っていくまで、寝起きのまま、下着姿で独房の外に立たされる。

今回は、我慢するつもりだ。辱めに耐える価値のある理由で行くのだから。

「刑務所に入ったあとの作戦は、二段階に分かれる。ノルウェーでは、オスロの刑務所を拠点にして、全国の刑務所をひとつずつ攻略していった。フィンランドでも同じように、まずリーヒマキ刑務所を掌握して、そこを拠点にした」

　副社長は身を乗り出した。

「まず、すでに刑務所にいる業者を追い払う。それから、われわれのルートを使って商品を運び入れる。さしあたっては、さきほどヘンリックが合格点を出した、残りの七十八キロ。これを使って、値段を大幅に落とす。刑務所にいる連中に、今後クスリを売るのはわれわれなのだと知らしめる。アンフェタミン一グラム当たり三百クローナではなく、五十クローナで売るんだ。取引を独占できるまで。そのあとに、値段を上げる。いや、上げる、なんてもんじゃないな。一グラム当たり五百クローナ、いや、六百クローナでもいい。一気につり上げる。クスリが欲しいのならその値段で買え、いやなら注射をやめればいい、と客に言い渡すんだ」

　ピート・ホフマンはまた、エステローケル刑務所の狭い独房を思い返した。あそこでは、なにもかもがクスリや酒に支配されていた。クスリや酒の持ち主が、すべてを意のままに動かしていた。アンフェタミン。ヘロイン。バケツに水と食パンと腐ったリンゴを入れて、掃除用具入れに三週間放置しただけであっても、それがアルコール度数十二パーセントの密造酒に変わったとたん、すべてがバケツの持ち主の意のままになった。

「既存の業者を追い払うのに三日かかります。そのあいだ、外とは接触したくありません。責任をもって、じゅうぶんな量を自分で持ち込みます」

「三日か」

「四日目からは、週に一度、ヴォイテクのルートを使ってアンフェタミン一キロを届けてください。その一キロがきっちり消費されるよう、私が計らいます。囚人にクスリを隠し持たせたり、溜《た》め込ませたりはしない。ライバルの芽は徹底的に摘みます」

ホテルのロビーというのは不思議な場所だ。だれも属さない。だれひとりとして、ここにとどまろうとしていない。

これまで空いていた傍らのテーブルふたつが、いきなり日本人の観光客グループに占領された。予約した部屋の準備がまだすんでいないので、腰を下ろして気長に待とうということらしい。

副社長は声を落とした。

「どうやって持ち込むつもりだ？」

「それは責任をもってやります」

「どういう方法でやるのか知りたいのだ」

「十年前にエステローケルでやったのと同じ方法ですよ。そのあとも、ほかの刑務所へ売るときに、同じ方法を使いました」

「どんな方法だ？」

「失礼ですが、私の能力を疑っていらっしゃるわけではないでしょう。私が責任をもって持ち込むと言っているんです。それでじゅうぶんではありませんか」

「ホフマン、どんな方法だと聞いている」

ピート・ホフマンは微笑んだ。自分でも不自然に感じられた。昨晩からずっと、一度も笑みをうかべていなかったから。

「チューリップと詩を使うんですよ」

ドアがきちんと閉まっていない。

廊下を歩く足音が、はっきりと聞こえる。それは勢いよく近づいてきた。いまはだれにも来てほしくない。これは、だれにも見せられないものだから。

エリック・ウィルソンは机を離れ、ドアの取っ手を引いたが、ドアはぴくりとも動かなかった。すでに閉まっていたのだ。空耳だった。床をこする足音、だんだん大きくなったその足音は、実は存在しなかった。どうやら自分で思っている以上に不安と焦りを感じているらしい。

数時間おいて、二度、顔を合わせた。

五番における長いほうの会合では、ヴェストマンナ通りでの殺人事件についてパウラから話を聞き、ワルシャワでのミーティングの報告も受けた。そのあと四番で会ったときには、会合の時間ははるかに短く、ビニール袋に入った血まみれのシャツを渡されただけだった。

ウィルソンは、部屋の反対側の壁沿いにある、鍵《かぎ》のかかった戸棚に目を向けた。

あの中に入っている。殺人者の服。

長いこと入れっぱなしにしておくつもりはない。

彼は机に向かってふたたび腰を下ろした。刑事捜査部門の廊下を歩く足音は、もう聞こえない。彼の頭の中にも、足音は響いていない。パソコンの画面を見つめる。

〔氏名　ピート・ホフマン　市民番号　七二一〇一八‐〇〇一〇　検索結果　七十五件〕

九年かけて、かつてないほど優秀な潜入者を作り上げてきた彼の、なによりも重要な道具。

ＡＳＰＥＮ。〝Allmänna Spaningsregistret（一般捜査記録）〟の略称だ。

ピートがエステローケル刑務所を出た直後から、すでに始めていた。彼が塀の外で過ごす一日目、警察に雇われた潜入者として過ごす一日目。エリック・ウィルソンは刑務所の門で自ら彼を迎え、自分の私用車に乗せてストックホルムまでの約五十キロを走り、彼を降ろすやいなや、すぐに警察本部へ向かって、七二一〇一八‐〇〇一〇についての最初のコメントをＡＳＰＥＮに書き入れた。その瞬間から、捜査情報として、ピート・ホフマンについて調べようとログインする警察官全員に読まれることになるコメントだ。彼は簡潔に、しかしはっきりと、ホフマンは刑期を終えてエステローケル刑務所の門を出たところを、前科のある犯罪者ふたりに車で迎えられた、この悪名高いふたりはユーゴスラビア・マフィアとのつながりが確認されている、と記した。

それから何年もかけて、少しずつ、彼の人物像をでっち上げていった。彼はしだいに危険になり〔銃取引の疑いで家宅捜索中の建物の近くで目撃された〕、凶暴になり〔エストリング殺害事件の十五分前に、被疑者マルコビッチといっしょにいるところを目撃された〕、残酷になった。ウィルソンは偽情報のレベルや言葉遣いに変化をつけつつ、新たなコメントを書き入れては、ピート・ホフマンの恐ろしさについての伝説をまき散らした。こうしてピート・ホフマンは、コンピュータ上では、スウェーデンでも有数の危険人物となった。

また、耳を傾ける。廊下を歩く、何人もの足音。音がだんだん大きくなり、はっきりと聞こえてくる。そして部屋の前を過ぎ、ゆっくりと消えていく。

パソコンの画面を少し上向きにした。

〔有名〕

ピートは約二週間後に長期の懲役刑を受ける。そして、麻薬の取引を牛耳る権力を握る。塀の中では、その権力を握っている者が、だれよりも恐れられる。

〔危険〕

だから、今回は大文字で書き入れて強調しておく。

〔銃所持〕

次にASPENでピート・ホフマンについて検索する同僚は、ごく少数の犯罪者にしか使われない、この特別な書き込み、特別な言葉を目にすることになる。

〔有名　危険　銃所持〕

パトロールにあたる警察官はみな、警察の記録簿に書かれたこの〝真実〟を知れば、ホフマンをきわめて危険な人物として扱うだろう。その悪評は、拘置所から刑務所へ向かう護送車の中でも、しっかりとホフマンのとなりの席を占めるだろう。

ピート・ホフマンは携帯電話を耳に当てた。十秒ごとに聞こえてくる電子音声によれば、時刻はきっかり十二時半だ。そのとき、ドアポストに〝ホルム〟と書かれた焦げ茶色の扉が内側から開き、彼はビニールに覆われた三階の部屋に足を踏み入れた。寄せ木張りの床が妙に波打っている。おそらく水浸しになったのだろう。

二番。

ホーガリド通り三十八番地、ヘレネボリ通り九番地。

エリック・ウィルソンはいつもどおりインスタントコーヒーを用意し、ホフマンはいつもどおりこれを飲み干さずに残した。テレビルームとして使われていたらしい部屋の、やわらかなソファー。数か月かかる改装のあいだ、布張りの家具を保護するための透明なビニールが、ふたりの動きでかさかさと音を立て、しばらくすると汗の膜を作って背中に貼りついた。

「こいつを使うんです」

ピート・ホフマンにはわかっていた。急がなければならない。

エリックの目を見ると、彼もそう思っていることがわかった。そんなことは初めてだった。エリックの目が不安げに部屋のあちこちを見まわし、焦点を失ってさまよっている。この九年間、自分の監督者を務めてきたエリック。笑い声をあげることも、涙を見せることもないこの男が、いま、焦っている。そして、焦っている人間がしがちなことをしている──焦りを隠そうとしているのだ。が、隠そうとすればするほど、それはさらにはっきりと表われる。

「花ですよ」

ホフマンは小さな金属製の容器を開けていた。茶葉を入れる缶として作られ、売られているものだが、いま入っているのはチューリップの強烈な香りを放つ黄色いどろりとした塊だ。エリック・ウィルソンは、ホフマンが差し出したプラスチックナイフでそっと塊の表面をこそぎ落とし、舌先に持っていった。ぴりりと痛みが走る。ほどなく水ぶくれになるだろう。

「ずいぶん強烈だな。ブドウ糖で三倍に薄めたのか？」

「ええ」

「量は？」

「三キロ」

「その量なら、さっさと裁判になって、長い懲役刑を言い渡されて、警備レベルの高い刑務所に入れられるのは確実だな」

ピート・ホフマンはふたを閉め、缶を上着の内ポケットに入れた。ヴァーサ通りにある、二十世紀の初めに築かれた建物、その屋根裏のファンヒーターの中に、これが八十一キロある。場所と取り出しかたは、あとでウィルソンに教えるつもりだ。が、いまはまだ教えない。まずは自分の取り分を確保して、さらに薄める。ときどきこうして一部を転売しているのだ。

「三日で、ほかの業者の取引を全部叩《たた》きのめします。ヴォイテクがその先のステップへ進む気になるよう、色よい報告を上げていきます。こっちが勝負に出るのは――ヴォイテクの撃退を始めるのは、それからです」

エリック・ウィルソンは、心の平穏を、喜びを感じ、好奇心をそそられているはずだった。彼のいちばんすぐれた潜入者が、これから刑務所に入ろうとしている。スウェーデン警察もヴォイテクも、ここをめざして進んできた。マフィアの一派が拡大する出発点となり、やがて終着点となるはずの場所。だが、それでも不安だ。彼は不安という感情に慣れていない。ピートにも気づかれているのがわかる。

「ヴェストマンナ通りの件は、いつものように解決する方向で進めてる。県警刑事局長に機密情報報告書を出した。極秘資料の戸棚に入ってるはずだ。だが……今回ばかりは、それじゃすまない。人が殺されたんだから！　警察の中だけじゃ解決できない。

内閣府に行かなきゃならないんだ。きみにも来てもらう」

「そんなの無理ですよ。わかってるでしょう」

「行くしかないんだ」

「エリック、考えてもみてくださいよ。この俺が、警察官や政治家と連れ立って、正面入口から内閣府に入っていくなんて、無理に決まってるじゃないですか」

「2Bへ迎えに行くよ」

ピート・ホフマンは、背中に貼りつくビニールのかかったソファーに座ったまま、ゆっくりと首を横に振った。

「だれかに見られたら……俺の命はない」

「刑務所で正体を見破られたら、それこそ命はない。そうなっても、ただじゃ外に出られないんだ。国のサポートが必要なんだよ。外に出るために。生き残るためにね」

‡

ピート・ホフマンはインスタントコーヒーとマンションの三階の部屋を離れ、ポールスンド通りの角のカフェでホットミルクを入れた深煎《ふかい》りコーヒーを飲みながら、イタリアのポップスが流れる中で考えをめぐらせようとした。そばのテーブルでは、給食の代わりに皿いっぱいのシナモンロールを前にして、少女たちがくすくすと笑い声をあげている。いちばん奥のテーブルで、詩人気取りで執筆活動について大声で話しているふたりは、結局のところ、同じように大声で話す他人の真似しかできていない。

エリックの言うとおりだ。〝おまえはつねにひとりきりだ〟。行くしかない。〝自分だけを信じろ〟

空になったコーヒーカップを置くと、遠慮がちな日差しとともにヴェステル橋を渡り、湖面まで四十メートルほど距離のある手すりに寄り添って、しばらくじっと立ったまま、ここから飛び降りるのはどんな気分だろう、と考えた。あの透明な水面に身体がぶつかる前の、すべてであり、同時に無でもある、数秒間。ノール・メーラシュトランド通りの真ん中でソフィアに電話をかけ、また嘘をついた。彼女の仕事も、自分の仕事と同じように大切だとわかってはいるけれど、今夜遅くまで帰れそうにないから、看病の交替はできない、と告げる。彼女が声のボリュームを上げる。これ以上嘘をつくのはいやだ、と思い、電話を切った。

首都の中心に近づくにつれ、アスファルトが硬くなっていく。

レイエーリング通りの歩道は、まだ昼過ぎだというのに閑散としている。彼は高級デパートの真向かいにある駐車場ビルに入った。狭い階段を上って、二階へ。Bと記された区画の車のあいだを縫って歩き、コンクリートの空間の片隅に、窓にスモークフィルムを貼った黒いワゴン車を見つけた。近寄り、後部座席のドアの取っ手にさわってみる。鍵《かぎ》がかかっていない。ドアを開け、だれも乗っていない車の後部座席に座る。時計を見やる。あと十分ほど待たなければならない。

彼が電話を切ったとき、ソフィアはまだ話しつづけていた。湖のほとりを歩いているあいだも、テーゲルバッケン通りの殺風景な街並の中を進んでいるあいだも、頭の中で彼女の声が響きつづけた。そしていま、だれもいない車の座席にも、彼女の声がある。彼女の不満がある。彼が嘘つきであることなど、ソフィアには知る由もない。

寒い。

味気ない駐車場ビルはいつも寒々しいが、この寒さは内側から来るものだ。服を着込んでも、身体を動かしても、変わらない寒さ。自己軽蔑《けいべつ》ほど冷えるものはない。

運転席のドアが開いた。

時計を見る。きっかり十分が経っていた。

エリックはいつも、この上の階で待っている。身をかがめると、駐車場の区画Bのすべての車だけでなく、近くにいる邪魔者の姿も見える、そんな場所があるのだ。車に乗り込んできた彼は振り返りもせず、黙ったままエンジンをかけると、ハムン通りからミュント広場への短い道のりを走った。国会議員の執務室のある建物の門を抜け、石畳の狭い中庭に入る。ふたりが車を降りると、入口の扉にたどり着く前に守衛に迎えられ、ついてくるよう告げられた。二階分の階段を下り、国会議事堂の下を通って内閣府へ向かう地下通路を進む。スウェーデンの政治権力の中心である二か所をつなぐ、徒歩数分の道のり。だれかに見られる危険を冒さずに内閣府へ入る、唯一の道だ。

‡

ドアに触れてみる。内閣府の正面入口にある警備室から、数メートルほど離れたところ。取っ手を引いて、しっかりと鍵がかかっていることを確かめた。

窮屈な空間だ。洗面台と便器が一体化した、狭い個室。白いタイル張りの壁が迫ってくるような気がする。

薄く細長い録音機は、葉巻入れと、薬局で買ったプラスチックチューブとともに、ズボンのポケットに入れてあった。録音機の前面のボタンを押すと、緑のランプが点滅した。バッテリーはフルに充電してある。口の前に持っていくと、小声で〝内閣府、五月十日水曜日〟と言った。そして、停止ボタンを押さずに、葉巻入れにそっと収めた。すべりが良くなるよう、つやが出るまで潤滑剤を塗りつけるつもりだ。

便器の底に、紙ナプキンを敷きつめる。マイクのコードを、葉巻入れの端の小さな穴に通す。

これまでに何度もやってきたことだ。アンフェタミン五十グラムでも、デジタル録音機でも、場所が刑務所でも内閣府でも同じこと。持ち込んではならないものを持ち込む、唯一の確実な方法だ。

ズボンを下ろして便座に腰かけると、葉巻入れを親指と中指ではさみ、前かがみになってゆっくりと肛門《こうもん》に近づけた。何度かぐっと押しつけているうちに、数センチほど中へめり込んだが、そのまますべり落ち、紙ナプキンの上に着地した。

もう一度。

また、ぐっと押しつける。少しずつ。中へ消えていくまで。

マイクのコードは、肛門から股間《こかん》をくぐらせてみると、下腹部にまで届いた。彼はテープを使ってマイクをそこに固定した。

‡

ガラス窓の向こうにいる守衛は、グレーと赤の制服を着ている。髪はほとんど真っ白で、内気そうな笑みをうかべた年配の男性だ。ピート・ホフマンは彼をまじまじと見つめてしまい、そのことを自覚して目をそらした。

父親に似ているのだ。生きていたら、きっと、こんな風貌《ふうぼう》になっていたことだろう。

「同僚の方は、もうお入りになりましたよ」

「ええ。でも、どうしても用を足しておかなくちゃならなくて」

「そればかりはしかたありませんね。訪問先は、法務省政務次官でよろしいですね？」

ピート・ホフマンはうなずき、訪問者名簿に記されたエリック・ウィルソンの名の下に自分の氏名を書き入れた。そのあいだに白髪の守衛が彼の身分証を確認した。

「ホフマンさん。ドイツの方ですか？」

「ケーニヒスベルクです。いまの名前はカリーニングラード。昔のことですが。両親の時代の話です」

「そうなると、言葉は？　ロシア語ですか？」

「私はスウェーデン生まれですから、スウェーデン語ですよ」

ホフマンは、ほんの束《つか》の間自分の父となった男性に向かって微笑みかけた。

「あとは、ポーランド語も」

カメラの場所は、着いたときに確認済みだ。ガラス張りの警備室の上端。通りがかりにカメラへ目を向ける。レンズのとらえる範囲内に一秒ほどとどまった。こうして、彼がこの場所を訪問した記録が、さらにひとつ増えた。

べつの守衛に案内されて、入口から三階の廊下まで歩いていくのに、七分かかった。それは、いきなり襲ってきた。不意打ちだった。恐怖。エレベーターの中で、強烈な恐怖が彼を満たし、打ちのめし、その身体を震わせた。こんな恐怖を感じたのは初めてだ。それはまずパニックに変わり、それから不安に変わった。それでもまだ息をすることができず、彼は死をかいま見た。

怖い。頭に大きな穴を三つあけて、床に倒れていた男が。ワルシャワの会議室で開けた突破口が。狭い独房で過ごす夜が。塀の中でさらにくっきりと浮かび上がるであろう、死の危険が。ソフィアの冷たい声が。子どもたちの熱を帯びた身体が。もはや真実と嘘の区別がつかなくなっていることが。

エレベーターのカーペットに座り込む。守衛がこちらを見ているが、目をそらした。やがて脚の震えが少しおさまり、美しい廊下の奥で半開きになっているあの扉へ、ゆっくり歩いていく勇気が生まれた。

もう一度。

ピート・ホフマンは扉まで数メートルのところで立ち止まり、いつもそうしているように、頭の中からすべてを追い出した。あらゆる考え、あらゆる感情を払いのけ、蹴《け》り出してから、鎧《よろい》を身につける。厚く見苦しい防具。いまいましい防壁。得意なことではないか。なにも感じないよう自分を閉ざすなど、たやすいことだ。だから、あと一度。あと一度だけ。

扉の枠をノックし、床をこするような足音を立てて近づいてきた両足が目の前に現われるのを待った。私服姿の警察官。この顔は知っている。これまでに二度会ったことがある。エリックの上司。ヨーランソンという名の男だ。

「中に持ち込めないものは持っていないか？」

ピート・ホフマンは上着の内ポケットやズボンのポケットから、携帯電話を二台、折り畳み式のナイフとはさみを取り出し、扉の反対側に置かれたテーブルの上、大きなガラスの深皿のそばに置いた。

「両腕を広げて、足ももう少し広げて立ってくれ」

ホフマンはうなずくと、おもねるような笑みをうかべた長身痩躯《そうく》のヨーランソンに背を向けて立った。

「申しわけない。やらなければならないんだ。わかってくれるね」

長く細い指が、服の上から首や背中や胸を探る。尻《しり》と腹をさわったときに、マイクの細いコードに二度、指が当たったが、ヨーランソンは気づかなかったようだ。マイクが数十センチほどすべり落ち、ピート・ホフマンははっと息をのんだ。が、マイクは腿《もも》の中ほどで止まった。それ以上落ちることはなさそうに思えた。

‡

白塗りの太い枠に縁取られた大きな窓からは、穏やかに輝くリッダー湾や、そこからバルト海に流れ込む川が見える。コーヒーとなにかの洗剤の香りが漂い、会議用のテーブルには椅子が六脚添えられていた。到着したのは彼が最後で、席がふたつ残っていたので、彼はその片方に向かって歩いた。出席者たちはまだなにも言わず、こちらをじっと見つめている。そんな彼らの背後をすり抜けながら、ズボンに手で触れてみた。マイクはそこにあったが、思っていたのとはちがう方向を向いている。彼はマイクの向きを調節しながら、椅子を引き、腰を下ろした。

同席している四人の顔はみな知っているが、実際に会ったことがあるのは二人しかいない。ヨーランソンとエリックだ。

いちばん近くに座っているのが、政務次官だ。彼女は目の前に置かれた書類を指差してから、立ち上がり、片手を差し出した。

「今回の案件については……読ませてもらったわ。てっきり……女性だと思っていたけれど」

しっかりとした握手だ。あの連中と変わらない。固い握手をすることで、権力を誇示できると思っている。

ピート・ホフマンは彼女の手を握ったまま言った。

「パウラです」

「それが私の名前なんです。ここでは」

奇妙な沈黙が消えずに漂う。ホフマンはだれかが話しはじめるのを待ちながら、政務次官が指差した書類を見下ろした。

覚えのある言葉遣い。エリックが書いたものだ。

ヴェストマンナ通り七十九番地。機密情報報告書。

同じ書類のコピーが、全員の前にそれぞれ置いてある。彼らはすでに、この事件に巻き込まれている。

「パウラと私がこのような形で会うのは初めてです」

エリック・ウィルソンは、全員の顔を見るよう気をつけながら話した。

「ほかの人を交えて。安全であることを自ら確認したわけではない部屋で。われわれにはコントロールしきれない場所で」

機密情報報告書を手に取り、掲げてみせる。こうして内閣府で会議用のテーブルについている出席者のうち、ひとりが関与した殺人事件についての、詳しい報告書だ。

「これは一度きりの会合です。そして、ここを出るころには、一度きりの決定が下っていることを願っています」

‡

数分ほど前、スヴェン・スンドクヴィストがドアをノックして入ってきたとき、エーヴェルト・グレーンスはオフィスの床に横たわっていた。スヴェンはなにも言わず、なにも聞かず、ただコーデュロイのソファーに腰を下ろし、いつものとおり、待った。

「ここのほうが良さそうだ」

「ここって？」

「床だよ。ソファーはやわらかすぎる気がしてきた」

ここでまた一晩を過ごした。こわばった脚はまったく痛まず、アクセルを踏んでハントヴェルカル通りの急な坂を上っていく車の音にも、おおかた慣れた。

「ヴェストマンナ通りの件について報告があるんだ」

「なにかわかったのか？」

「たいしたことじゃないんだが」

エーヴェルトは床に横たわったまま天井を見つめた。電灯のそばに、大きなひびがいくつか入っている。いままでまったく気づかなかった。新しくできたひびなのか、それとも、つねに音楽があったせいで気づかなかっただけなのか。

彼はため息をついた。

刑事になってからというもの、ずっと殺人事件の捜査をしてきたが、ヴェストマンナ通り七十九番地については、胸の奥に違和感を覚える。なにかがおかしい。死体の身元は判明した。マンションの借り主もわかった。アンフェタミンの痕跡《こんせき》や、それを飲み込んで運んだ人間の胆汁の跡も見つかった。血痕《けっこん》があり、発砲の角度がわかった。スウェーデン語を話す目撃者が事件を通報してきたことも、マフィアの一派がポーランドの警備会社の隠れ蓑《みの》をかぶっていることもわかった。

それなのに、いまいましいことに、解決への手がかりはひとつもない。

昨晩のカストルップ空港訪問以来、事件解決には一歩も近づいていなかった。

「ヴェストマンナ通り七十九番地には十五戸ある。事件のあった時刻に建物の中にいた人、全員に話を聞いた。そのうち三人が、参考になるかもしれない証言をしてくれた。まずは一階……エーヴェルト、聞いてるかい？」

「続けろ」

「まずは一階で、建物を出入りする人はみんなこのドアの前を通るから格好の観察地点なんだが、ここにはフィンランド人が住んでいて、見覚えのない男ふたりを見たと証言してくれた。青白い肌で、スキンヘッドで、黒っぽい服を着て、歳は三十代か四十代。ドアののぞき穴からほんの数秒ほど見ただけだそうだが、それだけでもあの場所からだと、思ったよりもずっといろんなことを見聞きできるらしい。しかも男たちはスラブ系らしき言葉を話していたというから、こいつらが事件にかかわっている可能性は高いと思う」

「ポーランド語か」

「マンションの借り主もポーランド人だし、そう考えるのが自然だろうね」

「運び屋、死体、ポーランド人。クスリ、暴力、東欧」

スヴェン・スンドクヴィストは床に横たわったままの年老いた男を見つめた。そんなところに横たわって、他人にどう思われるかなど、これっぽちも気にしていない。それが当然だと言いたげな態度は、スヴェンにはとうてい真似することのできないものだ。彼は他人に気に入られたいと思う性格で、それは長年どんなに変えようとしても変わらなかった。他人に好かれていないと落ち着かない、だから、風変わりな真似はできない。

「五階の、現場の二つとなりの部屋に住む若い女性と、六階に住むお年寄りが、事件の起きた時刻に家にいたそうで、パーンという音がはっきり聞こえたと証言してくれた」

「パーンという音？」

「ふたりとも、証言はそこまでだ。銃のことなんてまるっきり知らないから、あれが銃声だったかどうかもわからないと言ってた。でも、その〝パーンという音〟はかなり大きくて、ふだん建物の中で聞こえる音ではなかった、って」

「それだけか？」

「それだけだ」

机の上の電話が発した呼び出し音は甲高く、癇《かん》に障る音で、スヴェンがソファーから立ち上がらず、エーヴェルトも床から起き上がらないにもかかわらず、ひたすら鳴りつづけている。

「出ようか？」

「どうして切れないんだ」

「エーヴェルト、僕が出ようか？」

「俺の電話だ」

エーヴェルトはうるさい音に向かって難儀そうに起き上がった。

「なんだ」

「息を切らしてるな」

「床に寝てたんだ」

「下りてきてくれないか」

エーヴェルトとスヴェンは黙ったまま部屋を出て廊下を進んだ。じれったいほど遅いエレベーターに乗り、もどかしい思いでじっと立った。ニルス・クランツは鑑識課の入口でふたりを迎え、狭い部屋に招き入れた。

「捜索範囲を広げろと言ったね。言われたとおりにしたよ。七十番地から九十番地までのマンションを全部調べた。すると、ヴェストマンナ通り七十三番地のゴミ収集場、新聞リサイクル用のコンテナから、これが出てきた」

クランツはビニール袋を持っていた。エーヴェルトはうつむいて顔を近づけ、しばらくすると読書用のメガネをかけた。なにかの布だ。グレーと白のチェック柄で、ところどころ血に染まっている。シャツか、ジャケットかもしれない。

「これは面白いぞ。捜査の突破口になるかもしれない」

クランツはビニール袋を開けると、食器を載せるトレイのようなものの上に布を置いた。いびつに曲がった指が、いくつもくっきり残っているしみを指す。

「血痕と火薬の跡だ。出所がヴェストマンナ通り七十九番地であることはまちがいない。血は被害者の血で、火薬もあのマンションで見つかったのと同じだった」

「それじゃ捜査は進まない。もうわかってることばかりじゃないか」

クランツはもう一度、グレーと白の布を指差した。

「これはシャツだ。被害者の血がついてる。が、それだけじゃない。べつの血液型の血痕も見つかった。撃った側のものと考えていいと思う。つまりな、エーヴェルト、このシャツは犯人が着ていたものなんだ」

‡

法廷。そんな気がする。権力のにおいのする部屋。重要人物の前に置かれた、暴力事件の経緯を記した書類。ヨーランソンが検察官となって、事実を確認し、疑問を投げかける。政務次官が裁判長となって、耳を傾け、決定を下す。そして、右どなりにいるウィルソンが弁護人として、正当防衛を主張し、罰の軽減を求める。ピート・ホフマンは立ち上がって部屋を出ていきたいと思ったが、さしあたり、じっとしているしかなかった。被告人はほかならぬ自分なのだから。

「ほかに選択肢はありませんでした。命がかかっていたので」

「選択肢はいつだってある」

「ふたりを落ち着かせようとしたんです。が、あれ以上は無理でした。私は犯罪者を演じ切らなければならない。そうしなければ命はないんです」

「わからんな」

妙な気分だ。自分は、スウェーデンという国の舵取《かじと》りをする建物にいる。首相のいるところからも、一階分しか離れていない。建物の外、現実の世界の歩道を少し進めば、そこでは人々がぬるい低アルコールビール付きの昼食を終えて歩きだしたところだ。五クローナ余分に払って、食後のコーヒーも味わったかもしれない。その一方で、自分はここにいる。権力の中枢で、殺人事件の捜査を行なうべきでない理由を説明しようとしている。

「私はスウェーデンでのトップです。あのマンションにいたふたりは、ポーランドの諜報《ちょうほう》機関で鍛えられてます。怪しい人間の素性を探るのは得意中の得意なんです」

「だが、人がひとり殺されたんだぞ。そして、ホフマン、いや、パウラと呼ぶべきだろうか、とにかくきみは、その殺人を止めることができたはずだ」

「最初に拳銃《けんじゅう》が買い手の頭に突きつけられたとき……そのときは、止めることができました。が、二度目のときは、買い手が自分から正体を明かしてしまったんです。それで、敵だと、たれ込み屋だとわかって、殺すしかないということになって……ほかに選択肢はありませんでした」

「きみに選択肢がなかった以上、われわれにも選択肢はない、だからこの殺人はなかったことにしろ。そう言いたいのか？」

こちらを見つめている人間は四人いて、それぞれ機密情報報告書を目の前のテーブルに置いている。ウィルソン、ヨーランソン、政務次官。四人目は、まだひとことも発していない。なぜなのか、ホフマンにはわからなかった。

「そうです。マフィアの新たな一派が足場を築いてしまう前に、潰《つぶ》したいのであれば。そうしたいと思うのであれば、あなたにも選択肢はありません」

この法廷もまた、ほかの法廷とよく似ている。ほんものの人間のいない、寒々しい空間。これまでにも五回、こんなふうにして座ったことがある——被告人として、どうでもいい連中と向きあって。だが、そのどうでもいい連中に、ふつうの世界で生きるか、それともスチール扉で閉ざされた数平方メートルの空間で生きるか、決められてしまうのだった。二度、執行猶予つきの判決を受け、二度、証拠不十分で無罪になった。刑務所に送られたのは一度だけだ——エステローケルでの、地獄の一年間。

あのときは、自分の立場を主張しきれなかった。同じ失敗を繰り返すつもりはない。

‡

ニルス・クランツはパソコン画面に顔を近づけ、映し出された画像を指差した。数字が並んだ上に赤い線が伸び、ところどころ小さく上向きにとがっている。

「ここを見てくれ。上の段は、コペンハーゲン市警からもらったデータだ。イェンス・クレスチャン・トフトという名前のデンマーク人、ヴェストマンナ通り七十九番地で亡くなった男のDNAデータだよ。下の段は、国立科学捜査研究所からもらったデータ。そこに置いてある、ヴェストマンナ通り七十三番地のゴミ収集場で見つかったシャツに残った、大きさ二ミリ四方以上の血痕《けっこん》すべてを分析したデータだ。わかるな？　まったく同じだ。ＳＴＲマーカーは――この赤い線のピークを見てくれ――どこを取っても一致している」

エーヴェルト・グレーンスは耳を傾けた。画像は単調な模様にしか見えなかった。

「ニルス、この男はどうでもいいんだよ。俺が知りたいのは犯人のほうだ」

クランツは、皮肉のひとつも言ってやろうか、少なくとも腹を立ててやろうか、と考えた。が、どちらもやめ、無視する道を選んだ。そのほうが相手に苛立《いらだ》ちが伝わるものだ。

「だがね、もっと小さな血痕も切り捨てないで分析してほしい、と頼んでおいた。量が少なすぎるから、裁判では使えない。が、決定的なちがいがあることを確かめるにはじゅうぶんな量だ」

クランツは次の画像を見せた。

また、模様のようなもの。ところどころとがった赤い線。が、さきほどよりも間隔があいていて、べつの数字の上に伸びている。

「別人の血痕だ」

「だれの？」

「わからない」

「DNAデータがあるのに?」

「該当者なしだ」

「厄介事を増やしてくれるなよ、ニルス」

「見られるデータベースを全部検索して比較した。これは犯人の血と考えてまちがいない。が、スウェーデンのデータベースに、このDNAは存在してないんだ」

クランツはエーヴェルトを見つめた。

「エーヴェルト、犯人はたぶん、スウェーデン人じゃないんだよ。手口を考えても、使われた拳銃がラドムだったことを考えても、該当するDNAが見つからないことを考えても。もっと遠く、ほかの国まで探しに行かなきゃならんってことだ」

‡

美しい夕暮れになりそうだ。太陽はすでに熟れたオレンジのようになって、空がリッダー湾と溶けあう場所に収まっている。政務次官の執務室の大きな窓から見えるのはそれだけだった。ピート・ホフマンは、高級な樺《かば》材の地味な会議用テーブルをさらに地味に見せているその日差しを目でたどった。外に出たい、と思う。ソフィアのやわらかな身体、ヒューゴーの笑い声、パパと呼びかけてくるラスムスの瞳《ひとみ》が恋しい。

「この会議を続ける前に」

ピートは、そこにいなかった。現実の世界からこれ以上ないほど遠く離れていた。権力そのもののような部屋で、自分を囲む人間たちに、ほんとうに遠く離れたところへ飛ばされるかもしれない、という状況で。

エリック・ウィルソンが咳払《せきばら》いをする。この裁判の弁護人だ。

「この会議を続ける前に、ヴェストマンナ通り七十九番地で起こったことについて、パウラが起訴されることはないと保証していただきたいのです」

政務次官はまったくの無表情だった。

「そういう要求をしてくるだろうとは思っていたわ」

「これまでにも似たような案件は処理なさったことがあるでしょう」

「理由がわからなければ、犯罪を見逃すと約束することなどできません」

マイクはまだ、腿《もも》の中ほどに引っかかっている。が、また取れそうになっている。テープが徐々にはがれていくのがわかる。立ち上がったら取れてしまうだろう。

「理由なら、喜んで説明させていただきます」

ウィルソンは機密情報報告書をつかんだ。

「九か月前、足場を固めつつあったメキシコ・マフィアを撃退するチャンスがありました。五か月前には、こちらも足場を固めつつあったエジプト・マフィアを撃退するチャンスがありました。どちらも、うちの潜入者をフルに活用する権限をいただけていれば、活かせたはずのチャンスです。実際には、活かせませんでした。ふたつの組織がこの国を蝕《むしば》んでいくのを、黙って見ていることしかできなかったんです。しかし、いま、新たなチャンスが来ています。ポーランド・マフィアを潰すチャンスです」

ピート・ホフマンはなるべく動かないよう気をつけながら、片方の手をゆっくりとテーブルの下に入れ、絡まってしまったテープとマイクのコードをつまもうとした。指先だけを小さく動かして、手探りする。

「パウラは潜入を続けます。スウェーデンの刑務所での麻薬取引を、ヴォイテクが完全に乗っ取るその瞬間まで、現場にいてもらいます。商品の持ち込みや販売についての報告をワルシャワに送る一方で、われわれのほうにも、いつ、どんなふうに攻め込んで潰せばいいのか、情報を流してもらうのです」

見つかった。待ち針の頭ほどの大きさのマイクが、ズボンの布の下にある。指先でつまんで上へ引き上げ、股間《こかん》のほうへ戻そうとする。そこのほうが固定しやすいし、話している人物に向けやすくもなる。

ホフマンははたと動きを止めた。

真向かいに座っているヨーランソンが、不意にこちらを見つめてきたのだ。その視線がなかなか離れない。

「警備レベルの高い、重罪人ばかりが集まる刑務所です。ヴォイテクは二種類の服役囚をターゲットにするでしょう。ひとつは、金持ち連中。違法なやりかたで大金を稼いだ彼らは、長期の懲役刑に服しながら、毎日ちびちびとクスリを買いつづけて、犯罪で稼いだ金をヴォイテクに差し出します。もうひとつは、下っ端連中。一文無しの彼らは、多額の借金を負わされて出所します。そうして自由の身になっても、借金を返すため、生き残るために、大量のクスリを売りさばいたり、暴力事件を起こしたりします。ヴォイテクはこうして凶悪きわまりない犯罪者のネットワークを作り上げるのです」

ホフマンはマイクを放し、両手をテーブルの上に置いた。

ヨーランソンはまだこちらを見つめている。息が詰まり、つばを飲み込むことすら難しい。ヨーランソンがその目をそらすまで、一秒が一時間のように感じられた。

「これで、はっきりご説明できたと思います。決めるのはあなたです。あなたがたです。パウラに仕事を続けさせるか。それとも、また指をくわえて見ているだけで終わるのか」

政務次官は出席者のひとりひとりをじっと見つめた。それから、窓の外の美しい太陽に目をやった。彼女もまた、外に出たいと思っているのかもしれない。

「少し、席をはずしてくれる？」

ピート・ホフマンは肩をすくめ、ドアに向かって歩きだした。が、不意に立ち止まった。マイク。はずれている。ゆっくりと、右脚とズボンの布のあいだをすべり落ちていく。

「ほんの数分ですむから。終わったら、また入ってきて」

ホフマンは黙っていた。が、ふたたび歩きだした彼は、中指を立てて高く突き上げてみせた。うんざりしたようなため息が背後から聞こえる。彼らは中指のジェスチャーを見て、腹を立てた。視線を上のほうに、手のほうに向けた。狙いどおりだ。ドアを閉めるとき、足元に引きずっていたものについて、なにか聞かれることは避けたかったから。

政務次官はあいかわらず無表情だ。

「九か月前にチャンスがあったと言ったわね。五か月前にも。メキシコやエジプトのマフィアを潰《つぶ》すチャンスがあったと。あのときに承諾しなかったのは、あなたたちの使っている前科者の潜入者たちでは、リスクが高すぎると思ったからよ」

「パウラのリスクは高くありません。あの男はヴォイテクの勢力拡大に不可欠な存在なんです。作戦そのものが、彼を中心に計画されています」

「あなたたちも私も信用していない人間の罪を見逃すわけにはいかないわ」

「私はパウラを信用しています」

「それなら、ヨーランソン警視正がさっき、この部屋の外で彼の身体検査をしたのはなぜ？　説明してちょうだい」

エリック・ウィルソンは自分の上司を見やり、それから表情のない女を見つめた。

「パウラの監督者は私です。パウラと日々、ともに仕事をしているのは、この私です。私は、彼を信用しています。ヴォイテクはもう、スウェーデンに上陸しているんですよ！　勢力を拡げようとしているマフィアの、これほど中枢に近いところに潜入者が入り込めたのは、今回が初めてなんです。パウラがいれば……やつらを一撃で倒せる。ヴェストマンナ通り七十九番地での事件に、パウラが関与していないことになれば。彼が刑務所の中で、存分に活動することができれば」

政務次官はオレンジ色の太陽が輝く窓辺に向かった。窓の外に広がる首都は、自らを左右する決定が下されようとしていることなど知る由もなく、いつもどおりの午後を過ごしている。彼女はやがて、まだひとことも発していない出席者に目を向けた。

「あなたは、どう思われます？」

この部屋に迎え入れた、ウィルソン警部とヨーランソン警視正。加えて、警察組織のトップにも連絡し、いっしょに会議に出席して話を聞いてほしいと頼んだのは、この種の決断を求められた場合にそなえてのことだった。

「裏社会の大物たち、大金持ち、札付きの悪党——そういうやつらが、ヴォイテクの資金源になる。そして、もっと幅広い裏社会の連中、借金を負わされたチンピラどもが、ヴォイテクの奴隷になる」

警察庁長官は、鼻にかかった鋭い声の持ち主だ。

「そんな将来は見たくない。あなたもそれは同じでしょう。パウラがヴェストマンナ通りにかかずらっている暇はない」

ピート・ホフマンに与えられた時間は数分だった。

エレベーター二台のそばにある監視カメラの位置を確かめ、まちがいなく死角に入るよう、その真下に立った。まわりにだれもいないことを確かめてから、ベルトをはずし、ファスナーを下ろす。やがてマイクのコードを探り当てると、股間の下を通し、下腹部のもとの位置まで引っ張り上げた。

テープはもう使い物にならなくなっている。

ヨーランソンに身体検査をされたときに、手が触れてテープが丸まってしまったのだ。

あと一分ほどしかない。

ズボンの内側の縫い目を少し引っかいて糸をほどき、武骨な指先でコードを絡めると、マイクをズボンのファスナーに向けて引っ掛け、カットソーの裾《すそ》をできるかぎり引っ張って隠した。

解決策としてはいまひとつだ。が、時間が限られていて、これしかできない。

「どうぞ、中に入って」

廊下の奥の扉が開いている。政務次官に手招きされて、彼は小股《こまた》になりながらもなるべく自然に歩くよう努めた。

決定が下ったのだ。少なくとも、そんな予感がした。

「もうひとつだけ、質問があります」

政務次官はまずヨーランソンを見つめ、次いでウィルソンのほうを向いた。

「何日か前から、この事件の捜査が進んでいるでしょう。担当はストックホルム市警でしょうね。あなたたちが、そちらの捜査を……どんなふうに処理するつもりなのか、聞かせてちょうだい」

エリック・ウィルソンは、この質問を予測していた。

「県警刑事局長に宛てた私の機密情報報告書はお読みになりましたね」

それぞれの出席者の前、会議用テーブルの上に置いてあるコピーを指差す。

「そしてこちらが、捜査を担当しているグレーンス、スンドクヴィスト、ヘルマンソン、クランツの書いた報告書です。彼らが知っていること、彼らの見たことが書かれています。これを、私の報告書の内容と比べてみてください。私の報告書には、事件の真相、パゥラが警察の任務を負って問題のマンションにいた経緯が書かれています」

政務次官はコピーされた書類をぱらぱらとめくった。

「つまり、真実を記した報告書と、同僚に知られている範囲の事実が書かれた報告書があるわけです」

政務次官は苦々しい気分だった。報告書を読んではじめて、死んだ男の顔が、口が、目が、まざまざと浮かび上がってきた。その顔に、俺を軽く見るな、そんな決断を下すな、と言われているような気がする。自分でも、こんな決断をすることになるとは思ってもみなかった。

「いまの状況は？　この報告書が書かれたあとに、進展はあったの？」

ウィルソンは笑みをうかべた。深刻さで息が詰まりそうだったこの部屋に、久しぶりに現われた笑顔だった。

「いまの状況ですか？　私の理解が正しければ、捜査を担当している刑事たちは、現場近くのゴミ収集場で、ビニール袋に入ったシャツを発見したはずです」

ホフマンを見やる。まだ笑顔のままだ。

「血痕《けっこん》と射撃残渣《ざんさ》のついたシャツです。が……興味深いほうの血痕、つまり犯人のものらしい血痕を分析しても、スウェーデンのデータベースに一致するデータは見つからないようです。もしかするとこれは、わざと置かれた目くらましなのかもしれませんね。調べるのに時間も労力も要るけれど、結局らちがあかないんです」

‡

シャツはグレーと白で、しみは数日を経て赤というより茶色になっていた。エーヴェルト・グレーンスはぶかぶかの手袋をはめ、腹立たしげにそのシャツをいじった。

「犯人のシャツ。犯人の血。なのに、これも袋小路か」

ニルス・クランツは、パソコンに映し出された、赤くとがった線が数字の上に伸びている画像を前に座ったままだ。

「身元はわからない。が、場所はわかるかもしれない」

「どういうことだ」

鑑識課にある部屋はどこもそうだが、この狭い部屋も薄暗く埃《ほこり》っぽい。スヴェンはすぐそばにいるふたりを見やった。同年代で、髪は薄く、人当たりはあまり良くない。くたびれた印象だが、有能であることはまちがいない。なによりも顕著な共通点は、このふたりがずっと仕事のために生きてきて、もはや仕事と一体化している、という点かもしれない。

これから警察に入ってくる若者たちは、こんなふうにはならないだろう。グレーンスやクランツのような警察官はもう、生息場所を失いつつある。

「小さいほうの血痕、つまり犯人の血を分析しても、うちのデータベースでは該当者なしだ。が、たとえここでは名無しでも、こいつはどこかで暮らしているわけで、たどれる手がかりがなにかしら残っているはずなんだ。私はたいてい、身体に蓄積される残留性有機汚染物質の痕跡《こんせき》を探すようにしている。分解しにくく、水に溶けにくい、身体の中に長く残る有害物質だ。これを調べると、地理的な場所を突き止められることがある」

クランツは、動きかたまでエーヴェルト・グレーンスにそっくりだ。そんなことを思ったのは初めてで、スヴェンは思わずあたりを見まわし、訪問者用のソファーを探した。クランツもまた、ときおりここに泊まっているにちがいない、という気がしたのだ——昼の光が消え、自宅が孤独と同義語になるときに。

「だがね、今回は無理だったよ。この血痕からは、犯人をどこかの町や国に結びつける手がかりが、いっさい見つからなかった。大陸すらわからない」

「なんなんだ、ニルス、そこまで言っておいて……」

「話はまだ終わっちゃいないぞ。このシャツの布だ」

　クランツは作業台の上でそっとシャツを広げた。

「いくつか痕跡が残っている。とくに、ここ、右袖《そで》の先。〝花〟の痕《あと》が見つかった」

　エーヴェルトは見えないものを見ようと身を乗り出した。

「花。ポーランド製の、いわゆる〝黄色いヤク〟だ」

　違法薬物の押収で、この種類が最近増えている。チューリップの香り。フェニルアセトンの代わりに花の肥料を使って、工場で化学的に合成されたアンフェタミンだ。

「たしかなのか？」

「ああ。成分、香り、それに、このサフランみたいな黄色。精製過程で硫酸塩が容器から色落ちするんだ」

「やっぱりポーランドなんだな」

「しかも、ポーランドのどこで作られたかもわかった」

　クランツは、さきほどシャツを広げたときと同じく慎重に、小さな動きでシャツを折り畳んだ。

「この成分のアンフェタミンは、ここ一か月で起きた二件の捜査で分析したことがある。シェドルツェ郊外のアンフェタミン工場で作られたものだ。ワルシャワから百キロほど東に行ったところにある町だよ」

‡

日差しが強いせいで、暑さが耐えがたくなってきた。上着に覆われたうなじが痒《かゆ》く、靴がきつくなったような気がする。

政務次官が部屋を出て、もっと広い部屋で行なわれる短い会議に向かってから、すでに十五分が経過している。その会議で、決定が下る。すべてが変わるかもしれない。あるいは、なにも変わらないかもしれない。ピート・ホフマンは口の中が渇いてしかたがなかった。つばを飲み込んだつもりが、実際にのどを下っていったのは不安と恐怖だった。

なんと奇妙なことだろう。

十年前、エステローケル刑務所の独房で服役していた、ただのチンピラ。妻と幼い息子ふたりと暮らし、この世のなによりも家族を愛するようになった、ひとりの父親。いま、ここにいる自分は、まったくの別人だ。

権力のシンボルである建物の中で、机の縁に腰を下ろし、落ち着かない気持ちで政務次官の電話を握っている、三十代半ばの男。

「もしもし」

「帰りはいつ？」

「遅くなる。いつまでたっても会議が終わらないんだ。でも、席をはずすわけにはいかなくて。子どもたちはどう？」

「ほんとうに気にしてるわけ？」

彼女の声の調子がいやだ。冷たい、うつろな声。

「どうなんだい？　ヒューゴーと、ラスムスは」

ソフィアは答えない。彼女がいま、目の前に立っている。その顔の表情が、しぐさが、すべて伝わってくる。ほっそりとした手が額をさすり、ぶかぶかのスリッパの中で両足がもぞもぞと動く。もうすぐ、彼女は決めるだろう。このまま怒りつづけるエネルギーがあるかどうか。ほんとうに怒りつづけたいのかどうか。

「ちょっと落ち着いたみたい。一時間前に測ったら、三十八度五分だった」

「愛してるよ」

電話を切ると、会議用テーブルを囲んでいる人々を見渡し、次いで時計を見やった。十九分が経過している。つばを飲み込もうとしても、さっぱり出てこない。身体を伸ばし、テーブルの端にある自分の席に戻りはじめたところで、ドアが開いた。

政務次官が戻ってきたのだ。その半歩うしろに、背の高い、がっしりとした男性が続いた。

「こちらは、ポール・ラーシェン局長」

決めたのだ。

「今後、協力してもらいます」

彼女の言葉を聞いたピート・ホフマンは、笑い声をあげたり、拍手をしたりするべきだったのかもしれない。〝今後、協力してもらいます〟。殺人の現場に居合わせた事実、法的に見れば殺人幇助《ほうじょ》ともとれる罪が、不問に付されるということだ。政務次官はリスクをひきとった。その価値があると判断した。彼女が過去に少なくとも二度、懲役刑に処された潜入者の極秘放免に手を貸したことを、ホフマンは知っている。が、未解決の事件の真相を知っていながら見て見ぬふりをする道を選んだのは、今回が初めてにちがいない。このような形での問題解決は、警察レベルで行なわれるのがふつうだから。

「いったいどういうことなのか、詳しく教えてください」

刑事施設管理局の局長は、腰を下ろすつもりがないとはっきり意思表示してみせた。

「あなたには、とある人物を刑務所に収容するにあたって……政務次官は、なんとおっしゃいましたっけ……協力《か》していただきます」

「きみは何者だ？」

「ストックホルム市警のエリック・ウィルソンといいます」

「で、私にきみを助けろというのか？　だれかを収容しろと？」

「ラーシェン局長」

政務次官が、局長に向かって微笑みかけた。

「私を、です。私を助けてもらいたいのです」

がっしりとした体格で、背広のズボンがきつそうなラーシェンは、なにも言わなかったが、その身体からは不満がにじみ出ていた。

「あなたの役目は、パウラを――私のとなりに座っているこの人を、アスプソース刑務所に収容することです。彼はこれから、アンフェタミン三キロの所持で逮捕され、刑に服します」

「三キロ？　そんなに大量だと、長い懲役になりますよ。まずはクムラ刑務所の受け入れ担当部門へ送られることになります」

「今回は、そうはなりません」

「いや、それが決まりで……」

「ラーシェン局長」

政務次官の声はやわらかかったが、意外にもあっさりときつい言葉が飛んだ。

「なんとかしなさい」

ウィルソンは、気まずい沈黙をやり過ごしてから、口を開いた。

「パウラがアスプソース刑務所に到着するまでに、彼の仕事を用意しておいてください。到着日の午後にはもう、管理棟と作業場の清掃係として働きはじめてもらいます」

「清掃は、刑務所を運営する側からすると、一種の褒美のようなものなんだが」

「それなら、パウラに褒美をやってください」

「そもそもパウラってのは何者なんだ？　本名があるんだろ？　なあ、そうだろう？　話ぐらい、自分でできないのか？」

刑事施設管理局の局長は、命令すること、他人に従われることに慣れている。命令を受け、他人に従うことには慣れていない。

「私の氏名も、個人情報もお教えします。ですから、計画どおりの刑務所に私を入れ、計画どおりの仕事を与えてください。そのうえで、私が着いた翌日の夜、独房に鍵《かぎ》をかけたあと、刑務所のすべての独房を対象にして、大がかりな抜き打ち検査をやってほしいんです」

「いったいどういう……」

「犬を使ってください。かならず」

「犬？　それで、きみが他人の独房に置いたブツが見つかったら、どうしろと？　クスリをわざわざ無駄遣いしてまで、同じ刑務所の仲間を陥れたいのか？　冗談じゃない。そんな話に乗るものか。職員が危ない目に遭いかねないし、無実の人間が告発されることになる。そんな話には絶対に乗らない」

政務次官はラーシェン局長に向かって一歩を踏み出した。片手を伸ばして彼の上着の袖《そで》に置き、相手をじっと見つめて、やわらかな声で言った。

「ラーシェン局長、なんとかしなさい。あなたを任命したのは私です。ということはつまり、刑事施設管理の分野で決定権を持っているのはたしかにあなただけれど、あなたが決める内容は、私も同意できるものでなければなりません。部屋を出ていくときには、ドアを閉めていってくださいね」

廊下の少し先にある開いた窓から、風が入ってきている。

ドアの閉まる音が意外に大きかったのは、そのせいかもしれない。

「パウラは刑務所内に潜入します。彼をもっと危険な人物に仕立て上げなければなりません」

エリック・ウィルソンは、ドアが閉まる音の残響が消えるのを待ってから、口を開いた。

「彼にはこれから、かなり重い罪を犯してもらいます。そうして彼は、長期の懲役刑を言い渡されます。まわりに恐れられて、刑務所内でも自由に行動できるようになります。ほかの囚人たちが前科記録を見て、彼の経歴をチェックしようとすると——これはもう、最初の日にチェックが入ると思っていただいて結構ですが――われわれの意図どおりの結果が出ます」

「どうやって？」

無表情だった政務次官の額に、もう少しでしわが寄りそうになっている。

「どうやって、こちらの意図どおりの結果が出るようにするの？」

「いつも使っているのは、警察の外にいる協力者のひとりです。この人は裁判所管理局で働いていて、前科記録に情報を書き入れる仕事を担当しています。そこから発行される書類は、まぎれもない本物ですから……これまでのところ、偽情報ではないかと服役囚に疑われたことは一度もありません」

もっと質問が来るものと思っていた。どのくらいの頻度で裁判所管理局の記録簿を改竄《かいざん》しているのか。嘘の経歴を引っさげている人間は、いったい何人いるのか。

が、なにも聞かれなかった。

いま、この会議に出席している面々は、融通を利かせることに慣れている。過去の記録を改竄したり、裁判の優先順位を故意に入れ替えたりしているのがだれなのか、その名前や肩書きを知る必要はなかった。

「いまから三十八時間後に、指名手配中の男が逮捕され、事情を聞かれます」

エリック・ウィルソンはホフマンを見やった。

「彼は容疑を認めます。共犯はいないと主張します。その二週間後、地方裁判所の判決を受け入れ、アスプソース刑務所で長期の懲役刑に服することになります。この国に三か所ある、警備レベルAの刑務所のひとつです」

部屋はあいかわらず、癇《かん》に障るほど明るく、気味が悪いほど暑い。

全員が立ち上がった。話し合いは終わったのだ。

ピート・ホフマンはドアを蹴破《けやぶ》って建物を駆け出したいと思った。ソフィアの身体を抱きしめ、彼女の腕の中に閉じ込められるまで、立ち止まりたくないと思った。が、まだ無理だ。できるだけはっきりとした言質《げんち》を取っておきたい。あとから聞いても、ただひとつの解釈しか成り立たない、そんな言葉を聞いておきたい。

〝俺は、つねにひとりきりだ〟

「ここを出ていく前に、あなたが私になにを保証してくださるのか、正確なところをかいつまんで教えていただきたいんですが」

断わられるものと思っていた。が、彼がどんな言葉を聞きたがっているか、政務次官は察してくれた。

「私がきちんと対処します」

ピート・ホフマンは彼女に一歩近寄った。ゆるく絡まっているコードがズボンの布に当たるのがわかる。右足に少し体重を移す。マイクを彼女に向けるのだ。なんとしても、漏らさず録音しなければならない。

「どのように？」

「ヴェストマンナ通り七十九番地で起こったことについて、あなたは起訴されないと保証する。あなたが刑務所の中での任務を完了できるよう、最善の形で協力すると保証する。そして……仕事が終わったあとは、責任を持ってあなたの面倒をみるわ。この仕事が終わったら、あなたは死刑宣告を受けたも同然で、裏社会全体から命を狙われることになるのでしょうから。あなたに、新たな人生、新たな身分、外国でやり直すためのお金を渡すつもりよ」

政務次官はかすかに笑みを浮かべた。少なくとも、強い日差しが彼女の顔を照らしたとき、そんなふうに見えた。

「法務省の政務次官として、いま言ったことを保証します」

場所がヴォイテクであろうと、内閣府であろうと同じことだった。同じ言葉、同じ約束。法のこちら側と、あちら側。しかし、用意された逃げ道は変わらない。

これでも悪くはない。が、まだじゅうぶんではない。

〝自分だけを信じろ〟

「どのように、と伺ったんですが」

「こういうことは、これまでにも三度やったことがあるの」

警察庁長官をちらりと見やる。彼も政務次官に向かってうなずいた。

「表向きには、あなたは恩赦を受けることになる。人道的な理由で、とするつもりよ。それ以上の説明は必要ない。医学的な理由、人道的な理由、そんなものでじゅうぶん。そして、その決定は法務省によって極秘扱いとされる」

ピート・ホフマンは彼女の前で、黙ったまま一秒ほど待った。

満足だ。この近さならじゅうぶんだろう。

政務次官は、彼の聞きたかった言葉を口にした。それも、しっかり録音されて、あとで聴き返せるほど、はっきりと。

‡

ふたりは肩を並べて地下通路を歩いた。内閣府と国会議事堂を地下で結びつけ、旧市街のミュント広場二番地に出るエレベーターのそばで終わっている通路。ほんとうは急ぐべきところだ。残り時間はあまりにも少ない。が、ふたりとも、自分たちがいったいどこに向かっているのか、考え込んでいるかのようだ。

「これで、きみはだれにも頼れない身になった」

エリック・ウィルソンが立ち止まる。

「これからのきみは、どちら側から見ても危ない存在だ。ヴィテクはきみが潜入者だと知ったら、たちまちきみを殺そうとする。でもそれは、さっきの会議に出てた連中も同じことだ。あの部屋にいた連中がだれひとりとして認めようとしないだろう事実を、いまのきみは知ってる。危ないと感じたら、すぐにきみを見捨てて、切り捨てようとするにちがいない。国も警察もこれまで、保身のためならいくらだって情報提供者を見限ってきたんだ。きみはヴィテクの任務を負ってる。われわれの任務も負ってる。でも、もしなにかあったら、ピート、きみはどこまでもひとりきりだ」

ピート・ホフマンは恐怖の感触を知っている。いつもどおり、その感触を振り払ってやるつもりでいる。が、もう少し、ほんの束《つか》の間、ここにとどまっていたい。ストックホルムの地下の暗闇に、このまましばらく立っていたい。そうしているあいだは、エレベーターに乗らなくていい。中庭に停めた車に乗らなくていい。これ以上闘わなくていい。

「ピート」

「はい」

「主導権を失うな。もし、失敗したら……社会はきみを助けてはくれない。さっさと切り捨てる」

‡

彼は歩きはじめた。

残された時間は、きっかり、三十八時間。

第二部

黒いワゴン車は、コンクリートの駐車場ビルの薄暗い一角に停まった。

三階、区画A。

「三十八時間だ」

「じゃあ、また」

「きみはだれにも頼れない。絶対にそのことを忘れるな」

ピート・ホフマンはエリック・ウィルソンの肩に手を置き、後部座席から降りると、二酸化炭素の味のする空気を吸い込んだ。狭い階段を下りて、レイエーリング通りへ。あわただしい首都へ。

〝チューリップ。教会。スイスミニガン。十キロ。図書館。秒速。手紙。送信機。ニトログリセリン。銀行の貸金庫。CD。詩。墓〟

残り時間、三十七時間五十五分。

アスファルトの道路を歩きはじめる。そばを行く人々は、彼のほうに目を向けていても、彼を見てはいない。微笑みの欠けた、見知らぬ人々。ここから数キロほど南の閑静な通りにたたずむ家に、帰りたいと思う。あの場所だけは、自分を追いつめようとしない。生き残れ、と迫ってくることもない。また彼女に電話しなければ。チューリップ、ニトログリセリン、秒速。自分にじゅうぶんな能力があることはわかっているし、間に合わせることもできると思っている。が、ソフィアに関しては、いったいどうすればいいのか、いまだに皆目わからない。危険やリスクが相手であれば、主導権を握ればいい。そうすれば結果の如何《いかん》もコントロールできる。が、ソフィアが相手では、そもそも主導権など握れない。彼女の反応や感情をコントロールする力は自分になく、どんなに頑張っても、こちらの思うがままに彼女に近づくことなどできない。

それほどまでに愛しているから。

やがて彼もまた、ほかの人々と同じように、微笑むことなくストックホルムの中心を足早に歩いた。メステル・サミュエル通り、クララ・ノーラ・シルコ通り、オロフ・パルメ通りから、ヴァーサ通りへの角を曲がり、〈ローズ・ガーデン〉という花屋に入った。店のウィンドウはノーラ・バーン通りに面している。自分の前にふたり客がいた。肩の力を抜き、赤や黄色や青の花々のほうへ意識を飛ばす。どの花にも四角い小さな名札がついていて、彼はそこに書かれた花の名を読んでは忘れていった。

「チューリップですか？」

声をかけてきた若い女性も、四角い小さな名札をつけている。これまでに何度もその名を読んだことがあるが、やはり忘れてしまっていた。

「たまにはちがう花にしたほうがいいかな」

「チューリップはどんな機会にも合いますから。いつものとおり、つぼみのままのお花でいいですか？　冷蔵庫から出しますけれど」

「いつもどおりで」

五月になってもチューリップを売っている、ストックホルムでは数少ない花屋のひとつ。もしかすると、三十代半ばの客がちょくちょくやってきては、摂氏五度以下で保存されているまだ花の開いていないチューリップを選び、大きな花束にして買っていくせいなのかもしれない。

「花束、三つですね？　赤いのがひとつと、黄色いのがふたつ」

「ああ」

「二十五本ずつでよろしいですか？　あとは、白いシンプルなカードですね」

「ありがとう」

花束がそれぞれ、かさかさと音を立てる薄い紙に包まれる。黄色い花束ふたつのほうは、カードに〝いつもありがとうございます。アスプソース中小企業協会〟。赤いほうにつけるカードには、〝愛しているよ〟

料金を支払うと、ヴァーサ通りを数百メートルほど歩き、二階にホフマン・セキュリティー株式会社のある建物の入口にたどり着いた。鍵《かぎ》を開け、防犯アラームを解除してから、まっすぐにキッチンの流し台へ向かう。つい先日、十四人の運び屋を吐かせ、一人当たり千五百グラムから二千グラムのアンフェタミンを回収した場所だ。

キッチンの戸棚のどこかに花瓶がしまってあるはずだ。コンロの上の戸棚の最上段に見つけると、重いクリスタルガラスの花瓶に水を入れ、赤いチューリップ二十五本を活けた。まだ花束はふたつ残っている。眠っている黄色いつぼみをつけた黄緑色の茎が、五十本、流し台にずらりと並んでいる。

オーブンの温度は五十度に設定した。というより、推測ではそうなっているはずだ。オーブンのつまみは古く、どこまで回したら温度設定がIからIIになるのか、よくわからない。

冷蔵庫の設定温度は六度から二度に下げた。念のため、最上段に温度計を置く。冷蔵庫の扉の内側についている温度計は、目盛りが粗すぎてうまく読みとれないから。

ピート・ホフマンはキッチンを離れ、イケアの大きな袋を持ってオフィスを出ると、一段飛ばしで階段を上がって屋根裏へ向かった。つややかに光るアルミのパイプへ向かい、今朝ヘンリックが来たときと同じように、細長いスチールの金具をはずす。容器をファンヒーターのパイプからひとつずつ、合計十一個取り出して、袋に入れた。それからパイプを元に戻し、薄めたアンフェタミン十一キロを抱えて、四階分の階段を下りた。

〝既存の業者を追い払うのに三日かかります〟

オーブンを確認する。あたたかくなっている。五十度。冷蔵庫を開け、最上段の温度計を確かめる。花屋と同じ、四度。あと二度、下げなければならない。

〝どういう方法でやるのか知りたいのだ〟

イケアの袋から、一つ目の容器を取り出す。アンフェタミン千グラム。チューリップ五十本にはじゅうぶんすぎる量だ。

〝チューリップと詩を使うんですよ〟

流し台はていねいに洗っておいたが、それでも先日の痕跡《こんせき》が残っていた。排水口の金属の縁にこびりついていた。予定していなかった発砲のせいで、ほんとうならこの場所とかかわりを持たせてはならない運び屋たちを、あわててここで吐かせたからだ。ホフマンは蛇口をひねって湯を流しながら、牛乳と茶色いゴムの混じった嘔吐《おうと》物の痕跡をこすり取った。

防火手袋はフォークやナイフを入れているひきだしにあり、彼はチューリップを一本ずつ両手に持つと、丸みを帯びたつぼみを手前に向け、あたたまったオーブンの中に入れた。その花が開く瞬間が、とても気に入っている。緑の茎の先に閉じ込められた、春、生命。急な温《ぬく》もりに、つぼみが目を覚まし、その色を初めて外に解き放つ。

つぼみが一センチほど開いたところでオーブンから出した。これ以上待っていてはいけない。その美しさ、色、生命に見とれている場合ではないのだ。

流しの脇にチューリップを置くと、コンドームの箱を取り出した。凹凸がなく、潤滑剤を使っていないもの、そして絶対に香りのついていないものでなければならない。ひとつひとつのつぼみに、コンドームを半分ほど慎重に押し込むと、ナイフの先で取ったアンフェタミンを少しずつ入れた。小さなつぼみには三グラム、少し大きめのつぼみには四グラム。できるだけ多く入るよう、ぎゅうっとアンフェタミンを詰め込む。そして、流し台とコンロのあいだでブーンと音を立てているフリーザーの中、大皿の上に、アンフェタミンを詰めたチューリップ二本を置いた。

こうして、マイナス十八度に設定したフリーザーの中に十分間入れておく。つぼみが閉じ、花びらを内に隠してふたたび眠りにつくまで。それから、また移す。氷点下のフリーザーから、プラス二度の冷蔵庫へ。開花を遅らせる、長い眠りの場へ。

次に花が開くとき、気温は室温、場所は所長室の机の上だ。

こちらが開花を望むときに、花は開く。

‡

ピート・ホフマンはいつものように広いオフィスに立ち、窓の外を、クング橋やヴァーサ通りを行き交う人々や車を眺めている。五十本のチューリップを準備して、純度三十パーセントのアンフェタミンを、合計で百八十五グラム詰め込んだ。この白みがかった黄色い粉のせいで、数年ほど人生を無駄にしたことなど、いっさい考えずに。昔、起きているあいだずっと、盗みをはたらいてじゅうぶんな金を稼ぎ、明日の分を確保することばかり考えていた、そんな記憶も呼び起こさずに。リハビリ施設、強烈な不安、懲役刑。あのころは、クスリがなによりも大きかった。ほかのすべては無意味だった。が、ある朝、彼女が目の前に現われた。以来、注射は一度もしていない。彼女に求められて、彼女の手をしっかりと握るようになったから。互いを信頼していなければ、そんなふうに手を取りあうことはできない。

‡

机の上に、葉巻入れが置いてある。その傍らに、デジタル録音機。

《今回の案件については……読ませてもらったわ。てっきり……女性だと思っていたけれど》

肛門《こうもん》に入れて運べるほど小さな録音機。

いま、それは、パソコンから流れる音声となっている。

《それが私の名前なんです。ここでは》

録音をＣＤ二枚にコピーすると、Ａ４サイズの茶封筒と白封筒に一枚ずつ入れた。銃保管庫の上段からパスポートを四冊取り出し、うち三冊を茶封筒に、一冊を白封筒に入れる。最後に、机のひきだしの奥から小さなイヤホン型の受信機をふたつ出し、ひとつを封筒に入れた。

「俺です」

かけた先は、携帯電話に登録されたたったひとつの番号だ。

「なんだい？」

「ヴェストマンナ通りの件です。捜査を担当している刑事の名前を忘れました。だれでしたっけ？」

「なぜ聞く？」

「エリック、あと三十五時間しかないんですよ」

「グレーンス警部だ」

「フルネームは？」

「エーヴェルト・グレーンス警部」

「どんな刑事ですか？」

「どうも気になるな。いったいどういうつもりだ？」

「頼みますよ、エリック。どんな刑事なんですか？」

「年配のベテランだよ」

「いい刑事ですか？」

「ああ。いい刑事だ。だから心配だ」

「どういう意味です？」

「あの人は、なんというか……簡単には諦《あきら》めない人だから」

ピート・ホフマンは茶封筒の表に大きくはっきりとその氏名を書き、その下に少し小さめの文字で住所を書き入れた。中身を確かめる。ダビングしたCD、パスポート三冊、イヤホンひとつ。

〝簡単には諦めない人〟か。

‡

エリック・ウィルソンは、ヴェッテルン湖の水面に向かってゆっくりと沈んでいく太陽を眺め、その美しさを味わった。ついさきほど、ピートから妙な電話がかかってきて、エーヴェルト・グレーンスのことを聞かれた。これから人に会い、ひとりの潜入者をさらなる危険人物に仕立て上げることになっている。そんなできごとのあいまの、束《つか》の間の休息。ここ数日、一時間ごとに変化を感じている。ピートという男が少しずつ消えていく。さきほど電話をかけてきた男は、潜入者パウラ以外の何者でもなかった。必要なことだとわかっている。むしろそうあるべきだと自ら説いてきた。が、親しみを感じている相手が別人に変わっていくのを目にするたびに、気持ちが乱されてしかたがない。

ヨンシェーピンの駅から裁判所までの短い道のりは、ここ数年、何度も歩いた。ヤーンヴェーグ通りとヴェストラ・ストール通りをななめに横切ると、駅に到着してからわずか五分で、裁判所入口の重い扉を開けることができる。

ここに来たのは、データベースを改竄《かいざん》するためだ。

人をスカウトして雇うのは、彼の得意分野である。刑期を終えた犯罪者を採用して、ほかの犯罪者たちのところへ潜入させるのも、公的機関に勤める人を採用して、記録簿に情報を書き加えさせたり削除させたりするのも、どちらも同じだ。自分は重要な人間なのだと思わせること。自分は社会の役に立っている、この仕事は自分のためにもなる、と思わせること。必要なときに笑みをうかべ、必要なときに笑い声をあげ、そうやって、潜入者や情報提供者にますます好かれること。その一方で、こちらは絶対に、それほど相手を好きにならないこと。

「こんにちは」

「残っていてくれてありがとう」

彼女は笑みをうかべた。五十歳ぐらいの女性。何年か前、ヨータ高等裁判所で行なわれた裁判の最中にスカウトした。法廷で一週間ほど毎日顔を合わせ、ある日夕食をともにした。彼女は記録簿の内容を変更する権限を持ち、それを日々の仕事で行使している。警察が組織犯罪について捜査を進めるうえで、その権限が役に立つのだと説得すると、彼女も納得してくれた。

ふたりは広い裁判所の階段を上がった。彼女が〝お客さんよ〟と守衛に合図する。二階の事務部門へ向かうと、彼女は自分のパソコンに向かって腰を下ろした。ウィルソンはとなりの空いている席から椅子を引き寄せると、彼女がユーザー名とパスワードを入力し、キーボード上部の溝に小さなプラスチックカードを通しているあいだ、じっと待った。

「だれですか？」

彼女は、権限のある人にしか与えられないカードを首にかけ、そわそわと指先でいじっている。

「七二一〇一八 - 〇〇一〇」

ウィルソンは彼女の座っている椅子の背もたれに腕を置いた。彼女はそうされるのが好きだ、と知っているから。

「ピート・ホフマン、ですね？」

「そのとおり」

「郵便番号一二三三二、エンシェーデ、ストックルース通り二十一番地」

ウィルソンはパソコンの画面を見つめた。警察庁の前科記録の一ページ目が映っている。

1．武器不法所持罪　一九九八‐〇六‐〇八
銃器法　九章一条二項
2．不法処分罪　一九九八‐〇五‐〇四
刑法　十章四条
3．無免許運転罪　一九九八‐〇五‐〇二
交通法（一九五一：六四九）三条一項二号
懲役刑　一年六か月
一九九八‐〇七‐〇四　懲役刑執行開始

一九九九-〇七-〇一　仮釈放
残る刑期　六か月

「いくつか修正を入れたいんだけど」

画面に向かって少し身を乗り出したとき、彼女の背中に手が触れた。それ以上触れることはけっしてない。幻想としての親しさ。ふたりとも、この関係の意味をきちんとわかっている。それでも、彼女は人との触れ合いを求めているから、わかっていないふりをする。彼もまた、自分のために働く人間を求めているから、わかっていないふりをする。そうやって、互いを利用する。警察の情報提供者とその監督者なら、だれであろうと同じことだ。一度もはっきりと口にされることのない、暗黙の了解。それがなければ、そもそも会おうとすら思わない。

「修正、ですか？」

「そう……少し、書き加えてもらいたいことがある」

ウィルソンは体勢を変え、椅子の背もたれに身体をあずけた。彼女の背にまた手が触れる。

「どこに？」

「一ページ目。エステローケル刑務所のくだり」

「一年六か月の懲役刑、っていうところですね」

「五年に変えてくれ」

彼女は理由を尋ねない。けっして尋ねない。彼のことを信用している。ストックホルムの刑事捜査部門から来たこの警部は、犯罪を防ぐため、社会をよくするために、こうして自分の傍らに座っているのだ、と信じている。キーボードの上を指が軽々と走り、〝一年六か月〟は〝五年〟になった。

「ありがとう」

「これだけですか？」

「まだある。武器不法所持罪。これじゃ足りない。いくつか罪をつけ加えてほしい。殺人未遂。公務員に対する暴行」

裁判所の二階の広い部屋で、ついているのはこのパソコンだけ、このデスクランプだけだ。こうして遅くまで職場に残っているこの女性が、いったいどんな危険に身をさらしているか、ウィルソンはじゅうぶんに承知している。彼女の同僚たちがすでに勤務を終え、居間の革張りソファーに横になってテレビを見ているころ、彼女はこうして使命感と引き換えに、公文書偽造の罪で告発される危険を冒しているのだ。

「刑期を延ばして、判決理由も増やしました。ほかには？」

彼女は七二一〇一八‐〇〇一〇の記載内容を印刷すると、すぐそばに座っている男、生きているという実感を与えてくれる男に手渡した。彼女がじっと待っているあいだ、ウィルソンは内容に目を通し、やがて身を乗り出してきた。身体がもっと近づいたように感じられた。

「いや、これでいいよ。今日のところは」

エリック・ピート・ホフマン・ウィルソンが手にしている二枚の紙は、畏怖《いふ》と疑念の分かれ目となる書類だ。ピート・ホフマンはアスプソース刑務所に入るやいなや、これまでに受けた判決の内容を見せろと、ほかの囚人たちにしつこく迫られるだろう。殺人未遂と公務員に対する暴行で五年もくらったことがあるとわかれば、彼は危険だということになる。必要とあらば人を殺すこともできる、手強い男だと思われる。

パウラが独房に入るころにはもう、彼は自称しているとおりの人物として、囚人たちに認められていることだろう。

たった三日で、クスリの取引を一気に潰《つぶ》し、乗っ取ることのできる人物として。

エリック・ウィルソンは、笑みをうかべる女性の腕をそっと撫《な》で、頬をかすめるようなキスをした。遅い時間に出発するストックホルム行きの電車に乗るべく、彼が急いで出ていったときにも、彼女はまだ笑みをうかべていた。

‡

暗闇に蝕《むしば》まれはじめた家は、いつもより小さく見えた。外壁は色を失い、煙突も、新しい瓦《かわら》屋根も、二階部分に沈み込んでいるかのようだ。ピート・ホフマンは庭に二本あるリンゴの木のあいだに立ち、キッチンと居間をのぞき込んだ。時刻は十時半、遅い時間ではあるが、彼女はたいてい起きている。白や青のカーテンの向こう、どこかに姿が見えるはずだ。

電話をかけるべきだった。

内閣府での会合は五時過ぎに終わったが、そのあとも仕事は続いた。花屋で買った三つの花束、内閣府の執務室で録音した音声のCD、これを受け取ることのないであろうふたりに宛てた封筒。暗い屋根裏にまた上がり、容器を十一個、つまりアンフェタミン十一キロを袋に入れて下りた。つぼみのままのチューリップを二本ずつ、オーブンとフリーザー経由で冷蔵庫に入れた。ふと気がついたときには、なんの連絡もしないまま、あっという間に夜が更けていた。

残り時間、三十三時間。

鍵《かぎ》のかかった玄関扉を開ける。居間でテレビは歌っておらず、キッチンの丸い食卓の上の明かりはついておらず、書斎からラジオの音も聞こえてこない。いつもなら、彼女がとても気に入っている、公営ラジオ局ののどかなトーク番組が流れているのだが。彼が足を踏み入れたこの家は、敵意に満ちていた。行き着く先にあるのは、彼の力ではコントロールできない反応、彼がひどく恐れている反応だ。

考えてみれば、ピート・ホフマンは、ぞっとするほどの孤独感を、ごくりと飲み込んだ。昔からそうだった。孤独。友人は少ない——どうして友人など作るのか、その意味がわからず、ひとり、またひとりと遠ざけていったから。親族ともほとんどつき合いがない——向こうから遠ざけられるか、そうでなければ自分から遠ざけたから。だが、いま感じているのは、べつの種類の孤独だ。自分で選んだわけではない孤独。

キッチンの明かりをつける。食卓にはなにも置かれていない。コケモモのジャムの跡も、子どもたちが〝クッキー、あと一個だけ〟とねだってこぼした菓子くずも見当たらず、きれいに拭《ふ》き上げられ、家族らしさのようなものはすべてぬぐい去られている。顔を近づけると、つややかなパイン材の天板に台ふきんを走らせた跡が、縞模様《しまもよう》になって光っているのが見えた。きっと彼女は何時間か前に、子どもたちとともにここで食事をしたのだろう。そして、その食事をきっちりと終わらせた。参加していない彼が、あとから入り込む余地などいっさいない。

花瓶は、流し台の上の戸棚に入っていた。

赤いチューリップ二十五本。カードの位置を直す。〝愛しているよ〟。テーブルの中央に花を置く。カードも目につくように。

なるべく音を立てないよう気をつけながら二階への階段を上ったが、それでも一歩踏み出すごとに床がきしみ、自分の到来を告げてしまう。彼女が耳をそばだてていれば、自分が近づいていることに気づくはずだ。怖い。これから向きあうことになる怒りが怖いのではない。むしろ、その先に待っているものが、怖い。

彼女の姿はなかった。

ドアのそばで、だれもいない寝室を見渡す。ベッドカバーがかかったままだ。ヒューゴーの部屋に向かう。五歳児の腫《は》れたのどが発する咳《せき》が聞こえる。が、そこにも彼女はいなかった。

あと一部屋。彼は駆け足になっていた。

ソフィアは狭く小さなベッドで、次男に添い寝していた。毛布をかぶり、身体を折り曲げている。が、眠ってはいない。息遣いでわかった。

「具合はどう?」

彼女は、こちらを見ない。

「熱は?」

答えない。

「ごめん。どうしても抜けられなかった。でも、電話するべきだったな。わかってるんだ。電話するべきだったって」

彼女の沈黙。なによりも耐えがたい。あからさまに怒りをぶつけられたほうがまだましだ。

「明日は俺がふたりの面倒をみるよ。朝から、ずっと。わかった？」

この、いまいましい、沈黙。

「愛してるよ」

一階に下りるとき、階段のきしむ音はさきほどよりも小さかった。上着は、玄関の帽子棚の下に掛かっている。彼は外に出て扉の鍵をかけた。

‡

残り時間、三十二時間半。眠るつもりはない。今夜も。明日の夜も。眠るのは、もっとあとだ。二週間、拘置所の五平方メートルの独房に閉じ込められる。テレビも新聞もなく、面会も許されず、簡易ベッドで時を過ごす。そうなったときに、初めて横になり、目を閉じて、すべてをやり過ごすつもりだ。

‡

〜

暗い住宅街が眠りに落ちていくあいだ、ピート・ホフマンは車の中でじっとしていた。よくあることだ。ゆっくりと六十までかぞえ、身体の力が少しずつ抜けていくのを感じる。

明日。

明日、彼女になにもかも話そう。

自分と同じようにストックホルムの郊外に暮らす隣人たちの家の窓が、ひとつ、またひとつと暗くなっていく。サミュエルソン家とスンデル家の二階のテレビが放つ、青みがかった光。ニーマン家の地下室、十代の息子にあてがわれている部屋の窓から漏れる、赤くなったり黄色くなったりするランプの明かり。それらを除けば、あたりは夜の闇に包まれつつあった。最後にもう一度、自宅と庭にちらりと視線を向ける。車の窓を開けて手を伸ばせば、触れることのできる距離にある。心の底から安心できる場所。だが、その家はいま、沈黙と暗闇の中に隠されている。居間にある飾り用のランプすらついていない。

なにもかも話すつもりだ。明日。

車で小道をたどりながら、電話を二本かけた。一本目は、真夜中に二番で行なう会合について。二本目は、ダンヴィクストゥル地区の丘の頂上で未明に予定している、まったくべつの会合について。

いまは急ぐ必要がない。むしろ一時間ほど暇つぶしをしなければなるまい。ストックホルムの中心に向かって走り、セーデルマルム島、かつて長いこと住んでいたホーンストゥル界隈《かいわい》をめざす。あのころのホーンストゥル界隈はまだうすぎたなく、背広族がうっかりまぎれ込んでは蔑《さげす》みをあらわにして立ち去る場所だった。車を湖に向けて、ベリスンド・ストランド通りに駐車する。湖に張り出した屋内プールの美しい木造建築は、つい数年前に取り壊すべきだと馬鹿どもが大騒ぎしたものだが、いまや流行の最先端を行く界隈となったホーンストゥルの至宝よろしく輝いている。月曜日は女性のみ、金曜日は男性のみに開放されている屋内プールだ。真夜中が近いにもかかわらず空気はあたたかく、彼は上着を脱いでアスファルトの道路を歩きながら湖面を眺めた。車が何台か、建ち並ぶマンションのあいだをのろのろとさまよい、駐車スペースを探している。そのヘッドライトが、湖面に反射してきらめいていた。

硬めのベンチに座り、十分ほど時間をつぶす。〈ガムラ・ウーレット〉でビールを一杯、ゆっくりと飲む。笑い声のうるさいバーテンダーは、ホフマンがかつてべつの人生を生きていたころ、夜更かしばかりしていたころからの顔見知りだ。置きっぱなしになっていたタブロイド紙を開き、記事をいくつか読む。バーカウンターの端のボウルに入ったピーナッツをつまむと、指が油まみれになった。

こうして、一時間をつぶした。

ホーガリド通り三十八番地、ヘレネボリ通り九番地へ向かって歩きはじめる。寄せ木張りの床が波打っている、マンションの三階へ。

‡

エリック・ウィルソンが、ビニールに覆われたソファーに座っていると、いまやパウラそのものとなった男が玄関扉を開け、水漏れで傷んだ床を踏みしめてこちらへ向かってきた。

「まだ遅くないぞ。いまなら手を引いても大丈夫だ。わかってるだろう」

あたたかみのようなものをこめて彼を見つめる。こんなふうに見つめるべきではないのだが、いつのまにかそうなってしまっている。潜入者は、道具であるべきだ。自分も、警察という組織も、潜入者を使う価値があるかぎり使いつづける。危険になればすぐに切り捨てる。

「さしていい報酬がもらえるわけでもない。正式に感謝されることすらないんだ」

が、ピートとは、パウラとは、もうなにかがちがっている。彼は、道具以上のものになっている。友人になってしまったのだ。

「きみには、ソフィアがいる。子どもたちがいる。どんな気持ちか、僕には想像もつかないが……ときどき、思うんだ。家族ってのはいいもんだろうなあ、って。もし、僕に家族ができたら……感謝もしてくれない相手のために、家族との暮らしを危険にさらすような真似はしないと思う」

自分がしていることは、いまこの場でしてはならないただひとつのことにほかならない、という自覚はある。唯一無二の潜入者に向かって、手を引く理由を説いて聞かせているのだ。警察が彼を最も必要としているときに。

「今回きみが冒す危険は、これまでよりもはるかに大きい。今日の午後、内閣府から出てくる地下通路の中でも言ったとおりだ。ピート、こっちを向いて聞いてくれ。もう一度言う。こっちを向け！　こちらの任務を終えた瞬間、きみはヴォイテクに命を狙われる。どういうことか、ほんとうにわかってるのか？」

潜入者として過ごした、九年。ピート・ホフマンは、ビニールに覆われたいくつもの家具に視線を走らせ、緑色の——いや、茶色かもしれない——ひじ掛け椅子を選んだ。質問の答えは、ノーだ。ほんとうにわかっているのかどうか、自信がない。そもそもいったいどういうわけで、妻と子どもたちが静かな家で眠っているあいだ、自分とエリックがこの秘密の会合場所で向きあっているのか、よくわからなくなってきたような気がする。ときおり、そんなふうに感じる。いつのまにか動きだしたものが、そのまま勝手に進んでいく。じっくり考える暇もないまま、日々が過ぎ、月日が過ぎ、年月が過ぎていくのだ。とはいえ、あのとき自分が潜入者となることを引き受けた理由は、はっきりと覚えている。ある日、エステローケル刑務所の面会室に現われたエリック。刑務所でふつうに服役するのではなく、ちょくちょく外出許可を得ながら服役できる、しかも出所したあとは裏稼業がやりやすくなる、そんな道があると知らされた。警察のために働いてくれるなら、悪事も必要とあらば見逃してやる、警察の捜査や検察の追及が及ばないよう、隠し、うまく回避させてやる、という。なんと楽な道だろう、と思った。つかなければならなくなる嘘には考えが及ばず、たれ込み屋とバレることの危険にも、感謝されたり守ってもらえたりするものではないということにも、いっさい気づかなかった。あのころはまだ、家族がいなかった。自分のためにだけ生きていた。いや、自分のためにすら生きていなかった。

「この任務はきちんと終わらせます」

「手を引いても、だれもきみを責めはしないよ」

そうしてこの道に足を踏み入れ、歩きつづけた。スリルと興奮を求めて生きることを覚えた。心臓の鼓動で胸が潰《つぶ》れそうになるほどのアドレナリンを求めて、自分はだれよりもこの仕事に長《た》けているという誇りを求めて、生きるようになった。自分がいちばんだと思えることなど、それまでひとつもなかったから。

「手を引くつもりはありません」

依存症になったのだ。アドレナリン、誇り、それらのない人生がどんなものだったか、もう思い出せなくなっている。

「だから、この話はもう終わりにしましょう」

なにかをきちんと成し遂げたことなど、一度もない人間だった。

これから、ひとつ、成し遂げるつもりだ。

「エリック、気遣いはありがたいと思ってます。いまみたいなことを聞くのは本来、あなたの仕事じゃないはずですから。でも、この話はもう終わりにしましょう」

エリック・ウィルソンは、質問した。そして、望みどおりの答えを得た。

「もし、なにかあったら」

ビニールに覆われた座り心地の悪いソファーの上で、体勢を変える。

「もし、バレそうになったら。刑務所の中では、そう長いこと逃げまわれない。が、隔離区画に移してほしいと願い出ることはできる」

エリック・ウィルソンは、パウラを、ピートを見つめた。

「命を狙われるかもしれない。が、絶対に死ぬな。隔離区画に移って、身の安全が確保できたら、こちらに連絡して、一週間待ってくれ。事務手続きを整えて、きみを迎えにいって外に出すのに、一週間は必要だから」

足元に置いてあった黒いブリーフケースを開け、ふたりのあいだのローテーブルにフォルダーを二冊置いた。警察庁の前科記録の一部を新たにプリントアウトしたもの。それから、十年前の捜査資料にこれから紛れ込ませる、新たな事情聴取記録。

取調官ヤン・サンデル（取）――九ミリ口径のラドムだ。

ピート・ホフマン（ホ）――ほう。

取――おまえが逮捕されたときに持っていた。発砲した形跡があった。弾倉からは銃弾がふたつ欠けていた。

ホ――へえ、そうかい。

ピート・ホフマンは黙ったまま、改竄《かいざん》された過去に目を通した。

「五年？」

「ああ」

「殺人未遂？　公務員への暴行？」

「そうだ」

取――二発。目撃者も複数いる。

ホ――（沈黙）
取――セーデルハムンのカプテン通りの団地で、何人も目撃してる。あの団地の窓は、おまえがダール巡査に向かって二発ぶっ放した芝生に面しているからな。
ホ――セーデルハムン？　行ったこともないのに。

エリック・ウィルソンは、いかにもほんとうらしい、見破られそうにない経歴を、細かいところまできっちりと築き上げていた。

「どうだろう……これで大丈夫だろうか？」

前科記録に書かれた判決内容を変更すれば、そのときに行なわれた捜査での事情聴取記録も新たに必要となる。また、刑事施設管理局が管理している、変更後の記録で刑に服したことになっている刑務所のファイルにも、新たなコメントを書き入れなければならない。

「大丈夫でしょう」

「判決内容と、逮捕時の捜査報告によれば、きみは銃弾の入ったラドムで、とある巡査の顔を三度殴りつけたことになってる。しかも、この巡査が意識を失くして倒れるまで、暴力をふるいつづけた」

取——おまえは勤務中の警察官を殺そうとした。俺の同僚だ。どうしてそんな真似をしたのか、なにがなんでも話してもらう。

ホ——いまのは、質問か？

取——理由を答えろ！

ホ——セーデルハムンでポリ公を撃ったことなんかないぞ。セーデルハムンに行ったことすらないんだから。でも、もし仮に、俺がセーデルハムンに行っておまえの同僚を撃ったんだとしたら、それはまあ、サツが気に入らないからなんじゃないのか。

「それからラドムの向きを変えて、スライドを引いて、二発撃った。一発は巡査の腿《もも》に当たった。もう一発は左の二の腕に当たった」

ウィルソンはソファーを覆うビニールに背中をあずけた。

「だれかがきみの経歴をチェックしようとして、前科記録や捜査記録の抜粋を見たとしても、その内容を疑うことはないだろう。下のほうにもうひとつ、注釈を入れておいた。手錠の話だ。きみは事情聴取のあいだ、ずっと手錠をかけられてたことになってる。安全上の理由で」

「いけるでしょう」

ピート・ホフマンは書類の束ふたつを折り畳んだ。

「何分か時間をください。もう一回、目を通して、頭に叩《たた》き込みますから」

手にしているのは、言い渡されたことのない地方裁判所の判決と、行なわれたことのない事情聴取の記録。それでも、刑務所の中で潜入捜査を続けるためには、なによりも重要な道具だ。

残り時間、三十一時間。

木曜日

ホーガリド教会の二つの塔に設けられた鐘が、どちらも午前一時を告げる中、彼はエリック・ウィルソンと会った二番を離れ、中庭を通ってヘレネボリ通りへ出た。外の空気はまだ、妙にあたたかい。早く訪れた春が、早々と初夏に変わろうとしているのか、それとも身体が焦っているせいで、内側から熱が放たれているのか。ピート・ホフマンは上着を脱ぎ、ベリスンド・ストランド通りへ向かった。湖からかなり近いところに車を停めていたので、エンジンをかけると、ヘッドライトが暗い湖面を照らし出した。セーデルマルム島を西から東へ横切る。こんな夜なら、冬のあいだあたたかさを求めつづけた人々が、家に帰りたがらずにあふれていてもおかしくないのに、あたりは閑散としている。騒がしいこの街も、すでに寝入ってしまったのだ。スルッセンを過ぎ、スタッツゴーデンの船着き場に沿って走りながらスピードを上げたが、ナッカ地区に入る前、ダンヴィクストゥル橋の直前でブレーキをかけてハンドルを切った。テーゲルヴィーク通りを南へ下り、左折してアルスネ通りへ。車でダンヴィクストゥルの丘を上れる唯一の道路をふさぐ遮断機のあるところまで進んだ。

暗闇の中で車を降り、鍵束《かぎたば》を振って、ふつうの鍵の半分ほどの大きさしかない金属片を見つけ出した。ずいぶん前から鍵束に加えているものだ——今日の相手とはここ数年、よくこうして顔を合わせているから。遮断機を開け、閉め、曲がりくねった道をゆっくりと上がり、屋外にテーブルを並べたカフェにたどり着いた。何十年も前から丘の頂上で、首都を見下ろせる眺望とシナモンロールを用意して待ちかまえているカフェだ。

がらんとした駐車場に車を停め、丘の下で運河がサルトシェーン湖に流れ込む水音に耳を傾けた。何時間か前までは、客がここに座り、手を取りあって言葉を交わし、慈しみあい、親しさのしるしである沈黙に包まれてカフェラテを飲んでいた。コーヒーカップが一つ、ベンチテーブルの上に置きっぱなしになっている。べつのテーブルの上には、しわくちゃの紙ナプキンの載ったプラスチックトレイがいくつか、やはり放置されていた。ピート・ホフマンはカフェの建物のそばに腰を下ろした。木製のシャッターが下がっていて、テーブルが一台、グレーのコンクリートの塊に鎖でつないである。ストックホルムの街を見下ろす。人生のほとんどをここで過ごしてきたのに、いまだに異邦人のような感覚がある。ここには客として来ているだけで、そのうちべつの場所へ、どこか真の目的地をめざして去ることになる、そんな気がしてならない。

足音が聞こえた。

漆黒の闇の中、背後から響いてくる。

はじめは、かなり遠くのほうから聞こえるかすかな足音、硬い舗装面とぶつかる靴の音だった。が、やがて足音は近づいてきて、だんだんはっきりした音になった。このあたりの地面は砂利なので、歩く者がどんなに気をつけても大きな音がする。

「ピート」

「ロレンツ」

自分と同年輩の、黒髪の、がっしりとした男。

ふたりはいつもどおり抱擁を交わした。

「量は？」

がっしりとした黒髪の男は、ホフマンの目の前に座った。テーブルにどすんと肘《ひじ》をつくと、天板が少したわんだ。ふたりが知りあってから、ほぼきっかり十年になる。ホフマンにとっては、これまでに信頼を寄せることのできた数少ない相手のひとりだ。

「十キロ」

エステローケル刑務所でともに服役した。同じ区画で、となりどうしの独房だった。もしほかの場所で出会っていたら、こんなに親しくならなかっただろう。が、あそこでは――塀の中に閉じ込められて、選択肢などほとんど与えられないあの場所では、親友どうしになった。もっとも、当時は親友どうしになったという認識など、これっぽっちもなかったが。

「純度は？」

「三十パーセント」

「製造元は？」

「シェドルツェだ」

「〝花〟か。そりゃいいな。客も喜ぶ。質をうるさく聞かれることもないし。まあ、俺は……あのにおいに耐えられないんだが」

ロレンツの名だけは、エリックにも明かすつもりはない。この男を気に入っているし、必要としてもいる。ホフマンが小遣い稼ぎのために薄めたクスリを転売してくれるのは、このロレンツだ。

「けど、三十パーセントか……セルゲル広場の連中にも、中央駅の連中にも、ちょっと高すぎるな。あのあたりの連中に十五パーセント以上のを与えたら、厄介なことになる。だから、こいつは……クラブにでも売るとしようか。最近のガキどもは強烈なのが好きだし、金も持ってるから」

エリック・ウィルソンは、自分に明かされていない名前があるようだと気づいている。が、なぜ明かさないか、その理由もわかっているのだ。だから、ピートは独自のビジネスで小遣い稼ぎを続けることができる。エリックも彼の同僚も見逃してくれ、ときおりビジネスに協力してくれることもある——潜入捜査を続けることが条件だが。

「それにしても、三十パーセントを十キロとはすごい量だな。もちろん引き受けるよ。おまえに頼まれた分は、いつだって引き受けてきたからな。けど……ピート、これはダチとして言わせてもらうが……大丈夫なのか？　怪しまれたらどうする？」

ふたりは互いを見つめた。いまのロレンツの発言は、質問するふりをしているだけで、ほんとうはまったくべつの意味があるというふうに取れなくもない。たとえば、不信感の表われ。一種の挑発。だが、いまはちがう。ロレンツの意図はその言葉どおりで、いまの発言は思いやりの表われなのだと、ピート・ホフマンにはわかっていた。これまでずっと、どこかから運ばれてきたクスリを少しだけ、自分の小遣い稼ぎのために薄めて転売する、というだけにとどまっていた。が、今回はもっと莫大《ばくだい》な金が要る。ビジネスの目的も、いつもとはちがう。だから、ヘンリックの訪問からわずか数時間後、アンフェタミンを入れて真空密封した容器を屋根裏のファンヒーターから取り出し、イケアの袋に移して準備を整えておいた。

「大丈夫だ。万が一、この金を使わなきゃならない日が来るとしたら、それはもう、怪しまれたところでどうしようもない状況になってからの話だから」

ロレンツはそれ以上尋ねてこなかった。

人はだれしも、その人なりの理由があって選択をする。理由を話したがらない相手にしつこく尋ねても無駄でしかない、と彼は学んでいた。

「爆薬分の五万を引かせてもらうよ。急な話だったから、いつもより金がかかった」

一グラム当たり百クローナ。十キロで百万クローナ。

九十五万クローナを現金で。残りは、爆薬で。

「全部、そろってるのか？」

「ペンスリット」

「それじゃ足りない」

「ニトログリセリンもある。爆速が大きい。ビニールの小袋に入ってる」

「そのままくれ」

「雷管と導火線もつけてやるよ」

「おまえがそれでいいなら」

「ものすごい爆発力だぞ」

「それでいい」

「まあ、好きなようにしろ、ピート」

‡

二台の車はトランクを開けたまま、あたりを包み込む暗闇の中にたたずんでいる。純度三十パーセントのアンフェタミン一キロ容器が十個入った青いイケアの袋と、九十五万クローナの札束と爆薬の包み二つが入った茶色のブリーフケースが、置き場所を交換した。そのあとは、急がなければならなかった。ヘッドライトを消したまま、曲がりくねった狭い道をたどって丘を下り、鍵を使って遮断機を開け、エンシェーデへ、いつでも帰りたくてしかたのない家へ向かった。

‡

ぶつかったと気づいたときには手遅れだった。車庫の前は暗く、玩具《おもちゃ》の赤い消防車が見えにくかったのだ。ホフマンはさらに半メートルほど進んでから車を降り、ひざをついて右の前タイヤのあたりを探った。やはりラスムスの気に入りの消防車だ。無傷とは言いがたい状態になっているが、片側のドアの塗料が剝《は》げたところを赤ペンで埋め、屋根の真ん中に取りつけられたきれいな白い梯子《はしご》を少し曲げてやれば、数日後には砂場や二階のどこかで、また役目を果たせるようになるかもしれない。あとはみな、家の中で眠っている。ほかのプラスチックの消防車たち。子どもたちのベッドの下で——いや、ベッドの中に紛れ込んでいることもある。あと数時間で、この腕できつく抱きしめてやれる、ふたりの子どもたち。

トランクを開け、予備タイヤの奥に突っ込まれた茶色い鞄《かばん》を開ける。少し迷ってから、小さな包み二つを出し、九十五万クローナの札束は入れたままにした。

庭に差しているいくつもの影を横切り、ゆっくりと進む。

キッチンに入ってドアを閉めるまで、明かりはいっさいつけなかった。不愉快な光でソフィアを起こしたくはないし、裸足《はだし》でトイレや冷蔵庫へ向かう彼女と鉢合わせしたくもない。きれいに拭《ふ》かれた食卓につく。台ふきんの跡がまだ縞模様《しまもよう》になって光っている。あと数時間もしたら、ここでいっしょに朝食をとることになるのだろう。食べものをあちこちにこぼしながら、散らかし放題で、にぎやかに。

二つの包みを食卓の中央に置いた。中身は確認していない。確認することなどなかった。ロレンツが持ってきたというだけでじゅうぶんだ。片方は細いペンケースのような包みで、彼はそれを開けると、中から長いひもを取り出した。少なくとも、そう見える——長さ十八メートルの細いひもが、一巻き。が、爆破技術について知識のある者から見れば、これはただのひもではない。ペンスリットを心薬とした導爆線。生と死を分けるもの。導爆線を伸ばし、触れてみてから、真ん中で切り、長さ九メートルになった二本をケースに戻した。もう片方の包みは、もっと正方形に近かった。二十四個の小さなポケットに区切られた透明な袋。そういえば昔、父親が古いコインをこんな袋に入れ、緑のアルバムに綴《と》じて保管していた。故郷がまだケーニヒスベルクと呼ばれていた時代の、さして価値のない古いコイン。かつて、身体がクスリと逃げ道を求めて悲鳴をあげていたころ、あのコインを売ろうとしたことがある。彼にとっては、なんの面白みもない、単なる茶色い金属の塊でしかなかったから。結局、コインはかなりぼろぼろで、コレクションとしての価値はまったくないと判明した。あのコインの値打ちは、父親だけに見えているものだった。べつの時代の記憶と結びついているからこそ、価値あるものだったのだ。ピート・ホフマンは、小さなポケットのひとつひとつに、その中に入った透明な液体に、そっと触れた。平たい袋の二十四個あるポケットに小分けされた、合計四十ミリリットルのニトログリセリン。

ふと、短い叫び声が聞こえた。

ホフマンはドアを開けた。

同じ叫び声。そして、あたりはふたたび静まり返った。

彼は二階へ上がりかけた。ラスムスが怖い夢でも見ているのだろう。だが今回は、なだめてやる必要もなく、どうやら悪夢は去ったらしかった。

そこで代わりに地下階へ下り、物置部屋のひとつに置いてある個人用の銃保管庫へ向かった。開けると、それはきちんと入っていた。棚に、いくつか。ホフマンはそのうちのひとつを手に取り、一階へ戻った。

世界最小のリボルバー、スイスミニガン。車の鍵《かぎ》ほどの大きさしかない。この春、ラ・ショー＝ド＝フォンの工場で直接買ったものだ。ミニチュアリボルバーのシリンダーに、殺傷能力のじゅうぶんにある長さ六ミリの実包を入れる。銃を手のひらに載せ、テーブルの上で腕を揺すって重さを確かめてみた。ひどく軽い。が、必要とあらば命を奪うこともできる。

キッチンのドアをふたたび閉め、弓のこの刃でトリガーガードの両端を切る。引き金のまわりを囲んでいるこの金具は小さすぎて、人差し指が入らない。引き金を引いて発砲できるよう、切り落としてしまうことにしたのだ。トリガーガードはわずか数分で床に落ちた。

極小リボルバーを指二本でつまみ、食器洗浄機に向けて構えると、引き金を引くふりをした。

殺傷力のある凶器。マッチ棒ほどの長さしかない。が、これでもまだ長すぎる。だから、か細いねじ回しを使ってさらに分解する。ふと、カリーニングラードの祖母を思い出した。寝室にミシンが置いてあって――七歳だったあのころの自分には、ミシンが家具のように大きく見えたものだった――その下の箱に、こんなねじ回しが入っていた。木製グリップの片側にある一つ目のねじを慎重にはずし、きちんと見えるよう——失くしてしまうわけにはいかない——調理台の白いテーブルクロスの上に置いた。二つ目のねじはグリップの反対側にあり、さらにもう一つが撃鉄のそばにあった。ねじをはずし終えると、リボルバーの中央で部品をつないでいる金具に、ねじ回しの先を当てた。何度か軽く叩《たた》いて抜いてやる。マッチ棒ほどの長さしかないリボルバーは、六つの部分にばらりと分かれた。グリップの両側、銃身とシリンダーの軸と引き金から成る本体、銃弾が六つ入るシリンダー、銃身を覆うカバー、本体の一部を成す名前のない部品。すべてをビニール袋に入れ、長さ十八メートルの導爆線と、平たい袋に入った四十ミリリットルのニトログリセリンとともに外へ持ち出すと、車のトランクの中、予備タイヤの奥の茶色い鞄に入った九十五万クローナの上に置いた。

‡

ピート・ホフマンは食卓の椅子に座ったまま、光が夜を追い払うのを眺めていた。何時間も、彼女を待っていた。そして、いま、木の階段を下りる彼女の重い足音が聞こえてきた。まだ目覚めきっていないときの、足の裏全体をどしんと床に下ろす歩きかた。彼はよく、足音に耳を傾ける。足音はその人の内面と深くつながっているから、近づいてくるときに目を閉じれば、その人がどんな気分か簡単にわかる。

「おはよう」

彼に気づいていなかったソフィアは、その声にびくりと身体を震わせた。

「おはよう」

ピートはすでにコーヒーを用意していた。カップに注ぐと、彼女の朝の習慣どおり、ミルクを一センチほど加えてやる。髪を乱し、ガウンを身にまとった、いかにも眠そうな美しい女にカップを運んでいくと、彼女はそれを受け取った。目が疲れ切っている。腹を立てたままで夜の半分を過ごし、熱を出した子どものベッドでまどろみながらもう半分を過ごしたせいだ。

「一睡もしてないのね」

怒ってはいないらしい。そういう声ではない。ただ、疲れているだけだ。

「うん。結局、寝られなかった」

ピートはパンとバター、チーズを出した。

「熱は？」

「だいぶ下がってる。いまのところはね。保育園、あと一日か二日はお休みしたほうが良さそうよ」

さらに、足音。ソフィアのそれよりも、かなり軽い。ベッドを出て床に触れるなり元気になった足の音だ。兄のヒューゴーのほうが、目を覚ますのは早い。ピートは息子に近づくと、その身体を持ち上げ、やわらかな頬にキスをして抱きしめた。

「パパ、ちくちくする」

「ひげ、剃《そ》ってないからなあ」

「いつもより、もっとちくちくするよ」

深皿、スプーン、グラス。三人とも席についた。ラスムスの席はまだ空いている。できるかぎり遅くまで寝かせてやるつもりだ。

「今日は俺が子どもたちの面倒をみるから」

この言葉をソフィアに期待されているのはわかっていた。が、言うのはつらかった。嘘なのだから。

「一日中、ずっと」

朝食の並んだ食卓。ついさきほどまで、このテーブルには、ニトログリセリンと導爆線、銃弾の入ったリボルバーが並んでいた。いまはオートミールとヨーグルトとクネッケブレード（クラッカーのような平たく固いパン。北欧で広く食されている）がひしめくように置かれている。コーンフレークを嚙《か》む音が響き、グラスに入ったオレンジジュースがこぼれて床を濡《ぬ》らす。いつもどおりの朝食だった。が、ついにヒューゴーが食卓にスプーンを叩きつけるように置いた。

「なんでケンカしてるの？」

ピートとソフィアはちらりと視線を交わしあった。

「ケンカなんかしてないよ」

ヒューゴーのほうを向いて答えながらも、五歳になった息子がこんな単純な答えで満足するはずがないと気づいた。厳しく迫ってくるその目を、じっと見つめる。

「なんで嘘つくの？　見ればわかるもん。ケンカしてるって」

ピートとソフィアはまた顔を見合わせた。ついにソフィアが答える決心をした。

「ケンカしてたの。でも、もう仲直りしたわ」

ピート・ホフマンはありがたい気持ちで息子を見つめた。肩の力が抜けたのがわかる。ソフィアのその言葉が聞きたくて、それでも自ら尋ねる勇気がなくて、ずっと神経をとがらせていたから。

「よかった。もうケンカしてないんだね。じゃあ、パンとコーンフレーク、もっとちょうだい」

五歳の手が皿にコーンフレークをつぎ足し、パンの上にチーズを載せて、まだ食べはじめてもいない一枚目のパンの傍らに置いた。ピートもソフィアも、なにも言わないことにした。今朝はヒューゴーの好きなようにさせてやろう。いまのヒューゴーは、両親である自分たちよりも賢いのだから。

彼は、玄関外の木の階段に座っている。たったいま、ソフィアが出勤していった。言うべきことはいまだに言えていない。成り行き上、そうなってしまった。今夜。今夜こそ、彼女と話をしよう。なにもかも話そう。

彼女の背中がサミュエルソン家とスンデル家のあいだの細い路地に消えるやいなや、ホフマンはヒューゴーとラスムスに解熱剤のシロップを与えた。用量の一・五倍。三十分後、熱はすっかり下がり、子どもたちはふたりとも保育園へ行くための着替えをすませていた。

残された時間は、二十一時間半だ。

‡

注文しておいたのは、スウェーデンでいちばん普及している車、シルバーグレーのボルボだった。が、掃除も点検もすんでおらず、準備ができていなかった。急いでいたホフマンは、代わりにスウェーデンで二番目に普及している車、赤いフォルクスワーゲン・ゴルフを選んだ。

目立ちたくないし、思い出されたくないのであれば、なるべくふつうを装うべきだ。

墓地のそばに駐車する。あの巨大なコンクリート塀までの距離は、千五百メートル。あいだには草原が広がり、長い下り坂になっている。草はもう緑色だが、丈はまだあまり伸びていない。あそこが、目的地だ――アスプソース刑務所。スウェーデンに三か所ある警備レベルA刑務所のひとつ。彼はこれから逮捕され、勾留《こうりゅう》され、起訴され、有罪判決を言い渡され、あの刑務所の独房に閉じ込められる。十日後には。十二日後かもしれない。時間がかかっても、せいぜい十四日ほどだろう。

車を降り、太陽と風に向かって目を細めた。

晴れた気持ちのよい一日になりそうだ。が、刑務所の塀に向かって立っていると、頭に浮かぶのは憎しみだけだった。

あそことはべつのコンクリート塀に囲まれて過ごした、地獄のような十二か月。あとに残った唯一の感情が、憎しみだった。

あのころはまだ若く、若者は閉じ込められたり制限されたりすると抵抗するものだから、あんなふうに感じたのだろうと、ずっと思っていた。が、そうではなかったのだ。もう若くはないのに、あの塀を目にすると、あのころと同じ憎しみを感じる。日課への、抑圧への、疎外感への、閉ざされた扉への、横柄な態度への、作業場で四角い木片をいじらされる仕事への、疑われることへの、懲罰目的の移送への、尿検査への、身体検査への、憎悪。看守への、警察への、制服への、規則への——社会を代表するすべてへの、憎しみ。ほかの囚人たちも同じだった。それが全員をつなぐ共通点だった。憎しみと、クスリと、孤独。あの憎しみのおかげで、互いに言葉を交わすことができた。どこかをめざして進む気にもなれた。たとえ憎しみであろうと、めざすものがなにもないよりはましだったから。

今回は、自ら望んで刑務所に入る。感情にとらわれている暇はない。仕事を終わらせ、完全に手を切るために、ここまで来たのだ。

朝の太陽とそよ風に包まれて、レンタカーの傍らにたたずむ。はるか遠く、高い塀の端のそばに、赤レンガ造りの同じ形をした平屋が何軒も並んでいる。大きな刑務所のまわりに築かれた町。この町の人々は、刑務所の職員として働いているのでなければ、刑務所のC棟の床を修繕する建設会社で、できあいの食事を刑務所の食堂に運ぶレストランで、刑務所の運動場の照明を調節する電気工事会社で働いている。アスプソース刑務所の塀の外で、閉じ込められずに暮らしている人々は、実のところ、塀の内側に閉じ込められて暮らしている人々がいなければ生きていけないのだ。

《ヴェストマンナ通り七十九番地で起こったことについて、あなたは起訴されないと保証する》

デジタル録音機は、ズボンのポケットに入れたままだ。ここ数時間、彼女の声に何度も耳を傾けている。あのとき、右脚を近づけ、マイクもじゅうぶんに近づけたから、彼女の言葉はこうしてはっきりと聞きとることができた。

《あなたが刑務所の中での任務を完了できるよう、最善の形で協力すると保証する》

門を開ける。熊手で整えられたばかりの砂利道を一歩進むごとに、墓地の管理人のていねいな仕事の痕跡《こんせき》が荒らされていく。手入れの行き届いた四角い墓石を眺める。小さく区切られた芝生に立つ、簡素な墓石。町の住宅街の平屋で暮らす人々が、死してなお、同じように暮らしているかのようだ――互いの邪魔にならないよう、少し距離を置いて、しかし孤独を感じるほど遠くもなく。さして広くない空間だが、それでもきっちりと区切られた自分の居場所を確保している。

墓地は石塀と木々に囲まれている。はるか昔に、一定の間隔を置いて植えられた木々は、じゅうぶんな空間を与えられて大きく育ち、墓地を守る壁のような役割を果たしている。ホフマンは木々に近寄った。セイヨウカジカエデ。若葉がかすかに揺れている、ということは、風速は秒速二メートルから五メートル。次いで、小枝を観察する。小枝もまた揺れている、ということは、秒速七メートルから十メートル。頭をのけぞらせ、太めの枝を見上げた。こちらはまだ揺れていない。秒速十五メートルには及ばないようだ。

どっしりとした木の扉が開いていて、彼は教会の中に足を踏み入れた。大きすぎる教会だ。白い天井ははるかに高く、祭壇ははるか奥のほうにあって、アスプソースの住人全員が集まっても硬い長椅子は埋まらないのではないかと思える。大きな建物が権力の象徴であった時代の名残なのだろう。

洗礼盤のそばから簡素な木の椅子を移動させている教会管理人を除けば、広い礼拝堂にはだれの姿もなく、オルガンのある二階席から聞こえてくる、なにかがこすれるような音を除けば、なんの音も聞こえない。

礼拝堂に入り、入口脇のテーブルの上の献金箱に二十クローナ札を入れると、物音に振り返った管理人に向かって会釈をした。礼拝堂を出て通路に戻り、管理人がもうこちらを見ていないことを確かめてから、右側にある灰色の扉を開けた。

歩調を速め、上をめざす。

人々がいまよりも小柄だった時代に造られた、勾配《こうばい》の急な階段。扉と戸枠のあいだのすき間にバールを差し込んで軽く押すと、扉がすっと開いた。簡素なアルミの梯子《はしご》が、小さな天窓に立てかけてある。教会の塔への入口だ。

ホフマンはふと立ち止まった。

耳に入ってくる音。オルガンの鈍い響き。

彼は笑みをうかべた。教会の二階席から聞こえてきた、なにかがこすれるような音は、今日の賛美歌の準備をしているオルガン奏者が立てた音だったのだ。

ショルダーバッグからパイプレンチを出し、天窓にかかった南京錠のU字形の金具をつかむと、アルミの梯子がぐらぐらと揺れた。ぐいと力を入れると、金具が簡単にはずれた。天窓を押し上げ、塔に上る。鋳鉄製の重そうな鐘をよけて身をかがめた。

扉が、あとひとつ。

開けて、バルコニーに出ると、そこに広がっていた景色があまりにも美しく、彼は思わずじっとたたずんで、空から森へ、ふたつの湖へ、遠くに見えるごつごつとした岩山のようなものへ視線を走らせた。欄干をつかみ、バルコニーをじっくりと調べる。あまり広くはないが、横になれるスペースはある。風が強まっていた。地面に近いところでは、葉や小枝を揺らすだけで満足していたのに、ここでは自由に吹き荒れている。ときおり突風となって吹きつけ、バルコニーをとらえてさらっていこうとする。そのたびにバルコニー全体がかすかに揺れた。塀を、有刺鉄線を、格子窓のついた建物を見つめる。ここから見えるアスプソース刑務所は、やはり大きく、やはり醜い。視界は完全に開けていて、さえぎるものはなにもない。運動場にいて監視されている囚人たちの姿が見える。無駄なフェンスのひとつひとつが、鍵《かぎ》のかかったコンクリート扉のひとつひとつが、くっきりと見える。

≪そして……仕事が終わったあとは、責任を持ってあなたの面倒をみるわ。この仕事が終わったら、あなたは死刑宣告を受けたも同然で、裏社会全体から命を狙われるこ

とになるのでしょうから。あなたに、新たな人生、新たな身分、外国でやり直すためのお金を渡すつもりよ》

手の中の録音機。風の音が単調に繰り返される中でも、はっきりと聞こえた。

《法務省の政務次官として、いま言ったことを保証します》

もし、成功したら。

あの塀の中での仕事を、計画どおりに成し遂げられたら、自分は命を狙われる。外に出なければならない。逃げなければならない。

ショルダーバッグを下ろすと、外側のポケットから、黒く細いコードと送信機ふたつを取り出した。送信機はどちらも銀色に光っていて、五十オーレ硬貨ほどの大きさだ。コードの両端に送信機をつなぎ、五十センチほどの長さになったそれを、粘着ゴムで刑務所側の欄干の外側に貼りつけた。教会の塔のバルコニーに立っている人には見えない位置だ。

しゃがみ込み、コードを覆っている黒いプラスチックを数センチほどナイフで削ぎ落として、金属の導線をむき出しにする。そこにべつのコードを巻きつけ、これも欄干の外側に伸ばした。横になり、欄干のそばへ這《は》っていくと、線の入った小さなガラス片のようなものといっしょに固定した。

〝俺は、つねにひとりきりだ〟

頭を欄干の外に突き出し、コード二本、送信機ふたつ、太陽電池ひとつが、欄干の外側にきちんと固定されていることを確かめた。

〝自分だけを信じろ〟

次にこの場所に立つ人は、なにも知らずに口を開くだろう。自分の発するすべての単語、すべての言い回しが、はるか下方にあるアスプソース刑務所で服役中の人間に聞かれているなどとは、思いもしないことだろう。

‡

彼はふたたび景色に目をとめた。

両極にあるふたつの世界。こんなにも近く、こんなにも遠い。

教会の塔の、風の吹きつけるバルコニーに立ち、頭をほんの少しだけ下へ傾けると、光り輝く湖が、木々の梢《こずえ》が、果てしなく広がる青い空が見える。

さらに頭を下へ向けると、そこに見えるのは、独自の現実を抱えた独自の世界だ。四角いコンクリートの建物が、九棟。遠くから見ると、玩具《おもちゃ》の組み立てブロックでできた町のように見える。あそこにこの国の危険人物が集められ、閉じ込められ、ただひたすら待つだけの日々を過ごしている。

ピート・ホフマンは、自分がB棟の清掃係になることを知っている。内閣府での会合で決まった設定で、確実にそうなるよう、刑事施設管理局の局長が手配を命じられた。だからいま、彼は高さ七メートルの塀に囲まれた世界のほぼ中央に見える組み立てブロックに注目し、双眼鏡を使ってその建物を隅から隅まで観察した。あの建物のことはまだなにも知らないが、数週間後には日常の一部となっているはずだ。作業場のある三階の窓に目を向ける。服役囚は出所後にそなえて教育を受けることもできるが、そうしない道を選んだ囚人たちにとっては、この作業場がアスプソース刑務所最大の仕事場だ。強化ガラスの窓は高い位置にあり、がっちりと格子が入っているが、それでも作業場の機械に向かって働いている連中の姿が双眼鏡越しに見えた。顔や目もはっきりと見える。ときおり手を止めては窓の外をしばらく眺め、外の世界に思いを馳《は》せているのがわかる。過ぎていく日々をかぞえ、時間をやりすごすだけの毎日では、外の世界を思うことほど危険なことはない。

‡

逃げ道のない、閉ざされたシステム。
〝もし、正体がばれたら。切り捨てられたら。ひとりきりになったら〟

選択肢はなくなる。

死ぬしかない。

‡

彼はバルコニーの床に身を横たえると、欄干まで這っていき、想像上のライフルを両手で構えて、さきほど選んだB棟の三階の窓に狙いを定めた。墓地の石塀に沿って植わっている木々をチェックする。風がさきほどよりも強くなっている。太めの枝までもが揺れていた。

〝風速は、秒速十二メートル。右へ、八度の修正〟

想像上のライフルで、作業場の窓の向こうを行き交う頭を狙う。バッグを開け、距離計を出すと、同じ窓に向けた。

すでに、距離はおよそ千五百メートルと見積もってある。

彼はディスプレイを確認した。かすかに笑みをうかべたようでもあった。

教会の塔のバルコニーから、強化ガラスの窓までの距離は、きっかり千五百三メートルだった。

〝距離、千五百三メートル。視界良好。発砲から命中までの時間は、三秒〟

彼は存在しないライフルを両手でしっかりと握った。

‡

九時五十五分、彼は立ち並ぶ墓石を素通りし、墓地を守るセイヨウカジカエデの木立を抜け、美しく整えられた砂利道をたどって、門の外に停めた車へ向かった。時間どおりだ。教会でするべき準備は、時間内にすべて終えた。これから、まもなく開館するアスプソース図書館へ行き、今日最初の来館者となる予定だ。

小さな広場に面して、銀行とスーパーマーケットにはさまれて建っている図書館。五十歳ほどのやさしげな司書は、その容貌《ようぼう》どおり親切に接してくれた。

「なにかお手伝いしましょうか？」

「あとでお願いします。探している本が何冊かあるので、検索してみます」

子ども向けの一角には、クッションや小さな椅子が置かれ、『長くつ下のピッピ』シリーズの本が積まれている。勉強したい人、しばらく静かに読書をしたい人のための、簡素な机が三台。ヘッドホンで音楽を聴ける、ソファーのある一角。インターネットを閲覧するためのパソコン。穏やかで、いかにも有意義な時間を過ごせそうな、小さいながらも良い図書館。アスプソースのどの窓から外を見ても景色の中心にある刑務所の塀、不穏と拘束を表わすあの塀とは対照的だ。

貸し出しカウンターのパソコンに向かって座り、図書館の蔵書目録を検索した。必要なのは、六冊。検索したのは、久しく貸し出されていないだろうと思われる本ばかりだ。

「これなんですが」

親切な司書は、彼が差し出した手書きのメモを読んだ。

〝バイロン『ドン・ジュアン』、ホメロス『オデュッセイアー』、ヨハンソン『スウェーデンの心の深みより』、ベルイマン『あやつり人形』、ベルマン『私の人生の記録』、アトランティス世界文学選集『フランスの風景』〟

「詩集ですか……それ以外の本も……この階には置いてないと思います」

「そうみたいですね」

「出してくるのに時間がかかりますけれど」

「すぐ要るんです」

「今日は職員が私ひとりしかいなくて……この六冊はみんな、書庫に保管してあるんです。書庫というのは、貸し出すことの少ない本を置いておく場所のことで」

「すぐに持ってきていただけると、とても助かるんですが。急いでいるので」

司書はため息をついたが、さして深いため息ではなかった。面倒なことを言われたものの、実はそれを喜んでいる人の反応だ。

「いま来館なさってるのはあなただけですし。どうせお昼前にならないと来館者は増えませんから。この階を見張っていていただけますか。私は地下に行ってきます」

「ありがとうございます。それから、きちんと製本されているのをお願いします。ハードカバーで」

「えっ？」

「文庫版とかポケット判とか、そういう形のくずれやすい製本ではなく」

「ペーパーバックではだめということね。図書館としては、そのほうが安く入手できて助かるんですけど。内容も変わりませんし」

「ハードカバーがいいんです。僕の本の読みかたからして。いや、本を読む場所からして、と言うべきか」

ピート・ホフマンは受付の司書の席に座って待った。ここには前にも来たことがあり、ほとんど貸し出されず地下の書庫に眠っている本を借りるのも初めてではない。ここに限らず、スウェーデンの重罪人が集まる刑務所を擁する町の図書館は、何か所も訪れたことがある。クムラ刑務所の囚人たちが本を借りるクムラ図書館でも、ハル刑務所の連中が昔から常連になっているセーデルテリエ図書館でも、本を借りたことがある。ここからわずか数百メートルのところにいる塀の中の住人たちが本を借りるときには、かならずここ、アスプソース図書館が使われる。書庫に保管されている本なら、百パーセントの確率ですぐに借りることができるはずだ。

地下階から上がってきてスチールのドアを開けた司書は、息を切らしていた。

「階段が急でね」

笑みをうかべている。

「もっとジョギングしなくちゃ」

貸し出しカウンターに、六冊の本が置かれた。

「これでよろしいですか？」

ハードカバー。大きな、重い本。

「チューリップと詩、か」

「なにかおっしゃいました？」

「いえ。これで申し分ありません」

‡

アスプソースの広場に出ると、晴れてはいるが風が強く、ほとんど人の気配がなかった。老婦人がひとり、歩行器を押しながら、地面に敷きつめられた丸石の上を難儀そうに歩いている。同年輩の男性がひとり、自転車のハンドルにビニール袋を下げて、両手でゴミ箱をあさり、リサイクル用に返却して小銭を受け取れそうなペットボトルを探している。ピート・ホフマンは、十日後に手錠をかけられて護送車で戻ってくることになるこの小さな町から、車でゆっくりと走り去った。
《どのように、と伺ったんですが》
《こういうことは、これまでにも三度やったことがあるの》
逃げ道のない、閉ざされたシステム。
刑務所という出口のない世界において、正体のバレた潜入者、たれ込み屋は、いわゆるワイセツ野郎――小児性愛者やレイプ犯と同じように憎まれ、ヨーロッパの刑務所ではどこでも最下層に位置づけられる。最上層に君臨して権力をふるうのは、人を殺した連中や、麻薬関係の重大な罪を犯した連中だ。
《表向きには、あなたは恩赦を受けることになる。人道的な理由で、とするつもりよ。それ以上の説明は必要ない。医学的な理由、人道的な理由、そんなものでじゅうぶん。そして、その決定は法務省によって極秘扱いとされる》
もし、なにかあったら。自分を守ってくれるのは、政務次官の約束だけだ。あとは、自力で準備しておくしかない。
ダッシュボードの時計を見やる。残り時間は、十八時間。

ストックホルムまでは、あと十キロあまり。冴《さ》えない郊外の風景の中を、少々速すぎるスピードで走り抜けていると、二台ある携帯電話のうち一台が鳴った。苛立《いらだ》った女性の声。〈さんざし園〉の保育士だ。

息子たちの熱がぶり返していた。

彼はエンシェーデダーレン地区に向けて車を走らせた。今日は自分が子どもたちの面倒をみる、と約束してある。解熱剤の効き目が切れてしまったのだろう。

‡

自分よりも何歳か年下の、聡明《そうめい》な女性だ。ヒューゴーもラスムスも、彼女がいると安心して過ごしている。

「いったいどういうことなんでしょうか」

一昨日《おととい》、子どもたちが熱を出したと連絡してきたのも、この女性だった。その彼女がいま、保育園の事務所で目の前に座り、こちらをじっと見つめている。熱を出した子どもたちは、事務所の外の遊び部屋で、長椅子に座って待っている。

「あなたが……ホフマンさんが……わからないわ。あなたがたが、こんなふうに、解熱剤を使ってお子さんたちをむりやり保育園に置いていくなんてこと、一度もなかったのに。そんなホフマンさんが、どうして……理解に苦しみます」

「そう言われても……」

他人に責められるといつもそうするように、彼は自己弁護を始めた。が、すぐに黙り込んだ。これは尋問ではない。保育士は警官ではないし、自分はなにかの罪に問われているわけでもないのだ。

「この保育園にはね、規則というものがあります。ご存じですよね。奥さまもご存じのはずです。お子さんがどんなときに来ていいか、どんなときに来てはならないか、きちんと決まっています。ここは、仕事をするところです。私たち大人にとっての職場であることはもちろんですが、あなたがたのお子さん、ほかのお子さんたちにとっても、職場みたいなものなんです」

彼は恥ずかしくなり、答えずに黙っていた。

「それに……ホフマンさん、お子さんたちにとっても良くないことですよ。ヒューゴーにとっても、ラスムスにとっても。ふたりのようすを見ればわかるでしょう？　あの小さな身体が熱と闘っている最中に、保育園に居させるなんて……もっと大変なことになりかねません。おわかりですね？」

人が、絶対に越えないと自ら誓った境界線を、越えてしまったとき。

その人は、いったい何者になるのだろう？

「わかってます。もう二度とこんなことはしません」

子どもたちを肩にかつぎ、車の後部座席に乗せる。身体が熱い。彼は子どもたちの額にキスをした。

あと一度。あと、一度だけ。

飲まなきゃだめだと言い聞かせた。元気になりたければ飲みなさい、と。解熱剤のシロップを与える。

「やだ」

「あと一回だけだよ」

「おいしくないんだもん」

「知ってる。これで最後だ。約束する」

子どもたちの額にまたキスをしてから、車を走らせる。自宅に向かっているのではない、とヒューゴーがすぐに気づいた。

「どこに行くの？」

「パパの職場だよ。ほんのちょっとだけ、一緒に来てもらう。すぐに終わるから。そしたら、家に帰ろう」

数分でスカンストゥルのインターチェンジに着き、自動車専用道路を走って、街の中心、ヴァーサ通りをめざした。セーデルマルム島の下を走るトンネルの途中で車線変更し、ホーン通りに入ってマリア広場方面へ向かう。小さなスーパーとボウリング場のあいだにあるレンタルビデオ店の前に駐車し、車の後部座席の窓に目を向けたまま店内へ急ぐと、ビデオを三本選んだ。『くまのプーさん』、合わせて十二話。子どもたちはとっくにセリフを暗記している。彼もまた、これならなんとか耐えられそうだ。大人の声優たちが子どもの声を真似ようと裏声で叫んでいる、そんな多くのアニメとはちがって、ヒステリックな騒がしい作品ではないから。

次に車を停めたのは、ヴァーサ通りに面した入口の前だった。ヒューゴーもラスムスもあいかわらずの熱で、すっかり疲れ切っている。ふたりを歩かせることはなるべく避けたかった。ホフマン・セキュリティー株式会社のオフィスに子どもたちが来たことは、これまでにも何度かある。ふたりとも多くの子どもの例に漏れず、両親の職場に興味津々だ。が、彼が実際に仕事をしているときに、子どもたちが来たことは一度もなかった。ふたりにとってこのオフィスは、自分たちが保育園で思う存分遊んでいるあいだに、父親が行って待っているところ、という位置づけでしかなかった。

バニラアイスクリーム半リットル、コカ・コーラの入った大きなグラス二杯に、子守唄《うた》代わりの『くまのプーさん』十二話。広いオフィスのテレビの前に子どもたちを座らせ、机に背を向けさせる。これから屋根裏に行くけどすぐに戻ってくる、と告げたが、子どもたちにはもう聞こえていなかった。ラビットとイーヨーがプーさんを木の手押し車に乗せようとしている。ホフマンはファンヒーターから容器を三つ取り出すと、オフィスに持ち帰って床に置いた。そして、これから行なう作業のため、机の上を片付けた。

アスプソース図書館所蔵の六冊。ほとんど貸し出されることがなく、青字で〝書庫〟と印刷された紙片が、表紙にテープで貼られている。

解体したミニチュアリボルバーの入ったビニール袋。

九メートルの長さに切った導爆線二本。

ニトログリセリン四十ミリリットルを、二十四個のポケットに小分けしたビニール袋。

純度三十パーセントのアンフェタミンが入った容器がひとつ。

机のひきだしから、剃刀《かみそり》の刃が何枚か入った包みと、糊《のり》、リズラの箱を取り出した。リズラとは、薄い粘着力のある紙で、ふつうは手巻きタバコの巻紙として使われるものだ。

チューリップ。

そして、詩。

一冊目を開く。バイロン卿《きょう》の『ドン・ジュアン』。完璧《かんぺき》な本だ。五百四十六ページ。図書館が施したハードカバー。縦十八センチ、横十二センチ。

うまくいくとわかっている。これまでの十年、何百冊もの小説や詩集、随筆に十グラムから十五グラムほどのアンフェタミンを仕込み、そのたびに成功してきたのだから。だが今回は初めて、細工した本を自ら借り、アスプソース刑務所の独房で中身を出すことになる。

〝既存の業者を追い払うのに三日かかります。そのあいだ、外とは接触したくありません。責任をもって、じゅうぶんな量を自分で持ち込みます〟

硬い表紙を開くと、背表紙とのつなぎ目を剃刀で切り離した。五百四十六ページある『ドン・ジュアン』は、いまや裏表紙とつながっているだけになり、彼はぶら下がっている紙の細かい断片を剃刀の先で整えた。九十ページまでめくり、片手で紙の束を握りしめると、ぐいと引きはがして、机の上に置く。次いで三百九十ページまでめくると、同じように分厚い紙の束を引きはがした。

これらのページ――九十一ページから三百九十ページまでが作業対象だ。

九十一ページの左側の余白に、鉛筆で縦十五センチ、横一センチの長方形を描くと、線に沿って剃刀を走らせた。少しずつ、一ミリずつ切り込みを深くして、三百ページ分の紙の束を貫く。手は器用に剃刀を操り、小さな凹凸もささくれもすべて切り落とした。こうして、左側の余白に縦十五センチ、横一センチ、深さ三センチの穴のあいた本の中央部を、もとの位置に戻し、糊で貼りつけた。指先で穴の縁に触れてみる。

まだ凹凸がある。そこで穴の内側にリズラを貼りつけた。この穴にアンフェタミンを入れるにあたっては、表面が平らであるほうがいい。この本はとりわけ分厚いから、十五グラムは入りそうだ。

穴をあけていない初めの九十ページをもとの位置、穴をあけたページの上に戻すと、はずれていた背表紙とハードカバーの表紙に糊付けした。こうしてもとの形に戻ったバイロン卿の代表作が、もうばらばらになることのないよう、両手で机にぐっと押しつけた。

「パパ、なにやってるの?」

片方のひじの脇、たったいま細工を終えた本のそばに、ヒューゴーの顔が現われた。

「なんでもない。ちょっと本を読んでるだけだ。テレビ、見ないのかい?」

「もう終わっちゃったよ」

彼はヒューゴーの頬を撫《な》で、立ち上がった。借りたビデオはまだ二本残っている。くまのプーさんがもっとハチミツを食べ、もっとラビットに叱《しか》られているあいだに、準備をすべて終えられるはずだ。

ピート・ホフマンは、『オデュッセイアー』『私の人生の記録』『フランスの風景』を同じように細工した。いまから二週間後、アスプソース刑務所で服役している文学好きの囚人が、この四冊を借りることになる。合計で四十二グラムのアンフェタミンが入った、この四冊を。

残るは、二冊。

新しい剃刀の刃を使って、『スウェーデンの心の深みより』と『あやつり人形』の左の余白を切り抜き、細長い穴をあけた。『スウェーデンの心の深みより』のほうには、銃器の知識のある人間がこの本を借りればミニチュアリボルバーを組み立てられるであろう部品を、ひとつひとつ入れていった。いちばん入れにくいのは、銃弾が六つ入ったシリンダー部分だ。思ったよりも幅が広く、彼は片側のリズラを少しはがしてそっと穴に押し込んだ。狙ったところに銃弾が命中すれば、人を殺すこともできる武器。初めて目にしたのは半年前、シフィノウイシチェでのことだった。クスリでハイになった運び屋が、出発前に早くも、フェリーのターミナルビルのトイレで二千五百グラムのヘロインを吐き出そうとしたのだ。マリウシュがドアを開けてみると、運び屋はビニール袋を持って床に倒れていた。マリウシュはなにも言わず、ただつかつかと歩み寄り、短い銃身を片方の目に突きつけて、たった一発で運び屋の命を奪ったのだった。ピート・ホフマンは、最後の一冊に穴をあけ、太い釘《くぎ》のような大きさの雷管と、五十オーレ硬貨大の受信機を突っ込んだ。イヤホン型の受信機。これで、教会の塔の欄干に粘着ゴムで固定した二台の送信機から送られてくる音声を受信し、聞きとることができる。

長さ九メートルの細い導爆線二本と、ニトログリセリン四十ミリリットルの入った袋が、机の上に残っていた。アニメのずんぐりとしたクマに見入っている小さなふたりの背中を、ちらりと見やる。急に笑い声があがった。ハチミツの壺《つぼ》がプーさんの頭にはまって取れなくなったのだ。ホフマンはキッチンへ行くと、アイスクリームの箱をもうひとつ開け、テーブルの上、ふたりの真ん中に置いてから、ラスムスの頬をさっと撫でた。

導爆線とニトログリセリンの袋は、こっそりしまい込むのがなによりも難しい。

彼はいちばん大きな本を選んだ。『スウェーデンの心の深みより』。縦二十二センチ、横十五センチ。図書館が施したハードカバーの表紙と裏表紙を引きはがすと、中にゆるく詰まった紙らしき詰め物を掻《か》き出し、空いたところに爆薬を入れてから、糊付け、端を整えた。全六冊をぱらぱらとめくって、きちんと糊付けされていること、細長い穴がどれも一見しただけではわからないことを確かめた。

「それ、なあに?」

机のそばに、またヒューゴーの顔が現われた。二本目のビデオも終わったのだ。

「なんでもない」

「ねえ、なんなの、パパ?」

ヒューゴーが指差しているのは、純度三十パーセントのアンフェタミンが入ったつややかな缶だ。

「これかい？　これは……ブドウ糖だよ。ほとんど」

ヒューゴーはその場を動かない。急いで話を切り上げる必要などないから。

「最後まで見ないの？　ビデオ、あと一本あるぞ」

「あとで見る。ねえパパ、あそこにお手紙がふたつあるよ。だれにあげるの？」

好奇心いっぱいの目が見つけ出したのは、開いた銃保管庫の上段に置かれたふたつの封筒だ。

「たぶん、だれにもあげないと思う」

「でも、名前が書いてあるよ」

「なあ、仕事はもうすぐ終わるから」

「なんて書いてあるの？」

「ビデオ見ないのかい？」

「これ、ママの名前でしょ。白いほう。ママの名前みたいに見える。茶色のほうは、Eで始まってる。僕、わかるんだ」

「エーヴェルトっていう名前の人だよ。でも、たぶん送らないと思うけど」

『くまのプーさん』第九話は、ピグレットの誕生日パーティーと、クリストファー・ロビンも加わった遠出の話だ。ヒューゴーがラスムスのとなりに戻ると、ピート・ホフマンはまず茶封筒の中身を確かめた――録音を収めたCD、パスポート三冊、受信機。切手を貼り、アスプソース図書館から借りて準備した六冊とともに、茶色の革の鞄《かばん》に入れた。次いで、ヒューゴーがソフィア宛と見抜いた、白封筒のほう――CD一枚、四冊目のパスポート、指示を書いた手紙。この封筒に九十五万クローナの札束を入れてから、やはり茶色の鞄に突っ込んだ。

残り時間、十五時間。

『くまのプーさん』を止めると、熱のぶり返した子どもたちに靴を履かせてやる。キッチンに寄って、緑のつぼみをつけたチューリップ五十本を冷蔵庫からクーラーボックスに移し、茶色の鞄とともに持ち上げると、子どもたちふたりを連れて階段を下りた。入口前に停めておいた車のフロントガラスに、駐車違反の罰金支払書が置いてあった。

‡

後部座席を振り返り、赤くなった顔を見つめる。

立ち寄る先は、あと二か所。

それが終わったら、シーツを取り替えたベッドに子どもたちをそれぞれ寝かせてやって、そばに腰を下ろし、じっと見つめていよう。ソフィアが帰ってくるまで。

ふたりを車の中に残して、クングストレードゴード通りにあるハンデルス銀行の支店に入ると、地下階へ下り、貸金庫がずらりと並ぶ金庫室に入った。持っているふたつの鍵《かぎ》のうち、ひとつで空の貸金庫を開け、茶封筒と白封筒を入れる。鍵をかけ、わずか数分で車に戻ると、セーデルマルム島のヘーケン通りをめざして発進した。

また子どもたちを見やる。恥ずかしくてたまらない。

自分は、境界線を越えた。この世のなによりも愛している子どもたちを後部座席に乗せ、トランクにはアンフェタミンとニトログリセリンを入れている。

ごくりとつばを飲み込む。泣いているところを見られてはいけない。そんなことは望んでいない。

‡

ヘーケン通り一番地のなるべく近くで、ここなら大丈夫だ、と思えるところに駐車した。四番、十五時きっかり。エリックはすでにべつの入口から中に入っている。

「もう歩きたくない」

「わかってる。ここだけだよ。これが終わったら家に帰る。約束する」

「脚が痛い。パパ、脚がすごく痛いよ」

ラスムスは階段の一段目に座り込んでいる。手を握ると、熱いのがわかった。ホフマンはラスムスを抱き上げ、もう片方の手にクーラーボックスと革の鞄を持った。ヒューゴーには、硬い階段を自分の足で上がってもらった。お兄ちゃんなんだから、ときどきはしかたないだろう、と言い聞かせて。

三階へ上がる。腕時計のアラームが鳴った瞬間、ドアポストに〝リンドストレム〟の名が掲げられた扉が内側から開いた。

「ヒューゴー。ラスムス。このおじさんは、エリックというんだよ」

小さな手が差し出され、握手が交わされる。エリック・ウィルソンの怒りに満ちた視線を感じた。〝どうしてこの子たちを連れてきた？〟

ビニールに覆われた改装中のマンションの居間に入る。疲れているだろうに、子どもたちは好奇心いっぱいの目で不思議な家具を見つめていた。

「どうしてビニールがかかってるの？」

「直すからだよ」

「直すって？」

「このおうちを直すんだ。家具が汚れないようにビニールをかけてるんだよ」

がさがさと音を立てるソファーにふたりを残し、キッチンに入る。また、さきほどと同じ、怒りに満ちた視線。彼はかぶりを振った。

「いまはしかたがないんです」

ウィルソンはしばらく黙っていた。生死を決する現実の中で、幼い子どもふたりを目にしたせいで、自分の役目をふと忘れてしまったかのように。

「ソフィアとは話した？」

「いいえ」

「話さなきゃだめだぞ」

ホフマンは答えなかった。

「ピート、答えないのは勝手だがな。話さなきゃならないって、わかってるんだろう。とにかく、ソフィアとは絶対に話せ！」

ソフィアの反応。彼にはコントロールできない。

「今夜。子どもたちが寝入ったら。そうしたら、話すつもりです」

「手を引くならいまだ。まだ遅くないぞ」

「この仕事は終わらせるつもりですよ」

エリック・ウィルソンはうなずき、ホフマンが持ち上げてテーブルの上に置いた青いクーラーボックスを見やった。

「チューリップです。五十本。黄色い花をつけます」

ウィルソンは、四角く白い保冷剤とともに入れられた緑の茎とつぼみを、じっと見つめた。

「あの冷蔵庫に入れます。設定温度はプラス二度で。保管をお願いします。それから、俺がアスプソース刑務所に入るのと同じ日に、俺が指定する宛先へ送ってください」

ウィルソンはクーラーボックスの中を探り、花束についていたカードを裏返した。

「〝いつもありがとうございます。アスプソース中小企業協会〟」

「それもつけて送ってください」

「宛先は?」

「アスプソース刑務所の刑務所長に」

エリック・ウィルソンはそれ以上尋ねなかった。知らないほうがいいことだから。

「ねえ、まだ終わらないの?」

ヒューゴーは、ビニールを指でこすってキュッキュッと音を立てる遊びに飽きたらしい。

「あともう少しだ。ラスムスといっしょにいなさい。すぐそっちに行くから」

ウィルソンは、小さな足が廊下の薄闇へ消えるまで待ってから、口を開いた。

「ピート、きみは明日逮捕される。そのあと、僕たちはいっさい連絡しあえなくなる。僕を含め、ストックホルム市警のだれとも接触しないでくれ。仕事が終わって、外に出たい、というときまで、いっさい連絡はするな。危険すぎる。警察のために働いているんじゃないかと疑われたら……きみの命はない」

‡

エリック・ウィルソンは刑事捜査部門の廊下を歩いている。どうも落ち着かない。エーヴェルト・グレーンスの部屋の前にさしかかり、歩みをゆるめた。ここ数日、毎回そうしている。だれもいないオフィスが、もうかかっていない音楽が気になり、中をのぞき込む。ヴェストマンナ通りの殺人事件を調べているこの警部は、いったいなにをしているのだろう。なにを知っているのだろう。あとどれくらいで、答えられない質問を投げかけてくるのだろう。

ウィルソンはため息をついた。いい気分ではない。あの子どもたち。あんなに幼い。潜入者を励まし、大きな危険を冒させて、警察に不可欠な情報を引き出すのが自分の仕事だ。が、ピートが失うかもしれないものの大きさを、ピート自身はほんとうに理解しているのかどうか、ウィルソンにはいまひとつよくわからない。あの男とは親しくなりすぎた。彼のことが気にかかるのだ。心の底から。

〝なにか起こったら、途中で止《や》めてくれ。

正体がバレた時点で、きみには新たな任務を与える。

生き残ることだ〟

ウィルソンは自分のオフィスに入ってドアを閉めると、安全のためけっしてインターネットに接続することのないパソコンを起動した。ふたりの幼い子どもたちが父親の腕を引っ張っている中で、彼はホフマンに説明した——きみと連絡のとれないあいだ、僕はアメリカ・ジョージア州南部のFLETCに戻り、何日か前に中断するはめになった研修を終わらせるつもりだ、と。が、目の前にいる男がほんとうに話を聞いているとは思えなかった。〝わかりました〟と言い、首を縦に振ってはいたが、その心はすでに自宅へ飛び、自由の身として過ごす最後の夜、これから長いこと味わえなくなる夜に向かっていた。パソコンの画面に白紙が映し出され、ウィルソンは機密情報報告書を書きはじめた。ヨーランソン警視正経由で県警刑事局長へ送られ、ウィルソンのハードディスクからは削除されることになる報告書。指名手配中の凶悪犯が、車のトランクにポーランド製アンフェタミン三キロを入れていて逮捕される、その経緯が記されている。明日にならないと出せない報告書だ——まだ起こっていないできごとが、そこに書かれているから。

‡

彼は二時間前からひとりで食卓に向かい、待っている。ビール一杯、サンドイッチ一つ、クロスワードパズル。だが、飲むことも食べることも書くこともしていない。

ヒューゴーとラスムスはずいぶん前から二階で眠っている。パンケーキに甘いイチゴジャムを添え、かけすぎだと思うほど生クリームをたっぷりかけて食べさせてから、ベッドを整え、部屋の窓を開けてやり、ふたりがほんの数分で寝入るのを見守った。

聞こえてきた。だれのものか、すぐにわかる足音。庭を横切り、外階段を上がっている。扉がきしんで開く音。みぞおちの下のほうが、締めつけられるように少し痛んだ気がする。

「ただいま」

この女は、なんと美しいのだろう。

「おかえり」

「ふたりは？　寝てるの？」

「二時間ぐらい前から」

「熱は？」

「明日にはすっかり下がるよ」

ソフィアはピートの頬に軽くキスをして微笑んだ。彼女は気づいていない。世界が崩れかかっていることに。

もう片方の頬にもキス。いつものとおり、二回。

足元の床がぐらぐらと揺れていることにすら、彼女は気づいていない。

「話さなきゃならないことがあるんだ」

「いま？」

「うん」

彼女はかすかにため息をついた。

「いまじゃなきゃだめ？」

「だめだ」

「明日は？　もう、くたくたなのよ」

「明日じゃ遅すぎる」

ソフィアは着替えるために二階へ上がり、やわらかなスウェットズボンと袖《そで》の長すぎる厚手のセーターを着て戻ってきた。彼女こそ、自分の望むすべてだ、と思う。彼女はソファーの片隅で丸くなって、黙ったままこちらを見つめ、こちらが話しだすのを待っている。ほんとうは、インド料理やタイ料理のようなスパイシーな食事でも作って、高価な赤ワインを開け、しばらくしてから慎重に切り出すつもりだった。が、そんなふうに心地よさと親密さでごまかしてしまったら、正すべき偽りがさらに偽りめいたものになってしまう、と気づいた。彼は身を乗り出し、彼女を抱きしめた。いい香りがする。ソフィアの香りだ。

「きみを愛してる。ヒューゴーも、ラスムスも愛してる。この家も愛してる。夫と呼ばれること、パパと呼ばれることに幸せを感じる。そういう幸せがあることを、俺は知らなかったんだ。でも、もうすっかり慣れてしまって、この幸せなしじゃ生きられそうにない」

彼女はさらに丸くなってソファーの隅に身を引いた。彼が練習を重ねたうえでいまのセリフを発していることに気づいたのだ。

「ソフィア、これから言うことをしっかり聞いてほしい。だが、なによりも、俺の話が終わるまで、ここにいてほしい。途中で離れていかないでくれ」

彼はいつも、どんな状況にあっても、相手に伝える以上のことを把握している。相手よりも念入りに準備をしておけば、状況を掌握できる。状況を掌握する者が、主導権を握る。

だが、いまはちがう。

彼女の感情、彼女の反応が、怖くてしかたがない。

「話を聞いたあとは……そのあとは、ソフィア、好きなようにしてくれていい。まずは俺の話を聞いてくれ。そのあとはきみの自由だ」

ピート・ホフマンは彼女の正面に座り、低い声で語りはじめた。十年前、刑務所にいたこと。刑事に誘われて潜入者となり、見て見ぬふりをされながら裏稼業を続けていたこと。ヴォイテクと名乗るポーランド・マフィアのこと。改装中のマンションで行なわれた秘密の会合のこと。彼女がこれまでに何度も送り迎えをしてくれたあの職場、ホフマン・セキュリティーと名付けた会社は、実は単なる隠れ蓑《みの》でしかなかったこと。前科記録や容疑者データベース、刑事施設管理局の記録が書き換えられ、自分が凶暴なサイコパスに仕立て上げられていること。こうしてスウェーデンでも指折りの危険人物ということになっている自分が、明朝六時半、ストックホルムの中心にあるビリヤード場で逮捕されること。その後裁判が行なわれ、何年もの懲役刑が言い渡されること。十日後には高い塀の向こうでの生活が始まり、二か月ほど続く予定であること。そして、毎日、妻と子どもたちの目を見つめるたびに、この信頼も親密さも嘘の上に成り立っているのだ、と意識させられてきたことも。

金曜日

ふたりは並んでベッドに横たわっていた。互いに触れないよう気をつけながら。彼女は、ひたすら押し黙っていた。

彼はときおり、息を止めた。彼女の言葉を聞き逃したくなくて。だが、彼女はひとことも発しなかった。

そして彼はいま、ベッドの縁に腰掛けている。彼女が目を覚ましていることはわかっている。横になったまま、彼の偽りの背中を見つめているのだ。昨晩、安物のワインをふたりで空けながら、彼は話を続けた。そして話が終わると、彼女はなにも言わずに立ち上がり、寝室へ消え、電気を消した。言葉を発することも、叫ぶこともなかった。そこにあるのは、ただ、沈黙だけだった。

ピート・ホフマンは着替えをすませた。これからは大急ぎだ。無の空間にとどまっているわけにはいかない。振り返ると、黙ったまま、ふたりの目が合った。やがてホフマンは彼女に、ハンデルスバンケン銀行クングストレードゴード通り支店の貸金庫の鍵《かぎ》を渡した。もし、いまもなお、自分となんらかのかかわりを持ちたいと思ってくれているのなら、最悪の事態になったところから連絡した時点で、この鍵を使って貸金庫を開けてほしい。中には、茶封筒と白封筒が入っている。手書きで指示を書き留めたから、その手紙のとおりに行動してほしい。そう告げたものの、彼女はうつろな目をしていて、耳を傾けていたかどうかよくわからない。そこで彼は、ふたつの小さな枕に沈んだふたつの小さな頭へ逃げた。子どもたちのにおいを嗅《か》ぎ、その頬を撫《な》でた。それから、まだぐっすり眠っている住宅街の自宅をあとにした。

‡

残り時間、二時間半。レンタカーのバックミラーに映る顔。あごを覆うひげには、ところどころ白いものが混じっている。頬のほうはそれがさらに顕著だった。前にひげを伸ばしたのは、かなり若かったころだ。少しかゆみを感じる。伸ばしはじめはそういうものだ。それに、このつんつんと立った短い髪。軽く引っ張ってみる。こちらも、どうもさまにならない。ほんとうのところ、伸ばすには薄すぎる髪だ。

まもなく、自分は逮捕される。警察のワゴン車でクルーノベリ拘置所へ連行される。刑事施設管理局支給のぶかぶかの服を着せられる。

夜明けの中、車を走らせる。最後にもう一度、ストックホルムの北、教会と図書館のある小さな町へ。前に訪れてから、まだ一日も経っていない町へ。アスプソースの広場で彼を迎えたのは、弱々しい光とあてもなくさまよう風だけで、カササギも鳩も見当たらず、いつもならベンチで眠っている男の姿もなかった。ピート・ホフマンは図書館入口の右側にある返却ポストを開けると、ほとんど貸し出されず開架に置かれることのない六冊を投げ入れた。それから、堂々とそびえる白漆喰《しっくい》の教会へ向かった。やわらかな霧に包まれた墓地に入り、教会の塔を見上げる。この国の重罪人が集まる刑務所を望む塔だ。どっしりとした木の扉をこじ開け、入ったところにあるもっと小さな扉も開け、波打つような古い階段とアルミの梯子《はしご》を使って、閉ざされた天窓にたどり着いた。すぐ上に、重さ数百キロの鋳鉄の鐘があった。

周囲を圧する塀の内側にある、四角いコンクリートの建物、九棟。これまでにも増して、独自の世界に置かれた組み立てブロックのように見える。

昨日目をつけておいた窓、想像上の銃を向けた窓を見やり、シルバーの受信機をポケットから取り出す。いまはアスプソース図書館の返却ポストの中に入っている、『あやつり人形』の左余白にあけた穴に入っているのと、まったく同じ型のイヤホンだ。欄干の上に身を乗り出す。ふと地面へ落ちていくような気がして、彼は鉄製の手すりを片手でつかんだ。もう片方の手で、二台の送信機と黒いコード、太陽電池がきちんと固定されていることを確かめた。受信機を耳に入れてから、片方の送信機に指を当てる。そっと指を動かすと、耳の中でぱちぱちと雑音がした。まちがいなく、きちんと機能している。

ふたたび、下へ。適度な距離を保って並んでいる墓石、死をぼやけさせている霧に向かって下りていった。

商人とその妻。水先案内人とその妻。石工とその妻。死んで肩書きとなった男たちと、肩書きとなった男の妻として死んだ女たち。

小さな灰色の墓石の前で立ち止まる。船長の墓だという。ピート・ホフマンはそこに、父の姿を――少なくとも自分の想像の中にある父の姿を見た。簡素な船に漁網を積んで、カリーニングラードとポーランドの国境付近から出港し、グダンスク湾の向こう、バルト海へ出ていく。一度出発すると、数週間ほど帰ってこない。母は、漁船がゆっくり戻ってくるのを待つ。そして、港へ、父の腕の中へ駆けていく。もちろん、現実にそんな光景があったかどうかは定かでない。母は、空の漁網や長い留守番についてはよく話してくれたが、港へ駆けていったとか、父が腕を広げて抱きとめてくれたとか、そんな話をしてくれたことは一度もなかった。ただ、幼かったころ、好奇心にかられて両親の昔の暮らしについて聞いたときに、そんな光景を思い浮かべただけだ。以来、その光景を頭に描きつづけることを選んだ。

ずいぶん長いこと手入れされていないらしい墓。墓石の縁に苔《こけ》がむし、まわりは雑草にすっかり覆われている。ここを使うとしよう。〝スティン・ヴィダル・オルソン船長とその妻　一八八八年三月三日生　一九五八年五月十八日没〟。享年七十歳。かつてたしかに生きていたこの男は、いまや訪問者のある墓石ですらない。ピート・ホフマンは携帯電話を握っている。あと二時間弱で完全に断ち切られる、エリックとの連絡経路。電源を切ると、ラップに包み、ビニール袋に入れた。そして地面にひざまずき、墓石の右側を両手で掘って、じゅうぶんに深い穴をあけた。あたりを見まわす。こんな夜明けに墓地を訪れる人はいない。彼は電話を穴に入れると、土を戻し、車へ急いだ。

‡

アスプソース教会のまわりには、霧がまだ残っている。次にこの霧を目にするのは、四角いコンクリートの建物の中、独房の窓からということになる。

間に合った。準備はすべて終わった。まもなく、自分はひとりきりになる。

〝自分だけを信じろ〟

もう彼女が恋しい。なにもかも打ち明けたが、彼女はひとことも言わなかった。ま

でも、そんな気がする。それるで浮気の告白のようだ。もちろん、ほかの女に触れることなど考えられない。それ

でも、そんな気がする。

嘘には終わりがない。ほかでもない彼こそ、そのことをいちばんよく知っている。嘘はただ、次なる現実に合わせて形と内容を変えるだけだ。ひとつの嘘を終わらせるために、新たな嘘が必要になる。この十年、ソフィアとヒューゴーとラスムスに、周囲のあらゆる人々に、あまりにも多くの嘘をついてきた。この仕事が終わるころにはもう、嘘と真実の境界線が、すっかりべつのところへ移っていることだろう。それが現状だった。どこまでが嘘で、どこからが真実なのか、いっさい確信が持てない。自分がいったい何者なのかも、もはやよくわからない。

そのとき、にわかに心が決まった。スピードを落として数キロほど走りながら、ほんとうに今回が最後だ、と思う。一年ほど前からずっと抱えていた気持ちが、ふと湧き上がってきた。その気持ちがなんなのか、いまならよくわかる。彼という人間は、昔からいつもそうだった。はじめのうちは、なにか漠然としたものが体内をうごめくのを感じる。それからしばらくは落ち着かない。漠然としたものの意味をつかもうと模索する。そして、にわかに理解する。長い時間をかけて近づいてきた直観が、突如、すさまじい威力で襲ってくるのだ。自分はこれから、アスプソース刑務所で服役する。塀の中での仕事を終える。そのあとは、完全に手を切ろう。いままで警察のために働

いてきて、感謝のしるしとして示されたのは、エリックの友情と、情報提供者への謝礼として非公式に支払われる月一万クローナの報酬だけだった。この仕事が終わったら、べつの人生を歩もう。そのころには、べつの人生——ほんとうの人生がどんなものか、見えているはずだから。

‡

五時半。ストックホルムはまだ目覚めの途中にある。車の数は少なく、地下鉄やバスへ足早に向かう人の流れもまばらだ。マテウス小学校・中学校の正面、ノールトゥル通りに駐車し、早朝から開いている喫茶店のドアを開けた。オートミール、りんごのピュレー、チーズサンドイッチ、卵、ブラックコーヒーを、赤いプラスチックのトレイに載せた、三十九クローナの朝食。店に入るなり、エリックの姿が見えた。マガジンラックのそばにあった顔が、《ダーゲンス・ニューヘーテル》紙でさっと隠れた——目が合うのを避けるためだ。ピート・ホフマンは朝食を注文すると、エリックからなるべく離れたところ、ちょうど反対側の片隅に腰を下ろした。店内には、ほかに客が六人いた。工事現場で働いているらしい、蛍光色のベストを着た若い男が二人。もっと年配の男たち四人は、全員が背広姿で、一日の唯一の定点となる場所へ向かうべく、しっかりと髪を撫《な》でつけている。朝食を出す喫茶店というのは、たいていこういうものだ。ともに過ごす相手がだれもおらず、かといってひとりで食事をするのもいやで、やってくる男たち。女性はめったにこういうところに来ない。男よりも孤独に耐えるのが上手《うま》いのか、それとも、ひとりでいることを恥じていて、人に見られたくないだけなのか。

コーヒーは濃く、オートミールは少々どろりとして粘りが強すぎたが、それでもこれからしばらくは、こんなふうに自分の好きなときに、好きなように、好きなところで食事をすることなどできなくなる。エステローケル刑務所にいたころは、朝食を避けていた。そんな朝早くから、クスリへの渇望しか共通点のない人間たちと同じ場所に押し込められて、食事などする気にはなれなかった。そういう人間たちを、彼は恐れていた。が、生き残るためには、攻撃的になり、相手を見下し、距離を置くしかなかった。とにかく弱さめいたものはいっさい見せてはならなかった。

エリック・ウィルソンは店を出ていくときに彼のテーブルのそばを通り、あやうくぶつかりそうになった。ホフマンはきっかり五分待ってから、彼のあとを追った。数分ほど歩き、ヴァナディィス通りへ。シルバーグレーのボルボのドアを開け、助手席に座った。

「きみが乗ってきたのは、赤いゴルフか？　マテウス小・中学校の前に停めてあった」

「そうです」

「いつもと同じ、スルッセンのガソリンスタンドで借りたレンタカー？」

「はい」

車はヴァナディス通りを離れ、サンクトエーリク通りをゆっくりと走った。ドロットニングホルム通りで二度赤信号にぶつかったが、ふたりとも黙ったままだった。

「手配は全部すんだ？」

「ええ。全部」

「ソフィアは？」

ピート・ホフマンは答えなかった。ウィルソンはフリードヘムスプラン広場のバス停に車を停め、答えないかぎり進まないつもりだと示してみせた。

「ソフィアは？」

「話しました」

ふたりは座ったままだ。朝の通勤ラッシュが始まろうとしている。まばらだった人影が、塊になったり、長い列になったりしている。

「昨日、ＡＳＰＥＮを使って、きみをさらに危険な男に仕立てあげたよ。きみを逮捕することになるパトロール隊は、きみを危険人物だと思い込む。興奮状態にあるはずだ。手荒く扱われると思う。絶対に武器を持っていくんじゃないぞ——そんなことをしたら、大変なことになりかねない。だがな、ピート、その一方で、だれが逮捕の場面を見ても、その話を聞いても、記事を読んでも、きみが警察と通じているなどとは思いもよらないようにしないといけない。そうそう、指名手配がかかったよ」

ピート・ホフマンはびくりと身体を震わせた。

「指名手配ですか?」

「一時間ほど前から」

‡

タバコの煙のかすかなにおいがまだ残っている。あるいは、自分がそう思い込んでいるだけかもしれない。こういう場所では、どの台の緑のラシャにも、つねに重い靄《もや》のようなものがたれ込めているものだから。ピート・ホフマンは身をかがめ、においを嗅《か》いだ。やはり、ある。煙のにおい。指先に跡を残す青いチョーク、ビリヤードテーブルの四隅に置かれた灰皿と結びついたにおいだ。だれかがミスをして、硬いボールがうまく当たらなかったときに、かすれ声で発せられる嘲笑《ちょうしょう》まで聞こえてくるような気がした。フレミング通りのセブンイレブンで買った紙コップ入りのブラックコーヒーを半分飲み、時計を見る。時間だ。尻《しり》ポケットにいつも入れているナイフがないことをもう一度確かめてから、サンクトエーリク通りに面した窓へ向かった。そこでじっとたたずみ、携帯電話で話しているふりをする。パトカーの前部座席に座っている男女が、自分の姿に気づいたと確信できるまで。

‡

指名手配中の凶悪犯が今朝、このビリヤード場にいるというたれ込みは、匿名の電話で寄せられた。発信元番号からも手がかりは得られなかった。

ふと気づくと、問題の男が窓辺に立っていた。

名前はわかっている。パトカーに備えつけられたコンピュータのキーをひとつ叩《たた》いただけで、男の人生も見えてきた。

〔有名　危険　銃所持〕

ふたりは若く、警官になったばかりだ。ＡＳＰＥＮではごく少数の犯罪者にしか使われないこれらの言葉が、画面に映し出されるのを見るのは初めてだった。

〔氏名　ピート・ホフマン　市民番号　七二一〇一八‐〇〇一〇　検索結果　七十五件〕

内容にざっと目を通すと、きわめて危険な人物だとわかった。〔エストリング殺害事件の十五分前に、被疑者マルコビッチといっしょにいるところを目撃された〕。ひじょうに暴力的だ。〔銃取引の疑いで家宅捜索中の建物の近くで目撃された〕。警察官を脅し、銃で撃って怪我をさせたこともある。いまも武器を持っているにちがいない。

‡

《巡回車九〇二七号より、指令センター、どうぞ》
《こちら、指令センター。どうぞ》
《即刻逮捕のため増援をお願いします》

‡

ストックホルムの中心街に並ぶ建物のあいだを縫って、サイレンの音が近づいてくる。フレミング通りのあたりで音を止め、回転灯を消しているらしい。

十五秒後、窓の外に、紺色をした警察のワゴン車が二台停まった。

準備はできている。

‡

《巡回車九〇二七号です。どうぞ》

《被疑者は？》

《ピート・ホフマン。過去の逮捕時にはひじょうに暴力的だったという記録が残っています》

《視認したのは？》

《ビリヤード場の入口です。サンクトエーリク通り五十二番地》

《服装は？》

《グレーのパーカに、ブルージーンズです。金髪で、無精ひげを生やしています。身長は約百八十センチ》

《ほかには？》

《おそらく、武器を持っているものと思われます》

‡

逃げようとはしなかった。

閑散としたビリヤード場のドアが一方向でばたんと開き――〝警察だ！〟――拳《けん》銃《じゅう》を構えた制服警官が何人も駆け込んでくると――〝床に伏せろ！〟――ピート・ホフマンは落ち着き払った態度でビリヤードテーブルから振り返った。つねに両手を相手に見せる。自ら床に伏せることはしなかったが――〝床に伏せろと言っているのがわからないのか！〟――強烈なパンチを頭に二発受けて床に倒れた。血を流しながら、中指を立てて〝ポリ公めが〟と言ってやると、もうひとつパンチが飛んできた。そこから先は、ほとんど覚えていない。記憶にあるのは、手錠をかけられたこと、肋骨《ろっこつ》を蹴《け》られたこと、後頭部がずきずきと痛み、暗闇が訪れたことだけだ。

エリック・ウィルソンは、警察の紺のワゴン車が二台、猛スピードでサンクトエーリク通りのほうへ走り去っていくのを、警察本部の地下駐車場入口前に停めた車の中から見守っていた。サイレンが止まるまで待ってから、簡素な警備室そばの遮断機まで車を進め、身分証を見せて、クルーノベリ公園の地下に広がっている駐車場の自動ドアへ進んだ。拘置所へのエレベーターの前、スチールの柵《さく》に囲まれたスペースに駐車し、絶えず出入りする警察車両の流れを運転席から観察した。

三十分ほど待ったところで、音がもっとよく聞こえるよう、運転席と助手席の窓を開けた。身体に不安が満ちている。このいやな感じを振り払おうとしても、なかなか振り払えなかった。湿気とガソリン臭を受け入れながら、遠く駐車場の反対側で車が停まり、だれかが車を降り、まもなくもうひとりが降り、けだるげな朝の足音を立てて遠ざかっていくのに耳を傾けた。

アコーディオン式の大きなドアが開くなり、それが目に入ってきた。特別な訓練を受けた警官八人が、記録のうえではこの国有数の危険人物ということになっている男の所在を突き止め、逮捕するのに、三十五分かかったわけだ。

紺のワゴン車が近づいてくる。彼は数百メートルほどその車を目で追った。ワゴン車はスチールの柵の向こう側に入り、ウィルソンのところから車一台分ほど離れたところに停まった。

〝もし、最悪の事態になったら。そうしたら、任務は中断して、隔離区画に移してほしいと願い出ろ。生き残るために〟

まず、制服警官二人が車を降りてきた。次いで、顔を腫《は》らした男。グレーのパーカ、ブルージーンズ、手錠。

指名手配中の、おそらく武器を持っているであろう犯人を逮捕する、という任務を与えられた警官たちは、上手《うま》くいくとわかっている唯一の方法で犯人に接した。自ら暴力をふるったのだ。

「おい……なよなよした手で触るな、ポリ公。気色悪い」

エリック・ウィルソンが見守る中、ピート・ホフマンはいちばん近くにいる警官のほうをいきなり向くと、その顔につばを吐きかけた。制服警官はなにも言わず、表情も変えなかった。ホフマンはまたつばを吐いた。警官が同僚たちをちらりと見やる。同僚たちは全員、さりげなく目をそらした。警官は一歩前に踏み出すと、力を込めて片ひざをピート・ホフマンの股間《こかん》に見舞った。

〝犯罪者を演じられるのは〟

ホフマンは痛みに声をあげ、さらに腹を蹴られてうめいた。それから立ち上がり、後ろ手に手錠をかけられた状態で、制服警官四人に囲まれて、エレベーターへ、拘置所へ向かって歩きだした。エリック・ウィルソンはそのとき、ホフマンがつばを吐きかけた相手に向かって大声で告げるのを耳にした。

「覚えてろよ、ポリ公。この落とし前はつけてやる。いつかまた会うだろうからな。そのときには、おまえも二発撃ってやる。セーデルハムンのポリ公と同じ運命だ」

〝犯罪者を演じられるのは、犯罪者だけだ〟

第三部

月曜日

彼らは、すぐそばに立っている。

狭い空間で、男が一歩うしろに退けば、その背中に身体が触れるのが二人。男の向かい側に立ち、その目を、耳を、鼻の穴をのぞき込んでいるのが二人。男が息をするたびに、顔の皮膚にあたたかな湿気がかかる。

彼らは、あらかじめ知らされている。

ストックホルム・クルーノベリ拘置所の看守は全員、スウェーデン有数の凶悪犯であるこの男についての資料に目を通している。そのうえ、十日前、指名手配中だったこの男がサンクトエーリク通りのビリヤード場で逮捕され、ワゴン車を降りて拘置所のエレベーターへ連行される途中、警官につばを吐きかけ、次に会ったら二発撃ってやると脅した、という話を、同僚から聞かされてもいる。

今回、男はここからべつの場所へ護送される。狭いエレベーターに乗って、クルーノベリ公園の地下にある駐車場、スチール柵に囲まれた空間へ。それから、アスプソース刑務所へ向かう護送用のワゴン車へ。看守の数は四人で、通常よりも二人多い。男は手錠と足かせをはめられている。腰かせをはめることも検討されたが、結局はめないことになった。

男は、この世のすべてを憎み、周囲にケンカを売ることだけに少ない脳みそを使っている。こういう人間を目にするのは、もちろん初めてではない。ただひとつの方向へ——早すぎる死に向かって、まっしぐらに進んでいる凶悪犯たち。看守たちは絶えず互いに目くばせをし、男とも目を合わせようとする。エレベーターから護送車までの短い道のりは、前回この男がつばを吐いた場所。警官たちが目をそらす中、男が股間に強烈な蹴《け》りをくらった場所だ。

看守たちは覚悟を決めた。この男は、もうすぐなんらかの行動に出る。まちがいない。

男は護送車に着くまでずっと黙っていた。そして黙ったまま車に乗り込んだ。黙ったまま後部座席に腰を下ろした。あらゆるものに憎しみを向けているこの男、特別な警戒を要するこの囚人は、ひとことも発しなかった——ドロットニングホルム通りに面した、守衛のいる出口をめざして、車が地下駐車場内を走りだすまでは。走りだしたとたん、やはり、始まった。

「おまえ、どこに行くんだ？」

ホフマンという名の囚人は、護送車に押し込められたとき、やはり胸元に刑事施設管理局のロゴが入ったぶかぶかの服を着て車に乗せられている、もうひとりの囚人の存在に気づいていた。そして、この囚人と目を合わせようと、相手が自分のほうを向くまで待っていた。

「エステローケルだが」

ストックホルムの北、数十キロほどのところにある、もうひとつの刑務所だ。拘置所を出る護送車は、刑に服するためあちこちの刑務所へ向かう囚人たちを、何人もひとまとめにして運ぶことが多い。

「で？　なにをやった？」

ホフマンという名の囚人に、答えは返ってこなかった。

「もう一度聞くぞ。なにで有罪になった？」

「傷害罪」

「刑期は？」

「十か月」

看守たちは顔を見合わせた。これはまずい。

「へえ、十か月ね。そんなことだろうと思った。おまえ、いかにもそういう感じだからな。女相手に暴力をふるう情けないやつは、まあ十か月ぐらいがせいぜいだよな」

ホフマンは声を落とし、相手に近寄ろうとしている。護送車は警備室前の遮断機を通り過ぎ、サンクトエーリク通りを北へ向かった。

「どういう意味だ？」

エステローケル刑務所へ送られる囚人は、ホフマンの声の調子が変わったことに気づいた。その攻撃性を感じとり、無意識のうちにあとずさろうとしている。

「おまえは女相手じゃないと暴力をふるえないやつってことだ。まったく、虫酸が走るな」

「なんだと……なんでわかるんだよ？」

ピート・ホフマンは薄笑いをうかべた。大当たりだ。看守たちが耳を傾けているのがわかる。むしろ狙いはそちらにある。看守たちにはじっくり聞いてもらわねばならない。ホフマンがほかの囚人を脅していた、あの男は危険だ、やはり特別な警戒が必要だ、と噂してもらうのだ。

「生きてる価値のない、腰抜けのつまらんやつらは、見ればすぐわかる」

看守たちは耳を傾けている。自分がなにを言おうとしているか、こいつらにはもうわかっているはずだ。看守たちにとって、こういう経験が初めてであるはずがない。女性に対する暴行犯や性犯罪者を、ほかの種類の囚人とともに護送することには、つねに危険が伴うものだ。ホフマンは前部座席に目を向け、落ち着き払った声で言った。

「おい、五分、時間をやる。五分だけだぞ」

前部座席の二人が振り向いた。助手席の看守が答えようと口を開いたが、ホフマンはそれをさえぎった。

「五分やるから、この下司野郎を追い出せ。さもないと……この車の中が、ちょっと厄介なことになるかもしれないぜ」

のちに、彼らはほかの看守たちに話すだろう。

噂は広がる。塀の中の連中にまでも。

すべては、侮られないため。恐れられるためだ。

助手席の看守が大きくため息をつくと、無線で連絡をとりはじめた。こちらは刑事施設管理局の護送車、ノールトゥル付近で待機しているから、パトカーを一台、すぐに派遣してほしい、と要請する。囚人をひとり、この車から降ろし、べつの車でエステローケル刑務所へ護送しなければならないから、と。

‡

ピート・ホフマンがアスプソース刑務所の高い塀の内側に入るのは、これが初めてだ。すでに教会の塔から、コンクリートの建物をひとつひとつ検証し、その格子窓をすべてじっくりと観察しており、拘置所にいたあいだにはエリックの協力のもと、G棟の各階にいる囚人たちや職員たちについての情報も仕入れた。が、鉄の門が開き、護送車が中央警備室のある建物に近づいていったその瞬間こそ、彼が数少ない警備レベルAの刑務所のひとつに、ほんとうの意味で初めて入った瞬間だった。足かせが邪魔で、身体をうまく動かせない。歩幅がひどく小さくなり、足を踏み出すたびに金属が鋭く皮膚に食い込む。すぐうしろに看守が二人、すぐ目の前にもう二人。彼らが、訪問者用のふつうの入口の左脇にあるドアを指差す。受入室へ続くドアだ。中に入ると、警備要員の看守たちが待ち構えていた。手錠や足かせをはずされ、ホフマンはようやく手足を自由に動かせるようになった。裸で前かがみにさせられ、ビニール手袋をはめた手で肛門《こうもん》を探られる。やはりビニール手袋をはめたべつの指が櫛《くし》のように髪の地肌をたどり、またべつの指がわきの下をまさぐった。

‡

これまで着ていたのと変わらずぶかぶかで見苦しい服を新たに与えられ、殺風景な待機室へ連れて行かれた。彼は木の椅子に座り、宙を眺めた。

あれから十日が過ぎている。

あれから十日、廊下から中をのぞける小窓のある金属扉の奥で、簡易ベッドに横たわって、一日のうち二十三時間を過ごした。五平方メートルの閉ざされた空間。面会はいっさいなく、新聞もテレビもラジオもない。人の神経を参らせ、手なずけやすくするための時間だ。

いまの彼は、だれかがそばにいることに慣れてしまっている。ひとりきりでいるとどんなに人恋しくなるものか、すっかり忘れていた。

彼女が恋しくてしかたがない。

いま、彼女はなにをしているだろう。なにを着て、どんな香りを漂わせているだろう。落ち着いた足取りで、大股《おおまた》で歩いているのだろうか。それとも、苛立《いらだ》って、短い歩幅で歩いているのだろうか。

ソフィア。もう、離れていってしまったかもしれない女。

彼女には真実を伝えたうえで、好きなようにしてもらおうと考えた。が、数か月後の自分にはもう、恋しい相手がいないのかもしれないと思うと、恐ろしくてたまらなくなった。彼女がいなければ、自分にはたぶん、なんの価値もないのだから。

‡

待機室の白い壁を四時間、じっと見つめつづけたところで、ドアを開けて入ってきた日勤の看守二人に、これから〝G2左〟の独房へ向かう、と告げられた。刑期は何年も続くが、当面はそこがねぐらということになるわけだ。ひとりが先に立ち、もうひとりがうしろに続き、三人で刑務所の中庭の地下に延びる広い通路を歩きはじめた。床も壁もコンクリートの、数百メートルも続く通路。やがて鍵《かぎ》のかかったドアが現われた。監視カメラが設置されている。その先も地下通路が続き、一行はG棟へ上がる急な階段にたどり着いた。

クルーノベリ拘置所で閉じ込められて過ごした日々も、ヘンリックと副社長に予告したとおりの方法で乗り切ったあの芝居じみた裁判も、もう過去の話だ。レンタカーのトランクにアンフェタミンを三キロ入れていたことを認めた。単独での犯行であると、検察官に納得させた。判決に不服はないと述べ、すぐに壇上に上がって署名をした。だから、刑が執行されるまで、長いこと待たずに済んだ。

翌日にはもう、こうしてアスプソース刑務所の地下通路を歩き、自分の独房へ向かっているというわけだ。

「本を六冊借りたいんだが」

前を歩いていた看守が立ち止まった。

「なんだって？」

「本を六冊……」

「それは聞こえた。聞きまちがいだと思いたかっただけだ。ここに来てまだ数時間で、自分の区画にすら着いてないのに、本を借りるだと？」

「当然の権利だろう」

「あとにしろ」

「どうしても要る。大事なことなんだよ。本がなけりゃ、ここじゃ生きていけない」

「あとだ」

‡

おまえにはわからないだろう。

俺がここに来たのは、こんなどうでもいい刑に服するためじゃない。

俺がここに来たのは、この隙だらけの刑務所で行なわれてるクスリの取引を数日で全部駆逐して、乗っ取るためなんだ。

乗っ取ったあとも、仕事を続ける。分析を、調査を続ける。知るべきことをすべて知った時点で、その知識を利用して、ポーランド・マフィアのビジネスを完全に叩《たた》きのめす。スウェーデン警察の名のもとに。

どうせ、おまえにはわからないことだ。

‡

ずいぶんと緊張したようすの若い看守ふたりにはさまれて到着したとき、区画にはほとんど人がいなかった。

あれから十年が経っているし、ここはべつの刑務所だ。それでも、あのころと同じ区画に来てしまったような気がした。廊下の両側に独房が八部屋ずつ並んでいるのも、十年前の区画と変わらない。設備のそろったキッチン、テレビコーナーに置かれたトランプ、ぼろぼろになるまでめくられた新聞、狭い物置部屋の奥に押し込まれ、破れたネットの上に使い古しのラケットが置いてある卓球台、うすよごれたグリーンのラシャが張ってあり、ボールはすべてしまわれた状態のビリヤード台、なにもかもが昔と同じだ。においまでもが変わらない。汗と、埃《ほこり》と、不安と、アドレナリン。密造酒のかすかなにおいも混ざっているかもしれない。

「名前は?」

「ホフマン」

区画の看守長は背の低い、でっぷりと太った男で、ホフマンを連れてきた看守ふたりに向かって、ガラス張りの部屋の中からうなずいてみせた。ここからは自分が担当する、という合図だ。

「会うのは初めてか？」

「そうだな」

相手を射貫くような、小さな目。この瞳《ひとみ》の奥にほんものの人間がいるとは、どうも想像しがたい。

「資料を読んだよ……ホフマン、だったっけ……察するにおまえ、こういう場所のしくみをよく知ってる人間だろう」

ピート・ホフマンは看守長に向かって黙ったままうなずいた。この横柄な看守長に、おまえは殴られて当然だと思い知らせてやるために、ここに来たわけではない。

「まあな。しくみは、よく知ってる」

あと三時間ほど、区画は閑散としたままだ。三時間後には、作業場での仕事や教室での学習から、囚人たちが戻ってくる。区画の看守長にひととおり案内を受け、どこでどのように小便をすればいいか、なぜ夜の施錠が七時半であって七時三十五分ではないのか、説明に耳を傾けてやったとしても、そのあと独房でゆっくり腰を下ろし、これからはここが自分の家なのだと実感する時間はありそうだ。

‡

ピート・ホフマンは、ほかの連中が戻ってくる数分前、テレビコーナーに陣取った。この区画にいる十五人の服役囚については、すでに全員の写真を目にし、経歴を頭に叩き込んでいる。ここに座っていれば、入ってくる彼らの姿をひとりひとり確認できるだろう。だが、それより重要なのは、こちらの姿を見せつけることだ。四番独房に新人が来たことを、はっきりと示す。恐れを知らない新人。独房に引っ込んで、外に出てもいいかどうか人の顔色をうかがい、自分についての書類を見せてまわって認めてもらおうとする、そんな男ではない。この新人はもう、他人の気に入りのひじ掛け椅子に陣取り、他人の持ち物であるトランプを勝手に手に取って、他人の席でひとり遊びを始めている。他人に許可を求めようなどとは、いっさい考えていない。

とりわけ見つけておきたい顔がふたつあった。

がっしりと角張った顔、青白い肌、小さな寄り目。もっと痩《や》せた面長の顔、折れ曲がった鼻、医師の手によるとは思えない縫合跡のあるあごと頰。

ステファン・リガスと、カロル・トマシュ・ペンデレツキ。

アスプソースで長期刑に服しているヴォイテクのメンバー、四人のうちの二人。既存のクスリ業者を一掃して乗っ取るのに、必要な道具。だが、自分がパウラだと知られれば、この二人には命を狙われることになる。

‡

夕食の席で、早くも質問が飛んできた。太い首に金のチェーンをぎらつかせた古参の囚人がふたり、あたたかい皿を持ち、ひじをいからせながらそれぞれの席に着いた。ステファンとカロル・トマシュが立ち上がったが、ホフマンはさっと手を挙げた。待て、という合図だ。このふたりには、数時間前に自分が護送車の中で投げかけたのと、同じ質問をさせてやる。ここでも原則は変わらない。ワイセツ野郎への憎しみという共通点を利用して、相手に敬意を抱かせること。

「おまえの書類を見せてもらいたい」

「ほう」

「なんだ、見せたくないのか?」

ステファンとカロル・トマシュが、すでにひと仕事終えてくれている。ここ数日で、ピート・ホフマンという男がここに来るという噂を広め、どんな罪で服役するのか、どんな連中とつるんでいるのか、東欧マフィアの一派で彼がどんな地位にあるか、情報を流してくれたのだ。さらにステファンの弁護士を通じて、市民番号七二一〇一八-〇〇一〇に関する警察庁の前科記録や捜査記録の抜粋、刑事施設管理局の資料、今回の判決のコピーも、すでに用意してある。

「なれなれしく寄ってくるやつに見せる書類はないな」

「つべこべ言わずに出せ！」

まもなくこのふたりを自分の独房に招き入れ、書類を見せることになるだろう。そうすれば、もう質問は飛んでこない。四番独房の新人は、性犯罪者でもなければ女に暴力をふるったわけでもなく、自ら主張しているとおりの経歴の持ち主だ。ふたりはきっと笑みをうかべ、肩にぽんと手を載せてくることだろう。警官に銃を向け、殺人未遂と公務員に対する重大な暴行の罪で有罪判決を受けたことのある囚人は、自分の地位を確立するために闘う必要などない。

「見せてやるから、黙れ。静かに食事をさせてくれ」

‡

彼らはそのあと、マッチ棒一本当たり千クローナを賭《か》けてスタッド・ポーカーに興じた。ホフマンは、もはや自分の席を取り返す勇気のないだれかの席に座ったまま、セーデルハムンで警官の額に銃を向けたら命乞《いのちご》いされたと自慢話をし、数年ぶりに手巻きタバコを吸い、監視付きの外出許可を得たあかつきには気がすむまで致すつもりの女について語った。囚人たちはみな声をあげて笑った。彼は背もたれに身をあずけ、あたりをぐるりと見まわした。部屋の中や廊下にいるのは、あまりにも長いこと、ここではないどこかへ行きたいと思いつづけているせいで、もはやどこへ行きたいのかわからなくなっている人間たちだった。

火曜日

ストックホルムの暗闇の中、ゆっくり車を走らせていると、あたりが明るくなってきた。また、こんな夜を過ごしてしまった。不安で落ち着かない、長い夜。二週間以上我慢してきたのに、今朝の三時半、またリディンゲ橋の真ん中に立ち、空と海を見つめていた。〝もう、ここであなたにお会いしたくはありません〟。訪れてはならない介護ホームへ、もう彼女の姿のない窓辺へ、向かおうとしていたのだ。〝あなたが恐れていらっしゃることは、もうすでに起きてしまったんですよ〟。が、ふと向きを変え、街と人々のほうへ戻った。あまりにも大きく、あまりにも小さな首都。ずっと暮らし、働いてきた首都。

エーヴェルト・グレーンスは車を降りた。

ここに来るのは初めてだ。自覚はなかったが、どうやら自分の目的地はここだったらしい。

何度もこの場所に思いを馳《は》せ、訪れる計画を立て、車を発進させたが、到着したことは一度もなかった。いま彼は、南側の入口〝門１〟にいる。二本の脚はまるで骨が抜かれたようで、いまにもぐにゃりと折れそうだ。腹のあたりから胸にかけて、なにやら圧迫感がある。いや、この圧迫感は、心臓から来ているのかもしれない。歩きはじめる。が、わずか数歩で立ち止まった。

だめだ。脚に力が入らない。身体の内側から来る激しい圧迫感が、規則正しい拍動のようになっている。

気持ちの良い夜明けで、墓石や芝生、木々を照らす日差しが美しい。が、もうこれ以上は歩けそうになかった。少なくとも、今朝はだめだ。車に戻り、ふたたび街の中心へ向かおう。ストックホルム北墓地がバックミラーの彼方《かなた》に消えていくのを見届けよう。

次回は大丈夫かもしれない。

次回は、彼女の墓がどこにあるのか調べ、そこまでたどり着けるかもしれない。

次回は。

‡

刑事捜査部門の廊下は閑散として暗く、エーヴェルト・グレーンスは休憩室のテーブルの上のかごに放置されて乾いてしまった食パンを一枚取り、コーヒーメーカーのボタンを押してコーヒーを二杯いれると、もう二度と歌うことのないオフィスに入った。簡素な朝食をすませ、薄いフォルダーを手に取る。すっかり行き詰まっている捜査の資料だ。事件発生から数日で、被害者はデンマークの警察の潜入者だと判明し、運び屋とアンフェタミンの痕跡《こんせき》が確認された。殺害時に少なくとももうひとり、スウェーデン語を話す人物が現場にいたこともわかった。事件を知らせてきた、あの声。自分の一部になってしまうほどひたすら耳を傾けつづけた、あの声の持ち主だ。ヴォイテクと呼ばれるポーランド・マフィアの一派が捜査線上に浮かんだ。ワルシャワに本部があるらしいということまではわかった。が、その後、捜査は暗礁に乗り上げた。

エーヴェルトは乾いて硬くなったパンを嚙《か》み、プラスチックカップに入った二杯目のコーヒーを飲んだ。彼はめったに諦《あきら》めない。あっさり降参する人間ではない。が、突き当たっている壁は大きく、高く、この二週間、どんなに押しても怒鳴りつけても先に進めず、迂回《うかい》することすらできなかった。

ゴミ収集場のコンテナに入っていたシャツの血痕を調べたが、該当するデータは見つからなかった。

そこで、同じシャツからクランツが見つけた黄色いしみの線を追うため、スヴェンを伴ってポーランドに赴いた。シェドルツェという町に到着し、アンフェタミン工場の手入れにも同行した。数日ほど、組織犯罪に対抗する三千人規模の特別警官隊のメンバーと、密接に協力しあいながら仕事を進めたが、そこで目にしたのは、諦めの念だった。どんなに追っても手が届かない。五百もの犯罪組織が、日々ポーランドの国内資本をめぐって争いを繰り広げている。国をまたいで暗躍するさらに大きな犯罪組織の数も、八十五に及ぶ。そんな国だ。警察が武装して戦闘に入ることも珍しくない。毎年五千億クローナ以上に相当する価値の合成麻薬が製造されている現状を前にして、国民はただひたすら首をすくめている。

エーヴェルトの記憶になによりも残ったのは、チューリップの香りだった。殺人犯のシャツのしみと結びついたアンフェタミン工場は、シェドルツェの中心から西に数キロほど離れたところ、うすよごれた冴《さ》えない郊外の団地の地下階にあった。差し迫った住宅難への応急処置として、かつて大量に建設された、個性のまったくない建物のひとつだ。エーヴェルトとスヴェンは車の中から手入れのようすを見守っていた。最終的には銃撃戦になり、若い警官がひとり亡くなった。地下階にいた六人はその後の事情聴取で、ポーランドの刑事にもスウェーデンの刑事にも、ひとことも話をしなかった。ひたすら押し黙り、あざけるような笑みをうかべたり、床を見下ろしたりしていた。彼らには、わかっているのだ――しゃべったが最後、長くは生きられない、と。

エーヴェルトはだれもいない部屋で声に出して悪態をつき、窓を開けると、警察本部の中庭でアスファルトの小道を歩いている私服姿の男を怒鳴りつけた。それから力任せにドアを開け、ぎくしゃくした足取りで長い廊下を歩きまわった。そのうち背中や額に汗がにじんできた。机に向かって腰を下ろし、すっかり荒れた呼吸を整えた。

こんな気持ちになったのは初めてだ。

怒りには慣れている。それがあるから生きていられるのだと言ってもいい。彼はつねに争いを求め、争いの陰に自分を隠している。

いまの気持ちは、怒りとはちがう。

この感覚。真実が、すぐそこにあるような気がする。正しい答えがこちらを見つめ、自分をあざ笑っているように感じる。そばにいるのに、見えない。不思議な感覚だ。

エーヴェルトはフォルダーを手に取ると、コーデュロイのソファーのうしろに脚を伸ばして床に横たわった。ヴェストマンナ通りに死人がいるとの通報で始まったこの二週間の記録に、ゆっくりと目を通しはじめる。捜査に多くの人員を投入し、鑑識にも大いに協力してもらった。コペンハーゲンやシェドルツェへ出張もした。

また悪態をつく。ふたたび、だれかを怒鳴りつけたような気もする。

袋小路だ。

だから、このまま床に横たわっていようと思う。あれほど何度も聞いた声の持ち主がだれなのか、わかるまで。自分が理解できていないもの、つかめていないものがなんなのか、わかるまで。なぜこんなにも強く、真実がすぐそばで自分をあざ笑っていると感じるのか、わかるまで。

じゃらじゃらと鍵《かぎ》の鳴る音が聞こえた。

看守がふたり、いちばん奥の独房ふたつの鍵を回し、扉を開けた。砂利が敷きつめられた広場を窓から見下ろせる、八番独房とその向かいの十六番独房だ。

彼は身体をこわばらせる。死を意味するかもしれないこれからの二十分にそなえて、覚悟を決める。

いやな夜だった。

ろくに眠れなかった日々の疲れが身体に残っているのに、横になって待ってみてもいっこうに眠りは訪れなかった。彼らがそこにいたからだ――ソフィアが、ヒューゴが、ラスムスが、窓の外に立ち、ベッドの縁に腰掛け、傍らに寄り添っていて、彼は三人の姿を振り払わなければならなかった。そして、三人は消えた。いまの自分は囚人となったのだから、感じることをやめなければならない。自ら完遂すると決めた任務がある以上、だれかを恋しがるエネルギーなど残ってはいない。とにかく抑え込むこと。忘れること。刑務所の中で人を恋しがってなどいたら、すぐに参ってしまう。

看守たちが近づいてくる。鍵がまたじゃらじゃらと鳴り、七番独房と十五番独房が開いた。〝おはよう〟〝くたばりやがれ〟というやりとりが、かすかに聞こえてきた。

夜中、ソフィアの姿が消え、外の暗闇がこれ以上ないほど重くなったころ、彼はベッドから起き上がった。腕立て伏せや腹筋運動をし、両足をそろえてジャンプでベッドに乗り降りし、そうやって不安を突き放した。狭い独房で、何度か身体が壁にぶつかったが、胸の中で打つ心臓を感じるのも、汗をかくのも爽快《そうかい》だった。

仕事は、もう始まっている。

初日の午後のわずか数時間で、区画の囚人たちに恐れを抱かせることに成功した。今後この区画で仕事を続けていくには、それが不可欠なことだった。だれがクスリの持ち込みと取引を仕切っているか、そいつらがどの区画のどの独房にいるのかもつかんだ。ひとりは、この区画にいる。二番独房のギリシャ人だ。ほかのふたりはH棟で、それぞれべつの階にいる。ピート・ホフマンはまもなく、手始めに少量を持ち込むつもりだ。競合相手を追い払うために、自ら手配しておいた少量を。

看守たちが近づいてくる。六番独房と十四番独房を開けている。あと一分ほどでここにも来るだろう。

毎朝の開錠からの二十分間――七時から七時二十分までの二十分間に、すべてがかかっている。この二十分を生き延びることができれば、その日一日は安泰だ。

心の準備をする。これから毎朝、同じように心の準備をすることになるのだろう。ここで生き延びるためには、前の晩のうちに情報が漏れたかもしれないと想定して行動しなければならない。情報とはつまり、彼にもうひとつの名前があること。警察のために働くパウラという人物がいること、組織を潰《つぶ》すために刑務所に来ているたれ込み屋がいること。独房に鍵がかかっているかぎりは安全だ。閉ざされた扉が襲いかかってくることはない。が、鍵が開き、〝おはよう〟の声がかかってからの二十分間は、生と死の分かれ目だ。計画的な襲撃はかならず、看守たちが警備室に引っ込んでコーヒーをいれ、休憩しているあいだに行なわれる。区画に職員の姿がなくなる二十分間。刑務所内で近年起きた殺人事件を見ると、まさにこの時間帯に起こったものがいくつもある。

「おはよう」

看守が鍵を開け、顔をのぞかせた。ピート・ホフマンはベッドの縁に座り、看守に目を向けたが、答えはしなかった。看守の言葉に意味はない。ただ、規則でそう決まっているから、声をかけているだけだ。

「おはよう」

看守が繰り返す。答えが返ってくるまで立ち去らないつもりなのだ。囚人が生きていること、なにも異状がないことを確認するために。

「おはよう。うるせえな、放っといてくれ」

看守はうなずいて先を急いだ。まだ独房はいくつか残っている。いまこそホフマンは動かなければならない。最後の扉の鍵が開いたあとでは、もう遅いのだ。

‡

扉の取っ手に靴下を巻きつけ、引っ張る。内側からは鍵をかけることができず、完全に閉めることもできない扉だが、靴下を扉と枠のあいだに突っ込むと、閉まった状態で固定された。

一秒。

いつもはクローゼットのそばに置いてある簡素な木の椅子を、扉のすぐ内側に置く。入口の大部分がふさがるように。

一秒。

枕と毛布とズボンを使って、掛け布団の下にもぐっている人間がいるように見せ、青い運動着の上着の袖《そで》を使って、腕が伸びているように見せかける。本気で人を騙《だま》せるほどの仕掛けではない。が、ちらりと目を向けさせるにはじゅうぶんだ。

〇・五秒。

‡

看守たちはふたりとも廊下の向こうへ消えた。いま、すべての独房が開錠され、扉が開いている。ピート・ホフマンは扉の左側に立ち、壁に背を当てた。いつ来てもおかしくない。真実を知られたら、正体がバレたら、すぐさま死が襲ってくる。

取っ手に巻きつけた靴下を、扉の内側に置いた椅子を、掛け布団の下の枕を見つめる。

二・五秒。

身を守る盾。反撃に転じるための時間。

‡

息が荒い。

こうして立ったまま、二十分、待つ。

アスプソース刑務所での初めての朝は、こうして過ぎた。

目の前にだれかが立っている。スラックスに包まれた二本の細い脚が、なにやら言葉を発し、彼の返事を待っている。が、彼は答えなかった。

「グレーンスさん？　いったいなにをやってるんですか？」

エーヴェルト・グレーンスは、茶色いコーデュロイのソファーのうしろで、捜査資料を腹の上に載せ、床の上で寝入っていたのだった。

「ミーティングの予定だったでしょう。こんな早朝を指定してきたのはあなたですよ。昨晩からここで寝てたんですね？」

背中が少し痛い。前回よりも床が硬かったようだ。

「おまえには関係ない」

寝返りを打ち、床に手をついて起き上がる。両手をソファーのひじ掛けに移すと、世界がわずかにくらりと揺れた。

「大丈夫ですか？」

「それもおまえには関係ない」

ラーシュ・オーゲスタムはソファーに腰を下ろし、エーヴェルト・グレーンスが机に向かうのを待った。ふたりは互いを好いていない。いや、はっきり言って嫌っている。若き検察官と老いた警部は、それぞれべつの世界の住人で、もはや相手の世界を訪れてみたいと思うこともなかった。オーゲスタムのほうは、少なくとも最初の何年かは努力していた。雑談を試み、話を聞き、顔色をうかがった。が、結局、無駄だと悟った。グレーンスは自分を見下すと決めているのだ。なにがあってもそれは変わらなかった。

「ヴェストマンナ通り七十九番地の件。報告が欲しいんだろう」

ラーシュ・オーゲスタムはうなずいた。

「どうやら行き詰まってるみたいですね」

たしかに、行き詰まっている。が、それを認めるつもりはない。いまは、まだ。与えられているじゅうぶんな人員と予算を手放したくなかった。

「手がかりをいくつか追ってるところだ」

「どんな手がかりですか？」

「まだ話せる段階じゃない」

「いったいどんな手がかりですか。なにかあるのであれば、いつものあなたなら、さっさと報告して僕を追い払おうとするでしょう。ほんとうは手がかりなんかないんじゃないですか。そろそろこの件の優先順位を下げたほうがいいと思いますが」

「優先順位を下げるだと!」

ラーシュ・オーゲスタムはか細い腕をさっと机のほうへ向け、進行中の捜査資料の山を指し示した。

「あなたには進むあてがない。捜査は完全に行き詰まってる。わかってるでしょう、グレーンスさん。失敗しそうな捜査にこれほどの人員と予算を割くのはおかしい」

「殺人事件の捜査を諦《あきら》めるつもりはないぞ」

ふたりの目が合った。それぞれべつの世界から来たふたり。

「じゃあ……どんな手がかりがあるんですか?」

「殺人事件の捜査はな、オーゲスタム、優先順位を下げるもんじゃない。絶対に解決するもんだ」

「しかし……」

「俺はこれまで三十五年間、いくつも殺人事件を解決してきたんだ。おまえがおむつ姿で走りまわってるころから」

オーゲスタムにはもう聞こえていない。聞かないと決めれば、ほんとうに聞こえなくなる。エーヴェルト・グレーンスの言葉にいちいち傷ついていたのは、もうずいぶん昔のことだ。

「これまでの捜査でわかったことを読ませてもらいました。はじめのうちは……わりに速いペースで進みましたね。ですが、捜査の周辺に挙がってきた名前で、調べ上げていないものがいくつかあるでしょう。まずはそれを追いかけましょう。ひとつひとつ、しらみつぶしにあたっていくんです。三日差し上げます。そのあとにまた会いましょう。その時点で捜査が進んでいなかったら、僕はなんと言われようとこの件の優先順位を下げます」

エーヴェルトは、背広を着た背中が毅然《きぜん》とした態度でオフィスを出ていくのを見送った。いつもなら、その背中に向かって怒鳴りつけているところだ。が、べつの声に邪魔された。この二週間、絶えず頭の中に響いている、あの声。いま、その声がまた割り込んできて、彼にささやきかける。短い言葉をしつこく繰り返す。腹が立つほどに。

《人が死んでる。ヴェストマンナ通り七十九番地。五階》

与えられた時間は、三日。

おまえは、だれだ？

どこにいるんだ？

独房の壁に背をぴたりとつけて、二十分間、ずっと立っていた。身体中の筋肉を緊張させていた。なにか物音がするたびに、襲われる兆しかもしれないと考えた。

なにも起こらなかった。

‡

区画にいるほかの十五人の囚人は、便所やシャワールームに向かってから、キッチンに入って早い朝食をとった。だれも彼の独房の外で立ち止まることはなく、扉を開けようとする者もいなかった。彼のここでの名前はいまも〝ピート・ホフマン〟だけだった。ヴォイテクの一員、ポーランド製の〝花〟をトランクに三キロ隠し持っていて有罪になった男。ポリ公を狙って二発撃ったかどで服役したことのある男。

そして、連中はひとり、またひとりと姿を消した。何人かは洗濯場や作業場に消え、多くは教室へ、数人が医務室へ向かった。ストライキと称して独房に残っている者はひとりもいない。よくあることなのだが――刑期を延ばすと脅されても笑みをうかべ、仕事を拒否しつづける者。十二年の刑期がたった数か月延びたところで、それは体制側の書類に記される時間が増えるだけのことだから。

「ホフマン」

昨日、到着した彼を迎えた看守長。目の前の相手を射貫くような、凍てついた瞳《ひとみ》。

「なんだ？」

「独房から出る時間だぞ」

「ほう？」

「仕事をやる。掃除だ。管理棟と、作業場のある棟を掃除してもらう。明日からだ。今日は私についてきなさい。あちこちまわるから、いつどこでどんなふうにブラシや洗剤を使えばいいか覚えるんだ」

ふたりは肩を並べて区画の廊下を歩き、地下通路への階段を下りた。

〝パウラがアスプソース刑務所に到着するまでに、彼の仕事を用意しておいてください。到着日の午後にはもう、管理棟と作業場の清掃係として働きはじめてもらいます〟

ぶかぶかな無地の囚人服が、腿《もも》や肩をこする。ふたりはB棟の三階に近づいた。

〝清掃は、刑務所を運営する側からすると、一種の褒美のようなものなんだが〟

まず、作業場の入口のそばにある便所の前で立ち止まった。

〝それなら、パウラに褒美をやってください〟

ピート・ホフマンはうなずいた。清掃作業はここから開始する。かび臭いクローゼットのような空間にある、ひびの入った洗面台と、いやというほど小便をかけられた便器。ふたりは次いで、広い作業場に足を踏み入れた。軽油のにおいがかすかに漂っている。

「外の便所と、あのガラス張りの事務所。それから、作業場全体。わかったな?」

ホフマンは入口に立ったまま、部屋をぐるりと見まわした。作業台には、つややかなパイプの一部のように見えるものが置かれている。梱包《こんぽう》用のプラスチックひもが積んである棚、プレス機械、フォークリフト、半分ほど埋まった荷台。それぞれの持ち場に囚人がいて、時給十クローナで働いている。刑務所の作業場で製造されるのは、商業メーカーに売ることを目的とした単純な製品であることが多い。ホフマンはエステローケル刑務所にいたころ、玩具《がんぐ》メーカーに売る赤く四角い積み木を作っていた。いま、この作業場では、街灯の部品が作られている。柱の下のほう、地面のすぐそばで、電源ケーブルを通す部分にかぶせる、細長い十センチほどのふた。どの道にもいくつも立っていて、だれも目にとめないが、どこかで確実に作られているものだ。看守長が作業場に入り、溜《た》まった埃《ほこり》やあふれかえったゴミ箱を指差しているあいだ、ホフマンは見知らぬ囚人たちに向かってうなずいてみせた。プレス機械のそばに立ち、細長い板の端を曲げている、二十歳ほどの男。ドリルを使ってねじ用に小さな穴をあけているフィンランド人。いちばん遠い窓辺にいる、のどから頬にかけて大きな傷のある男は、軽油の入った容器に向かって身をかがめ、工具を洗浄している。

「ほれ、この床、わかるな？　ここはしっかりやってもらわんと困るぞ。死ぬ気で磨け、ホフマン。でないと、におうからな」

ピート・ホフマンは憎らしい看守長の言うことなど聞いていなかった。軽油の入った容器のそばの窓辺で立ち止まる。自分が狙いを定めたのは、この窓だ。教会の塔のバルコニーに横たわり、想像上の銃を構えて、ちょうど千五百三メートル先の窓を狙って引き金を引いた。美しい教会が見える。塔までの視界をさえぎるものはなにもない。塔のほうからも、この窓がはっきりと見えた。

振り返って窓に背を向け、長方形の作業場のようすを頭に刻み込んだ。広い空間を仕切るように、白漆喰《しっくい》を塗ったコンクリートの柱が三本立っていて、人がひとり陰に隠れられるほどの太さがある。窓からいちばん近い柱に歩み寄り、そばに立ってみる。やはり思ったとおり、かなり太い。彼ですらすっぽりと身を隠せるほどだ。ゆっくりと作業場を横切りながら、そのようすを感じとり、身体に覚え込ませる。やがてガラス張りの空間にたどり着いて立ち止まった。監視係の看守のための事務室だ。

「うむ、ホフマン、その部屋もだ……そこはピカピカにしてもらうぞ」

小さな机。棚がいくつかあり、うすぎたないカーペットが敷いてある。ペン立てに、はさみが一挺《いっちょう》。壁にかかった電話。ひきだしが二つ。中身は空で、鍵《かぎ》はかかっていない。

問題は、時間だ。

最悪の事態になったら――パウラのことがバレたら、時間を稼げれば稼げるほど、生き延びられる確率は高くなる。

看守長が先に立ち、地下通路に下りて中庭の下を抜け、管理棟に向かった。鍵のかかったドアを四つ抜ける。それぞれに監視カメラが設置されている。ふたりはドアに行き当たるたびにカメラを見上げ、レンズに向かってうなずき、中央警備室がボタンを押してドアを解錠するカチリという音を待った。地下を数百メートルほど進むのに十分以上かかった。

管理棟は細長く、刑務所の入口の広間を二階から見下ろせるようになっていた。護送車で運ばれてきて、警備室のそばを通り、受入室へ連行される囚人ひとりひとりを、六部屋あるオフィスと狭い会議室から観察できる。ということは、刑務所長も事務職員も、昨日ホフマンが連行されてくるのを見ていたわけだ。クルーノベリ拘置所の服を着て、手錠と足かせをはめられた、要警戒の囚人。ぼさぼさの金髪頭で、白髪のまじった二週間分の無精ひげを生やした、新入りの男。

「ホフマン、聞いてるか？　毎日、ここに来るんだぞ。出ていくときにはいっさい忘れ物をするな。いいか？　床を全部磨いて、机を拭《ふ》いて、ゴミ箱を片付けて、窓を拭くんだ。文句はないな？」

いかにも公的施設めいたグレーの壁、床、天井。独房の並ぶ廊下の憂鬱《ゆううつ》と絶望が、ここまで続いているかのようだ。観葉植物の鉢がいくつかあり、片側の壁には陶製のモザイクで輪のような模様が入っている。それを除けば、なにもかもが死んでいる。家具も、色も、望みを抱くなどもってのほかだと告げているかのようだ。

「あいさつしていくか。背筋を伸ばせ」

看守長は、この建物でひとつだけ閉まっていた扉をノックした。

「なんだ」

刑務所長は五十歳ほどで、ドアには〝オスカーション〟の名が掲げてあった。部屋の壁と同化しそうな灰色の男だ。

「ホフマンです。明日からこの棟の清掃をさせます」

刑務所長が片手を差し出す。やわらかい手だが、握手はがっちりと固かった。

「レナート・オスカーションだ。ここにあるゴミ箱ふたつは毎日片付けてもらいたい。机の下にひとつ、応接コーナーにひとつある。応接コーナーに使用済みのグラスがあったら、それも片付けてくれ」

広い部屋で、窓は刑務所の門と運動場に面している。が、印象はほかの部屋と変わらない。陽気さのかけらもない、いかにも〝施設〟という印象。プライベートなものが入り込む余地はない。銀のフォトフレームに入った家族の写真は見当たらず、なにかの研修の修了証すら壁に掛かっていない。が、例外がひとつだけあった。机の上、クリスタルガラスの花瓶に、花束がふたつ活けてある。

「チューリップですね？」

看守長が机に近寄り、まだ青いつぼみをつけた緑の長い茎に向かった。白いメッセージカードを手にして、声に出して読み上げている。どちらの花束のカードも文面は同じだ。

「〝いつもありがとうございます。アスプソース中小企業協会〟」

刑務所長は片方の花束を軽く整えた。まだ咲いていない、二十五本の黄色いチューリップ。

「そうだろうな。そのように見える。最近は花を贈られることが多くなったよ。アスプソースの町の人たちは、みんなうちで働いているか、そうでなければうちを顧客にしているかだからね。見学も増えてきた。ちょっと前までは刑務所なんてみんな馬鹿にしていたのに、いまや大人気だよ。そのうえ、ここでなにか事件があるたびに、テレビや新聞ではトップニュース扱いになる」

なにやら愚痴のようなことを言いつのりながらも、彼はその花を誇らしげに見つめていた。

「もうすぐ咲くだろうね。ふつうは何日かかかるものだろう」

ピート・ホフマンはうなずき、部屋を出ていった。看守長はあいかわらず、彼の一メートルほど前を歩いている。

明日。

明日には咲くだろう。

‡

エーヴェルト・グレーンスは、空になったプラスチックカップ二杯と食べかけのパイ菓子を、コーデュロイソファーの前に置いてある小さな木のテーブルから片付けた。ソファーの真ん中に腰を下ろし、やわらかさに身を沈めながら、スヴェンとヘルマンソンが自分の両側に座る時が来るのを待った。

ノートから破り取った一枚の紙に、手書きの文字が書かれている。こぼしたコーヒーに浸ってしまった隅が茶色くなっている。もうひとつの隅には、パイ菓子のくずでついた油の小さなしみが見える。

そこには、名前が七つ挙がっていた。

捜査の周辺に浮かび上がった人物たちの名前。これを、三日で調べ上げる。捜査をこのまま続けられるか、それとも優先順位を下げられてしまうかの分かれ目になるかもしれない。解決される事件になるか、未解決事件になるかの分かれ目だ。

彼は七つの名前を三つのグループに分けた。

麻薬、殺し屋、ヴォイテク。

スヴェンには第一のグループを担当してもらう。ヴェストマンナ通り七十九番地の付近に住んでいる、あるいは付近を根城にしている、名の知られた麻薬の売人たち。ホルへ・エルナンデスという男が、同じ建物の三階に住んでいる。ヨルマ・ランタラという男が、血まみれのシャツの入ったビニール袋がゴミ収集場で見つかった、あの建物にいる。

ヘルマンソンは第二のグループを選んだ。殺し屋たち。公安警察の情報によれば事件当時、ヤン・ドゥ・トービットとニコラス・バーロウという国際的な殺し屋が、ストックホルム、あるいはその周辺にいたということだ。

エーヴェルトは残る三人を調べることにした。ヴォイテク・インターナショナル株式会社と協力関係にあったことのある、三人の男たち。マチェイ・ボサツキ、ピート・ホフマン、カール・ラーゲル。三人ともスウェーデンで警備会社を経営していて、ヴォイテク・インターナショナルに依頼され——これは違法でもなんでもなく——ポーランドから訪問中の要人の警護を引き受けたことがある。マフィア組織が警察の手の及ばないところで立ち回るのに欠かせない、表向きの仕事。うわべをとりつくろって実体を隠し、あくまでもビジネスを装う。エーヴェルト・グレーンスはストックホルムにいる刑事の中でも、バルト海の向こうでの組織犯罪にとりわけ詳しい。ここに名前の挙がっている三人のうちのだれかが、もうひとつのヴォイテク——表向きの顔でない真のヴォイテク、スウェーデンのマンションで人を殺すことも厭《いと》わないヴォイテクとつながっているのだとしたら、そのつながりを突き止められる知識を備えているのは、スヴェンでもヘルマンソンでもなく、エーヴェルトにほかならない。

‡

もう、だれも、なにも問いかけてこなかった。

やたらと近くに寄りつかれることもないし、与えられたポテトと肉を食べているときにじっと見つめられることもない。二日目の昼食のころにはもう、彼はひとかどの人物となっていた。が、連中はまだ知らない——明後日《あさって》には、まもなく彼がこの区画での全権力を握ることを。権力は、クスリの中にある。明後日には、彼がクスリの持ち込みや取引を一手に引き受ける。そうして刑務所独自の序列の中で、殺人者よりも上の地位を得る。刑務所の序列——囚人たちのあいだでは、人を殺した者がだれよりも恐れられ、敬われる。その次が薬物関係の重罪人と、銀行強盗だ。最下層に位置するのが、小児性愛者やレイプ犯。だが、クスリを手のうちに収め、供給する者に対しては、殺人者までもが頭を垂れる。

ピート・ホフマンは看守長について歩いて清掃場所を教わり、そのあとは独房の簡易ベッドでじっと待った。やがて区画のほかの囚人たちが作業場や教室から戻り、味気ない昼食をとる時間になった。ステファンとカロル・トマシュとは、何度か目くばせを交わした。ふたりとも、もどかしげに指示を待っている。ホフマンはふたりが納得するまで、唇の形だけで〝夜《ヴィエチヨーレム》に〟と何度も伝えた。

今夜。

クスリを持ち込んでいる主な業者、三人を、今夜、潰《つぶ》す。

ほかの連中が砂敷きの運動場でフィルターのない手巻きタバコを吸ったり、マッチ棒一本当たり千クローナを賭《か》けてスタッド・ポーカーに興じたりしているあいだ、ホフマンはすすんで食器を片付け、皿洗いを引き受けた。キッチンにはほかにだれもいなかったので、彼が流し台や調理台を拭《ふ》きつつ、スプーン二本と食事用ナイフ一本をズボンのポケットに入れたのを、見た者はだれもいなかった。

その後、ホフマンは〝水槽〟へ向かった。看守たちのいるガラス張りの部屋だ。ガラスをコツコツと叩《たた》くと、看守が苛立《いらだ》ちをあらわにして片手を振った。ふたたびノックする。今度は、もう少し強く、もう少し長く。このまま立ち去るつもりはないという意思表示だ。

「いったいなんの用だ？　昼休みだぞ。片付けをするんじゃなかったのか」

「もう終わった。見ろよ、なにも残ってないだろ？」

「うるさい、とにかく昼休みだ」

ホフマンは肩をすくめた。看守はあくまでも応《こた》えないつもりらしい。

「俺の本は？」

「本？」

「昨日、頼んでおいたんだが。六冊」

「知らないな」

「知らないなら、確認するのが筋ってもんだろう。ちがうか？」

年配の看守だ。昨日、自分が入所したときにはいなかった。看守はまた腹立たしげに手を振ってみせたが、結局は部屋の奥に入っていき、机の上を探しはじめた。

「これか？」

図書館がつけたハードカバーの装丁。どの表紙にも、〝書庫〟と青く印字された紙片が貼ってある。

「そうだ」

年配の看守は本のうしろの著者紹介にざっと目を通し、何ページか適当にぱらぱらとめくってから、本を手渡してきた。

『スウェーデンの心の深みより』。『あやつり人形』。いったいなんの本だ？」

「詩だよ」

「そりゃまた、女々しいもんを読むんだな」

「女々しいというなら、おまえ読むか。ぴったりじゃないか」

「ふざけるな。俺はそんな軟弱な本は読まん」

ピート・ホフマンは独房に入ると、だれも中をのぞき込めないように、しかし怪しまれることのない程度に扉を閉めた。六冊の本を、幅の狭いベッドサイドテーブルに置く。めったに貸し出されることのない六冊だから、あのたったひとりで働く五十歳ほどの女性司書は、大刑務所の求めに応じて今朝、これらの本をアスプソース図書館の地下書庫から引っ張り出し、息を切らしながら移動図書館の運転手に手渡したのだろう。

キッチンでくすねたナイフの先に、指先を当ててみる。鋭さはこれでじゅうぶんだ。バイロン卿《きょう》『ドン・ジュアン』の表紙と一ページ目のあいだのつなぎ目にナイフを当て、ぐいと引いた。糸が一本ずつはずれていき、十二日前にヴァーサ通りのオフィスの机で切り開いたときと同じように、表紙と背表紙がぶらりと垂れ下がった。九十ページまでめくり、そこまでのページを片手で一気につかんで、ぐっと引きはがす。

九十一ページの左余白に、縦十五センチ、横一センチの穴があいている。リズラの薄い壁。深さは、三百ページ分。中身は無事で、入れたときのままだ。

クリーム色の、少しどろりとした塊。きっかり十五グラム。

十年前には、持ち込んだクスリの大半を自分で使っていた。量が多すぎるときには一部をほかへ売り、借金に追われて分割払い代わりにしたことも何度かあるが、基本的にはすべて自分用だった。が、今回は目的がまったくちがう。四冊の本に入った純度三十パーセントのアンフェタミン、計四十二グラム。これこそ、既存の取引をすべて潰し、自ら乗っ取るための道具にほかならない。

本と、花。

量はあまりない。が、いまのところ、これ以上の量は必要ない。これまでの年月で学んだこのやりかたは、刑務所の通常の検査に引っかかることのない、まちがいなく安全な方法だ。

エステローケル刑務所にいたころは、最初の監視付き外出から帰ってきた時点で早くも捕まった。胃の中や尻《しり》の穴にクスリを隠していると密告されて、検査用のトイレに入れられるのだ。簡易ベッドと便器しかない、ガラス張りの閉ざされた狭い部屋。そこに一週間強入れられて、終日、裸のままで過ごした。看守三人に監視されながら用を足し、排泄《はいせつ》物を調べられた。眠っているあいだも、ガラス越しにこちらを見る目があった。ブランケットを掛けて寝ることすら許されなかった。一瞬たりとも尻が隠れてはならなかったから。

それでも、あのころはほかに選択肢がなかった。借金を抱え、脅されて、人間コンテナとなるしかなかった。が、いまの彼はちがう。いまの彼には、選択肢がある。

どの刑務所でも、毎日、毎時間、目覚めている時間のすべてが、クスリを中心に回っている。定期的な尿検査をかいくぐってクスリを持ち込み、使うこと、それがすべてだ。面会に来る家族に、尿を――検査をしても陰性を示す尿を持ち込ませることもある。一度、ホフマンがエステローケル刑務所に入ってから数週間と経っていなかったころ、騒がしいユーゴ人の囚人が女にカップ数杯分の尿を持ち込ませ、これが高値で売り買いされたことがあった。その結果、実際には半分以上がクスリをやっていたにもかかわらず、だれも陽性反応が出なかった。その一方で、検査ではまたべつのことも判明した――区画の囚人全員が妊娠しているという結果が出たのだ。

『ドン・ジュアン』『オデュッセイアー』『私の人生の記録』『フランスの風景』。

一冊ずつ、中身を空けていく。独房の扉の向こうを通り過ぎる足音など、ときおり物音が聞こえるたびに作業を中断しながら、読む人のほとんどいない四冊の本に隠されたアンフェタミン四十二グラムを出した。

残り二冊。『スウェーデンの心の深みより』と『あやつり人形』。これらはそのままベッドサイドテーブルに置いた。ページを開く必要に迫られないことを願いながら。

クリーム色の薬物を見つめる。このクスリのために、人殺しさえも行なわれる。

その価格は、塀の中だとさらに高い。

需要が供給よりも大きいから。自由の身でいるよりも、鍵《かぎ》のかかった独房で暮らしているほうが、見つかるリスクが大きく、供給がしにくいから。塀の外で見つかるよりも、塀の中で見つかるほうが、刑罰が重くなるから。同じ量でも、刑期はかならず長くなるのだ。

ピート・ホフマンは四十二グラムのアンフェタミンを三つのビニール袋に分けた。一つは手元に置いて、二番独房のギリシャ人のために使う。残り二つは、H棟の一階と二階にいる有力業者のところへ届けるつもりだ。それぞれ十四グラムの入ったビニール袋が三つ。これで、競合相手を一気に退ける。

キッチンで盗んだスプーン二本は、ズボンのポケットに入れたままだ。

手で触れてみてから、簡易ベッドのスチールフレームにぐっと押しつけ、二本ともほぼ直角に曲げた。あらためてチェックする。二本とも、フックのようになっている。これでいい。刑事施設管理局のロゴの入った青い運動着のズボンは、ベッドの上に広げてある。ナイフを使って腰の縫い目を切り開き、中に入っていたゴムひもを引っ張り出すと、半分の長さに切った。

独房の扉はかすかに開いている。彼はしばらく耳を澄ませた。廊下にはだれもいないようだ。

シャワールームまでの十五歩を足早に進む。

中に入ってドアを閉め、いちばん右のトイレに入ると、掛け金をしっかりとかけた。

‡

エーヴェルト・グレーンスはブラックコーヒーをもう一杯いれ、べとべとした甘いフィリングの入ったパイ菓子をもうひとつ買った。七人の名前が手書きで記された紙切れには、茶色のしみがさらに増えたが、それでも内容はまだ読める。これからひとつひとつの名前を調べ、ひとつひとつ消していくあいだ、訪問者用ソファーのそばのテーブルに置いておくことになるだろう。

与えられた時間は、三日。

ストックホルム中心街のマンションで白昼に起きた殺人事件の捜査は、このしみだらけの紙に手書きで記された名前のどれかを通じて、生きつづける。そうでなければ、三日後に優先順位を下げられて、机の上に積んである三十七件の薄い捜査資料ファイルのひとつと化し、おそらくもう二度とそれ以上のものにはならない。つねに新たな殺人事件、新たな傷害事件が起こり、そのために数週間分の人員や予算が食いつぶされる——事件が解決されるまで。あるいは、ゆっくりと忘れ去られるまで。

挙がった名前をじっと見つめる。マチェイ・ボサツキ、ピート・ホフマン、カール・ラーゲル。警備会社の経営者たち。防犯アラームを設置したり、防弾ベストを販売したり、身辺警護の研修を開いたり、ボディーガードを引き受けたりしている、どこにでもある警備会社だ。が、この三人が経営する会社はそれぞれ、ポーランドの要人訪問に際してヴォイテク・セキュリティー・インターナショナル社から仕事を依頼されたことがある。正式な依頼であり、正式な請求書も発行されている。実際、なにもおかしなところはない。が、だからこそ興味をひかれる。正式なものの裏に、正式でないなにかが隠されていることはままある。エーヴェルトが探しているのは、あるとしても目には見えないものだ——もうひとつのヴォイテクとのつながり。そのほんとうのビジネス。麻薬、銃、人間を売買する組織。

エーヴェルト・グレーンスは立ち上がり、廊下に出た。

真実にあざ笑われているという感覚。それが、また湧き上がってきた。手探りでつかもうとしても、指のあいだからすり抜けていく。

それまで二時間をかけて、警察のデータベースで三つの市民番号を調べていた。〝指名手配情報〟〝人物識別情報〟〝前科情報〟〝捜査情報〟〝銃器所持許可情報〟が画面にまとまっている。検索してみると、いくつかヒットした。三人とも前科があり、ASPENや容疑者データベースに名前があり、指紋や写真も残っている。三人のうち二人はDNA情報も残しており、指名手配されたこともある。そして三人のうち少なくとも一人は、とある犯罪組織にかつて属していたことがわかっている。エーヴェルトはさして驚かなかった。裏稼業と堅気のあいだのグレーゾーンを行き来する連中は増える一方だし、犯罪についての知識は警備のビジネスに欠かせないものでもある。廊下を歩き、ドアをいくつか素通りする。ノックするべきなのだろうが、彼はノックなどめったにしない。

「協力してくれ」

自分のオフィスよりも、はるかに広い部屋。あまり訪れることのない部屋だ。

「なんの話です？」

話しあって決めたわけではない。が、どういうわけか暗黙の了解になっている。互いの存在に耐えるため、ふたりはなるべく顔を合わせない。

「ヴェストマンナ通り」

ヨーランソン警視正の机には、書類の山も、空のプラスチックカップも、自動販売機で買ったビニール包装の菓子のくずも見当たらない。

「ヴェストマンナ通りがどうしました？」

彼にはわからない――この気持ちが、いったいどこから湧いてくるのか。

漠然とした不快感。まるで部屋が狭くなったような。

「なんの話かわかりませんが」

「殺しの現場だよ。捜査線上に残ってる名前を、銃器登録簿と突きあわせてみたい」

ヨーランソンはうなずき、パソコンに向かうと、安全上の理由でごく少数の人間しかアクセスできない登録簿にログインした。

「そんなに近づかないでください、グレーンスさん」

不快感。

「どういう意味だ」

内側から湧いてくるもの。

「何歩か下がってくれませんか？」

絶えずふくらんでいくもの。

ヨーランソンは、自分が嫌っている相手、自分を嫌っている相手を見やった。互いを好んでいないから、互いの近くに寄ることもめったにない。下がってくれというのは当然の要求だった。

「市民番号は？」

「七二一〇一八‐〇〇一〇、六六〇五三一‐二五五九、五八〇二一九‐三六七二」

三つの市民番号。画面に映し出される、三つの名前。

「なにを知りたいんですか？」

「なにもかも」

ヴェストマンナ通り。

ヨーランソンは、不意に理解した。

「ヨーランソン？　聞いてるか？　なにもかも知りたいんだ」

この名前。

「ひとりに所持許可が出てますね。仕事用の銃と、猟銃が四挺《ちょう》」

「仕事用の銃？」

「拳銃《けんじゅう》ですが」

「メーカーは？」

「ラドム」

「口径は？」

「九ミリ」

画面に映っている、この名前。

「当たったぞ、ヨーランソン。大当たりだ！」

エーヴェルト・グレーンスはすぐさま立ち上がり、もう部屋を出ていこうとしている。

「でも、その銃ならもうこっちにありますよ、グレーンスさん」

エーヴェルトは歩みの途中で動きを止めた。

「どういうことだ？」

「注釈がついてます。銃器はすべて押収済みと。鑑識にあるんでしょう」

「なぜ？」

「それは書かれてません。クランツさんに聞いてください」

足を引きずって歩く重い身体が立てる単調な音が、刑事捜査部門の廊下を遠ざかっていく。ヨーランソン警視正にはもはや、心を占める不快感を追い払う力は残っていない。内側から彼をすくませる、不快感。彼は画面に映った名前を見つめながら、長いことじっと座っていた。

ピート・ホフマン。

エーヴェルト・グレーンスは、パソコンのキーをいくつか押し、数か所に電話をかけるだけで、銃の持ち主の居場所を簡単に突き止めるだろう。そして、ストックホルムの北、四十キロほど離れたところにある、大きな刑務所のそびえる小さな町へ向かい、男を尋問するだろう。これまで得られなかった答えを得るまで問いつめるだろう。

起きてはならないことが起きてしまった。

ピート・ホフマンは鍵《かぎ》のかかった便所の個室の中で、自分ひとりしかいないと確信できるまで、じっと待った。

‡

ゴムひも、スプーン、ビニール袋。

エステローケル刑務所にいたころも、こうしてクスリと注射器を隠していた。いまでもこの方法で通用すると、ロレンツが教えてくれた。こんな単純な方法なのに。いや、だからこそ、なのかもしれない。便器の排水口をチェックしようと考える看守など、どこの刑務所にもいないのだ。

水タンク、床の排水口、洗面台の下の水道管。こうした隠し場所はよく知られていて、もう試す価値すらない。が、長い年月を経てなお、便器の排水口には連中も考えが及ばないらしい。

ゴムひもと曲げたスプーン、アンフェタミンの入ったビニール袋を、汚れた便所の床に置いた。ひもをよく伸ばし、片方の端にビニール袋を結びつけ、もう片方にスプーンをくくりつける。それから便器のそばでひざまずくと、ビニール袋を手に持って排水管の奥へできるかぎり腕を伸ばした。水を流すと、腕のみならず肩までもが濡《ぬ》れた。ビニール袋は水圧でさらに奥へ消え、曲げたスプーンが排水口の縁に引っかかった。しばらく待ってから、もう一度水を流す。ゴムひもが伸び、ビニール袋はその先で漂っていることだろう。排水口の縁に引っかかってビニール袋をつなぎとめているスプーンは、便器を見下ろしても見えない。

が、回収は簡単だ。

ひざをついて、水に手を浸し、慎重に腕を伸ばせばいい。

‡

エーヴェルト・グレーンスはヨーランソンのオフィスをあとにすると、刑事捜査部門からも出た。つかみどころのない真実はもう、さきほどのような大声で自分をあざ笑ってはいない。ラドム。捜査が始まって以来、初めて具体的な名前が明らかになったのだ。九ミリ口径。あの殺しにつながるかもしれない人物の名前が。

ピート・ホフマン。

聞いたことのない名前だ。

が、この男は警備会社を経営していて、ポーランドの要人訪問の際に、ヴォイテク・インターナショナル社の依頼でボディーガード業務を正式に引き受けている。そして、暴力事件を起こして五年も服役していたにもかかわらず、ポーランド製の拳銃の所持許可を持っている。銃器登録簿によれば、その銃はすでにこの警察本部内にあるという。先々週、押収されたという。

エーヴェルト・グレーンスはエレベーターを降り、鑑識課に入った。

名前をひとつ、手に入れた。

まもなく、もっと情報が手に入るはずだ。

‡

便所の床から立ち上がると、ひざが痛んだ。沈黙に耳を傾ける。さらに二度、水を流してから、もう一度耳を傾けた。ほかの物音はしない。ピート・ホフマンはドアの掛け金を上げると、廊下に出た。物音を聞かれていたとしても、腹の調子がおかしくなってしばらく便所の個室にこもっていたと思われるだけだろう。テレビコーナーへ向かい、ぼんやりとトランプを切る。なにをするでもなく時間をつぶしているふりをしながら、看守のいるガラス張りの部屋やキッチンに視線を走らせて、区画をうろつく看守たちの居場所を確かめた。

制服姿の看守たちが、こちらに背を向けている。なにかしている最中らしい。ホフマンは中指を突き立てた。看守がそれを見れば、なんらかの反応が返ってくるはずだ。なにも返ってこない。だれも反応しない。だれにも見えていないのだ。ほかの囚人たちは、あと一時間ほど、教室や作業場で過ごす。廊下にはだれもいない。看守たちはべつのところにいる。

いまだ。

独房の並ぶ廊下へ向かう。ちらりと周囲をうかがい、だれもいないことを確かめてから、二番独房の扉を開けた。

ギリシャ人の独房だ。

自分の独房にそっくりだった。まったく同じいまいましいベッドに、まったく同じいまいましいクローゼット、椅子、ベッドサイドテーブル。においはちがう。ここのほうが淀《よど》んでいる、いや、酸っぱいようなにおいと言うべきか。が、頭に来るほどの暑さも、吸い込んだ空気の埃《ほこり》っぽさも同じだ。子どもの写真が壁に掛かっている。長い黒髪の少女。もう一枚、こちらは女の写真。娘の母親だろう。

もし、だれかがあの扉を開けたら。

もし、いま自分がなにを手にしているか、これから自分がなにをしようとしているか、だれかに気づかれたら。

彼はぶるりと身を震わせた。が、すぐに気を取り直した。いまはなにも感じてはいけない。

注射するにせよ吸い込むにせよ、たいした量ではない。十三、四グラム。だが、ここでは、これで足りる。新たな有罪判決が下り、刑期が延長され、ただちにべつの刑務所へ移送されるには、じゅうぶんな量だ。

十三、四グラム。これを、高いところに置いておかなければならない。

カーテンレールに触れてみる。そっと動かすと、あっさりはずれた。ビニール袋をテープで壁に固定する。カーテンレールは軽く、元に戻すのは簡単だった。

扉を開けると、最後にちらりと独房の中を見やった。壁の写真に目がとまる。少女は五歳ほどで、芝生に立っている。そのうしろで、楽しそうな表情の子どもたちが手を振っている。どこかへ行く途中のようだ。保育園の遠足かもしれない。みながリュックサックを持ち、黄色や赤の帽子をかぶっている。

次にこの少女が面会に来るとき、彼女の父親はもう、ここにはいないだろう。

‡

エーヴェルト・グレーンスは低い作業台に覆いかぶさるように立ち、並んだ七挺《ちょう》の銃を見つめた。

ポーランド製のラドムが三挺に、猟銃が四挺。

「銃保管庫に入ってたのか？」

「銃保管庫ふたつにね。どっちも認可は下りてる」

「で、これが所持許可の下りた銃？」

「ストックホルム市警が所持許可を出してる」

エーヴェルトは、鑑識課の数多い部屋のひとつで、ニルス・クランツのとなりに立っている。排気装置や顕微鏡や薬液の入った容器が並んだ、小さな実験室のような部屋だ。拳銃《けんじゆう》を一挺手に取ると、ビニールに包まれたその銃を手に載せ、目の前で少し揺らしてみた。まちがいない。居間の床に倒れていた男。あの遺体が手にしていたのは、こんな銃だった。

「先々週だって？」

「ああ。ヴァーサ通りのオフィスにあった。逮捕理由は、違法薬物所持だ」

「この銃は？　犯罪に使われたんじゃないのか？」

「全部、試し撃ちしてみたよ。過去の事件の捜査線上に浮かんだことのある銃はひとつもない」

「ヴェストマンナ通り七十九番地の件は？」

「どんな答えを欲しがってるか、わかるんだがね。残念ながら期待には応《こた》えられないよ。ここにある銃はどれも、あの発砲事件とはなんのかかわりもない」

エーヴェルトは手近な家具を力まかせに叩《たた》いた。

金属製の戸棚ががたがたと震え、本やファイルが床に落ちた。

「さっぱりわからない」

もう一度叩こうとしたところで、クランツが戸棚を守ろうと割り込んできた。

エーヴェルトは壁を選んだ。戸棚のように長いこと揺れはしなかったが、響いた音の大きさはほとんど変わらなかった。

「ニルス、わけがわからん。この捜査……ずっと傍観者よろしく見てるだけのような気がする。この男の銃を押収した？　先々週？　ちくしょう、ニルス、つじつまが合わないじゃないか。このろくでなしはそもそも、銃なんか持たせちゃならない人間だろう？　それなのに、うちが所持許可を出したなんて。そりゃ、十年前の話ではあるが、それでも……こんな事件を起こしているのに……こんな暴力事件を起こした人間に銃の所持許可が下りたなんて話、聞いたことがない」

ニルス・クランツは金属製の戸棚の前に立ったままだ。エーヴェルトが周囲にあるものをもっと叩くつもりなのか、それとももう気はすんだのか、見極めはいつも難しい。

「本人に聞いてみればいいじゃないか」

「そうするつもりだ。どこにいるのか調べる」

「アスプソースだよ」

エーヴェルト・グレーンスは、目の前の鑑識官を、自分と同じくらい昔から警察本部を歩きまわっている数少ない同僚のひとりを、じっと見つめた。

「アスプソースだと？」

「服役中だ。たしか、かなり長い懲役刑を言い渡されたはずだぞ」

‡

この日の午後もまた、テレビコーナーに確保した自分の席に座り、同じ区画の囚人たちが作業場や教室からひとりひとり戻ってくるのを待った。またスタッド・ポーカーをやり、ムッレ（カードゲームの一種）も何度かやり、早番の看守の話をし、テービーで失敗に終わった銀行強盗の話で盛り上がった。そのあと、アンフェタミンを一グラム注射すると何回マスターベーションできるかについて、激しい議論になった。クスリをやっているときの男性自身をうまく言い表わした言葉に、全員が大きな笑い声をあげる。ステファンもカロル・トマシュも、数人いたフィンランド人も、じゅうぶんに強い

〝花〟があるかぎり、何日続けてやっても一物は萎《な》えない、と自慢げに語った。しばらく経ったところで、ピート・ホフマンはギリシャ人に向かってかすかにうなずいてみせ、椅子をすすめたが、反応はなかった。クスリを一手に引き受けて売りさばいている、したがってだれよりも高い地位にあるこの男は、まだ新入りと言葉を交わす気にはなれないらしかった。

あと、数時間。

ビニール袋はカーテンレールのうしろに固定してある。この横柄きわまりない男は、わけもわからずに巻き込まれる。気づいたときにはなにもかも手遅れだ。

‡

エーヴェルト・グレーンスは机に向かったまま立ち上がった。通話はとっくに終わっているが、受話器をぐっと握りしめている。コーヒーとパイ菓子のくずでしみだらけになった紙切れも手に持っている。

ニルス・クランツの言うとおりだった。

自分が書いた名前リストの、下から二番目に記された男は、すでに刑務所に入っていた。

アンフェタミン三キロを車のトランクに隠し持っていたかどで逮捕され、またたく間に拘置所へ入れられ、有罪判決を受け、アスプソース刑務所へ移送されていた。

強烈な花の香りを放つアンフェタミン。

まぎれもない、チューリップの香り。

‡

彼は硬い簡易ベッドに横たわり、タバコを吸っている。自らタバコを巻いたのはずいぶん久しぶりだ。最後に吸ったのは、子どもたちがまだ生まれていないころだった。一センチ大の生命がモニターに映し出されたあの日、ほとんど目に見えないのに、吸い込む空気の影響をまちがいなく受けている人間を目にしたあの日、彼もソフィアもすっぱりとタバコをやめた。が、いまはどうも気分が落ち着かない。速いペースでタバコを吸い、すぐに二本目に火をつける。ただ横になって待っているのが、死ぬほどもどかしかった。

立ち上がり、耳を傾ける。硬い独房の扉に耳をつけて。

無。

存在しないはずの音が聞こえてくる。もしかすると、天井を走るパイプからときおり聞こえる、かすかなコツコツという音かもしれない。あるいは、どこかのテレビかもしれない——自分の独房には置いていない。置かないことにしたのだ。外の世界に参加しなくてすむように。

予定どおりなら、連中はもうすぐ来るはずだ。

ふたたび横になり、三本目のタバコを吸いはじめる。手になにかを持っていることが心地いい。七時四十五分。施錠からまだ十五分しか経っていない。ふつうは三十分ほど経ってから始まる。全員が落ち着いてくつろぎはじめるまで待っているから。

準備は万端だ。すべてが計画どおりに進んでいる。夕方、全員が独房に戻るのを看守たちが待っているあいだに、シャワールームで最終的なゴーサインを受けた。ゴムひもでくくられて、便器の排水口の奥、一メートルほど入ったところで漂っていたビニール袋は、ふたつともH棟に届けられ、独房ふたつのカーテンレールのうしろに配置されている。

来た。

まちがいない。

もどかしげに鳴く犬たち。廊下の床をカツカツと叩く黒い靴。

〝私の氏名も、個人情報もお教えします。ですから、計画どおりの刑務所に私を入れ、計画どおりの仕事を与えてください。そのうえで、私が着いた翌日の夜、独房に鍵《かぎ》をかけたあと、刑務所のすべての独房を対象にして、大がかりな抜き打ち検査をやってほしいんです〟

廊下のいちばん奥で、最初の独房の扉ががたんと開いた。

大声がぶつかりあっている。フィンランド人が叫び、看守がさらに大きな声を張り上げた。

二十五分をかけて八つの独房を調べたあと、看守たちはホフマンの独房にたどり着き、扉をぐいと開けた。

「点検だ」

「カマ掘られたいか、番犬野郎」

「外に出ろ、ホフマン。調子に乗るな」

ピート・ホフマンは廊下に引っ張り出され、つばを吐いた。犯罪者。身体中の穴を調べられているあいだも、つばを吐きつづける。ほんものの犯罪者でなければ、犯罪者を演じることはできない。サイズの合わない白い下着姿で廊下に立たされているあいだ、看守がふたり、独房の中に入っていき、あってはならないものを隠せそうな場所をくまなく探った。

独房の点検は、かならず二部屋同時に行なわれる。廊下をはさんだ真向かいの二部屋。両方の扉が開いているせいで、廊下が狭く感じられる。

それぞれの独房に、看守がふたりずつ。悪態をつき、脅しをかけ、大声で騒ぐ囚人たちを見張るため、さらに看守がふたり、廊下に残っている。

ホフマンが見守る中、看守たちは寝具をはぎ取ってばたばたと振り、クローゼットの中身をはたき落とし、靴をすべてひっくり返し、靴下をすべて裏返し、ベッドサイドテーブルに置かれた図書館の本六冊をぱらぱらとめくり、幅木を何メートルもはがし、ズボンやジャケットやトレーナーのポケットを破り、縫い目を切り裂いた。なにもかもリノリウムの床の上にぶちまけたところで、クンクンと鳴く犬が独房の中に放される。看守が天井やランプ、カーテンレールのほうに向かって犬を抱き上げた。

〝いったいどういう……〟

〝犬を使ってください。かならず〟

〝犬？　それで、きみが他人の独房に置いたブツが見つかったら、どうしろと？　クスリをわざわざ無駄遣いしてまで、同じ刑務所の仲間を陥れたいのか？〟

また、幅木がはがされる。今度は洗面台の下だ。

それから、枕元のランプのうしろ。コンクリートにねじを固定するため、壁に開いた小さな穴。

「どうだ？　なんか見つかったか？　見つかってない？　そりゃ残念だな。ほかの独房で一発抜いてきたらどうだ。手伝ってやろうか？」

向かいの独房の囚人が笑い声をあげた。となりの独房の男が扉を叩《たた》き、〝いいぞホフマン、やっちまえ、番犬のカマ掘ってやれ〟と叫んでいる。聞こえたのだ。

看守たちが扉を閉めて鍵をかけ、次の独房へ向かったとき、ピート・ホフマンは簡易ベッドの縁に腰を下ろしていた。ベッドサイドテーブルの下が散らかり、タバコの吸い殻が下着の下に落ちている。彼はその吸い殻に火をつけ、横になった。

あと十分。

タバコを吸いながら天井を眺めていると、犬がなにかを引っかく音がした。

「なんだ、これ！　ちがう！　俺のじゃねえ！」

二番独房のギリシャ人が金切り声を出している。こんな声を聞いたら、看守たちも扉の鍵を開けて異状がないか確認せずにはいられないだろう、尋常でない声だ。

「なんだよ、なんなんだよ、これ……おまえらが仕込んだんだろう、うすぎたねえ番犬どもめ、絶対に……」

点検を担当する看守が黒い犬を抱き上げてみると、犬は熱心に前足を動かし、窓のそば、カーテンレールのうしろを示したのだった。ビニール袋がテープで壁に固定され、上質のアンフェタミン十四グラムが入っていた。連行されていくギリシャ人は身体を震わせ、廊下では絶えずつばを吐いていた。こうして区画から追い出され、明日にはもう、たったいま延長が決まった長い懲役に服しつづけるべく、クムラ刑務所かハル刑務所に移送されるのだろう。ちょうど同じころ、同じ量のアンフェタミンの入ったビニール袋がふたつ、H棟の一階と二階の独房で見つかった。というわけで、今夜は計三人が、ここアスプソース刑務所での最後の夜を過ごすことになった。

ピート・ホフマンは横になったまま、笑みをうかべた。笑みをうかべる気になったのは、この高い塀の中に足を踏み入れて以来、初めてのことだった。

たったいま。

たったいま、乗っ取りに成功した。

水曜日

格子窓の外の暗闇がことのほか深くなったころ、彼は四時間近くもぐっすりと眠った。ふたつ向こうの独房のフィンランド人も、ようやく静かになった。あの馬鹿がボタンを押して看守を呼び出すたびに、がちゃがちゃと鳴る鍵の音が頭に突き刺さり、なかなか消えてくれなかった。今度その人差し指を呼び出しボタンにかけたらただじゃおかないぞ、と何人かの囚人がフィンランド人に脅しをかけて、区画はようやく静かになった。

ピート・ホフマンは壁に背中をつけた。掛け布団の下に入れた枕と、入口の前の椅子、扉と戸枠のあいだに突っ込んだ靴下に、そわそわと視線を向ける。彼を守ってくれるもの。昨日と変わらない。明日も変わらないだろう。だれかがこちらの正体を知り、この時間帯、看守たちに見聞きされるおそれのない唯一の時間帯に襲いかかってきたら、この二・五秒が自分を守ってくれるはずだ。

七時一分。あと十九分。それが過ぎたら、外に出て、シャワーを浴び、朝食をとる。

ほかの連中と同じように。

最初の一歩は踏み出した。工場で製造された純度三十パーセントのアンフェタミン、計四十二グラムを使って、アスプソース刑務所にクスリを持ち込んでいた主な業者三人を追い払った。ワルシャワの副社長はすでに望みどおりの報告を受けている。彼はズブロッカの瓶を開け、次なるステップに向けて乾杯していることだろう。

あと八分。

ゆっくりと息をする。あらゆる筋肉を緊張させる。死は、前触れなく訪れるものだ。

今日、彼は次の一歩を踏み出す。ヴォイテクのため、まずは少量のクスリを最初の顧客となる連中に配り、警備レベルAの刑務所に新たなクスリ業者が現われたという噂を広める。スウェーデン警察のため、仕入れ先や納入日、流通経路についてさらに情報を集める。ビジネスをじゅうぶんに発展させてから、叩きのめす。ヴォイテクがアスプソースを完全掌握したものの、ほかの刑務所にはまだ手を広げていない、その瞬間を狙う。組織の中枢、ワルシャワのルドヴィク・イジコフスキ通りにある黒い建物へ切り込んでいくのにじゅうぶんな情報を、潜入者として収集し終えたら、それが攻め時だ。何日も、いや、何週間もかかるかもしれない。

ホフマンは目覚まし時計を見やった。秒針がやたらと大きな音を立てる。七時二十分。彼は椅子を片付け、ベッドを整えてから、扉を開け、まだ眠そうな空気の漂っている廊下に出た。朝食の出されたキッチンを通ると、ステファンとカロル・トマシュが微笑みかけてきた。刑事施設管理局の護送車は、たいていこの時間に刑務所を出発する。ギリシャ人と呼ばれているあの男は、悪臭を放つ座席に座っていることだろう。その向かい側に、H棟のふたりが座っている。三人はほとんど言葉を交わさずに、ただ窓の外を眺めていることだろう。いったいなにが起こったのだろう、といぶかしみながら。

熱いシャワーを浴び、独房の扉のそばで闘争か逃走かと身構えていた二十分間の緊張を洗い流した。それから、鏡のまだ曇っていない部分に自分を映すと、ひげを生やした男、やや髪の伸びすぎた男を見つめた。ズボンのポケットから剃刀《かみそり》を出すことはない。白髪のまじった無精ひげは、今日もこのまま剃《そ》らずに残しておくつもりだ。

掃除用具を載せたワゴンは、区画を出てすぐの物置部屋に入っていた。

金属製の枠組みに、黒いゴミ袋がセットされている。ワゴンには、もっと小さな白いゴミ袋のロール、細いほうきといまにも壊れそうなちりとり、悪臭を放つプラスチックバケツ、おそらく窓ふきに使うのであろう小さな雑巾《ぞうきん》も載っていた。最下段には無香料の洗剤が置いてある。見たことのない銘柄だ。

「ホフマン」

ガラス張りの〝水槽〟の前を通ると、射貫くような目の看守長が声をかけてきた。

ほかにも何人か看守がいる。

「初日か？」

「初日だな」

「鍵《かぎ》のかかったドアがあったら、しばらく待て。監視カメラを見上げるんだ。中央警備室がおまえを通してやる気になったら、何秒か鍵が開くから、そのあいだにさっさと通れ」

「ほかには？」

「昨日、おまえの資料をちょっと見せてもらったよ。おまえ、懲役……たしか……十年だったな。なあ、ホフマン、それだけ時間があれば、ひょっとするとなにか手に職をつけてすっかり足を洗えるかもしれんぞ」

地下通路の始まるところで、さっそく鍵のかかったドアが現われた。ワゴンを止め、カメラを見上げる。カチリという音を待ってから、ドアの向こうへ一歩を踏み出した。空気がじめっとしている。彼は肌寒さを覚えつつ刑務所の中庭の地下を歩いた。エステローケル刑務所で過ごしたあの一年も、これと似たようなコンクリートのトンネルを、看守に付き添われて何度も歩き、医務室へ、ジムへ、稼いだ小銭でシェービングフォームや石けんを買える売店へ向かったものだった。ドアが現われるたびに立ち止まり、監視カメラに向かってうなずいてみせ、鍵が開いているあいだに先を急ぐ。できるかぎり目立たずに進みたかった。

「おい」

Ｇ棟から見て刑務所の反対側に収容されている囚人たちが仕事場へ向かっているところに行きあった。あいさつを交わす。やがてひとりが振り返ってこちらを見た。

「なんだ？」

見るからにクスリ漬けの男だ。ひどく痩《や》せていて、目が泳いでいる。じっと立っていることができない。

「聞いたぞ……買いたい。八グラム」

ステファンとカロル・トマシュはいい仕事をしてくれた。

大きな刑務所も、小さな世界でしかない。メッセージは壁を突き抜けて伝わる。

「二グラムだ」

「えっ？」

「二グラムなら売ってやる。今日の午後に。死角で」

「二グラムだと？　ちくしょう、それじゃ足りな……」

「それ以上は売らない。今回は」

痩せた男は腹を立て、長い腕をぶんぶんと振っている。ホフマンは彼に背を向けて、幅の広い地下通路をふたたび歩きはじめた。

いまの男は、こちらが告げた場所で待っているだろう。ぶるぶると震える身体は、あの感覚、あれを味わえるなら生きることにも耐えられるあの感覚を待ちわびて、すでにカウントダウンを始めている。二グラム買ったら、すぐさま手近な便所に駆け込んで、汚い道具を使って自分の身体に打ち込むのだろう。

ピート・ホフマンはゆっくりと歩きながら、笑いをこらえた。

あと数時間。

あと数時間で、アスプソース刑務所でのクスリの取引は、完全に自分のものになる。

‡

刑事捜査部門の廊下の明かりは強烈で、しかもときおり点滅していた。癇《かん》に障るまぶしさだ。とりわけ腹立たしいのが、軽食を売る自動販売機やコーヒーメーカーの上で、点滅するたびにパチパチと鋭い音を立てる蛍光灯ふたつだった。フレドリック・ヨーランソンはいまもなお、昨日の不快感を身体の中に抱えている。グレーンスの訪問のせいで生まれ、どんなに抑え込もうとしても抑え込めなかった、あの感覚。自分をさいなみ蝕《むしば》むあの不快感をなぞることに、昨日の午後を、夜を、睡眠時間の一部までをも費やしてしまった。殺人事件の捜査よりも刑務所内への潜入を優先するのは、どう考えても良策とはいえない。が、内閣府の一室で、殺人事件の解決とポーランド・マフィアの制圧を秤《はかり》にかけた結果、彼は犯罪の拡大を食い止める道を選んだのだった。

「ヨーランソン警視正」

〝この、いまいましい声〟

「警視正、おまえに話がある」

〝この声。昔から、ずっと嫌いだった〟

「おはようございます、グレーンスさん」

エーヴェルト・グレーンスは昔にも増して足をひきずっている。いや、この廊下だと、こわばっていないほうの脚がコンクリートの床を打つときに、その硬い音が壁に反響して大きく聞こえる、それだけのことかもしれない。

「銃器登録簿だが」

〝迫ってくる、あの感覚〟

ヨーランソンは、自分のとなりでプラスチックカップやコーヒーメーカーのボタンをまさぐっている不器用な手から、そっと目をそらした。

〝また、息がつまりそうだ〟

「そんなに近くに立たないでください」

「ここから動くつもりはないぞ」

「話がしたいのなら、少し離れてくださいよ」

エーヴェルト・グレーンスは動かなかった。

「七二一〇一八・〇〇一〇。ラドム三挺《ちょう》と、猟銃を四挺持っている」

〝画面に残った、あの名前〟

「それがなにか？」

「こいつみたいな前科のある人間に、いったいどうして銃の所持許可が下りたのか、経緯が知りたい」

「なんの話か、よくわかりませんが」

「公務員に対する暴行。殺人未遂」

プラスチックカップがいっぱいになった。グレーンスは熱いコーヒーを味わい、満足そうにうなずくと、もう一杯コーヒーをいれた。

「どうもわからんのだ」

〝私にはわかりますよ、グレーンスさん。

銃の所持許可が下りているのは、その男がほんとうは凶暴でなく、サイコパスでもなんでもないからです。したがって所持者の危険性を判断する必要がない。殺人未遂事件など起こしていないんです。

あなたが見ている登録簿の内容は、仕事を進めるための道具にすぎない。でっち上げなんですよ〞

「まあ、調べてみてもかまいませんが。重要なことなら」

グレーンスは二杯目のコーヒーも味見し、やはり満足げな表情をうかべると、歩きはじめた。さきほどよりも、ゆっくりと。

「重要に決まってる。だれが所持許可を出したのか知りたい。その理由も」

〝私ですよ〞

「できるかぎり調べてみます」

「今日中に頼む。明日の早朝には事情聴取がしたいんだ」

グレーンスはそのまま歩きつづけたが、ヨーランソン警視正はパチパチと音を立てて点滅する蛍光灯の下から動かなかった。

調査を求める警部に向かって呼びかける。

「あとのふたりは？」

グレーンスは立ち止まったが、振り返らなかった。

「あとのふたり？」

「昨日、私のところにいらしたとき、名前は三つあったでしょう」

「そのふたりなら、今日調べる。いま言った男は刑務所にぶち込まれてるから、居場所はわかってる。明日になっても逃げるわけじゃない」

〝近すぎる〟

こわばった身体が、両手にプラスチックカップを一杯ずつ持ち、足を引きずりながら廊下を進んで、自室へ消えた。

〝グレーンス警部は、近づきすぎている〟

‡

便器は小便で黄ばみ、洗面台は濡《ぬ》れたスヌース（口に含んでニコチンを摂取するタイプのタバコ）やフィルターのないタバコの吸い殻でいっぱいになっていた。無香料の洗剤では汚れの表層すら落ちず、ホフマンはまず食器洗い用のブラシで、次いで雑巾《ぞうきん》を使って延々とこすったが、古くなった陶器の表面をなぞることしかできなかった。作業場の入口のそばにある狭い便所は、囚人たちが仕事をしぶしぶやりながら、短い休憩時間に用を足すための場所だ。刑罰からの、ほんの数分間の逃避。街灯の下のほう、電源ケーブル用の穴に取り付けるふたに、ねじ用の小さな穴を機械であけているときほど、刑のつらさを思い知らされるときはない。

ピート・ホフマンは広い作業場の中を歩きまわり、昨日あいさつした顔ぶれにふたたびあいさつをした。作業台や棚を拭《ふ》き、軽油の入った容器のまわりの床を磨き、ゴミ箱を空け、教会に面した大きな窓を拭く。ときおり、ガラス張りの小さな事務所に目を向ける。そこにいる看守ふたりが立ち上がって、三十分に一度と決められている作業場の巡回を始めるのを、じっと待った。

「なあ、あんただろ?」

男は大柄で、長髪をうしろでひとつにまとめていた。二十歳そこそこだろうが、あごひげのせいではるかに老けて見える。

「ああ、そうだ」

男の仕事は、プレス機械を操作することだ。これから曲げる細長い金属板を、大きな両手に持っている。一分当たり二枚のペースでやれる作業だ——窓の外をぼんやりと眺めさえしなければ。

「一グラム。今日の分だ。毎日頼む」

「午後に」

「H棟だ」

「そこなら協力者がいる」

「ミハウか」

「そうだ。ブツはやつから受け取れ。代金もやつに払ってくれ」

ホフマンはそれからもゆっくりと時間をかけて、一時間ほど拭き掃除や床磨きを続けた。作業場のようすを把握するには格好の方法だった。窓と柱のあいだの距離を測り、監視カメラの位置を記憶にとどめる。だれよりも多くの情報を得ること、あらゆる状況を掌握すること、それが生死を分ける。看守たちが椅子から立ち上がり、事務所を離れたところで、彼はワゴンを押して事務所内へ急ぐと、なにも置かれていない机を拭き、ほとんどなにも入っていないゴミ箱を空けた。つねにガラスと作業場に背を向けて立つよう気をつける。ほんの数秒でじゅうぶんだった。ズボンに入れておいた剃刀《かみそり》を、机の最上段、細かく仕切られたひきだしの中、鉛筆とクリップのあいだの空いたところに入れた。ガラスに背を向けたまま、ゴミ箱に新たなビニール袋をかぶせる。それから外に出ると、エレベーターに乗って地下通路へ下り、鍵《かぎ》のかかったドアを四つ抜けて管理棟に入った。

‡

身体がかゆく、背広の胸まわりがきつい。彼はネクタイの結び目を少しゆるめると、さらにスピードを上げて廊下を急ぎ、ドアを抜け、隣接する大きな建物に入った。警察本部のビル群の中でも、大きな部分を占める建物だ。

フレドリック・ヨーランソンの頬に、首筋に、背中に、汗がにじんでいる。

ピート・ホフマン。パウラ。

エーヴェルト・グレーンスが、アスプソース刑務所に向かおうとしている。すでに時間を決め、面会室を予約したという。事情聴取が始まってわずか数分ほどで、ホフマンは身を乗り出し、穏やかな声で、録音機を止めるようグレーンスに告げるだろう。そして、大声で笑いながら言うのだ――もう帰っていいですよ、俺たちは味方どうしなんだから。俺はあなたの同僚に雇われてここに来てるんです。内閣府の一室で、あなたの上司にあたる人たちが、中心街のマンションでの殺人事件を捨て置いてでも、俺にこの刑務所で潜入捜査を続けさせる道を選んだんですよ。

ヨーランソンはエレベーターを降りると、ノックもせずに部屋に入った。相手が受話器を手にしていて、通話が終わるまで外で待てと合図しているのを、意に介することもなかった。訪問者用のソファーに腰を下ろし、だんだんと赤みを帯びてくる首筋をぼんやりと手でさする。警察庁長官はまたかけると言って電話を切った。目の前にいるヨーランソンが、初めて会う相手のように思えた。

「エーヴェルト・グレーンス警部が」

額が汗ばみ、落ち着きのない目が揺れている。

警察庁長官は机を離れると、大きなグラスやミネラルウォーターの小瓶が置いてあるワゴンへ向かった。瓶を一本開けると、氷のふたつ入ったグラスに注ぐ。冷たい水で、少しは落ち着いてくれるといいのだが、と思いながら。

「アスプソースに行くと言ってます。訊問《じんもん》する気なんです。まずい……そんなことになったら……あの男は切り捨てるしかありません」

「ヨーランソン君？」

「切り捨てるしか……」

「ヨーランソン君、こちらを見たまえ。いったい……なんの話をしているのかね？」

「グレーンス警部です。明日、ホフマンを訊問する気です。刑務所の面会室で」

「ほら。グラスを持って。もう少し飲みなさい」

「おわかりにならないんですか？　あの男はもう、切り捨てるしかないんですよ」

‡

管理棟では、どの机にも人がいた。彼は外の狭い廊下から掃除を始めた。ほうきで掃き、灰色のリノリウムがつややかに光るまで床を磨く。それから、中に入ってもいいという合図を待って、それぞれのオフィスに入り、ゴミ箱を空け、棚や机を拭いた。どのオフィスも狭く、個性に欠けている。窓からは運動場が望める。そこに集まっているのは、見たことのない顔の囚人たちだ。タバコを手にして日向《ひなた》に座り、外の世界に思いを馳《は》せている者がいる。サッカーボールを抱えている者もいれば、塀の内側の散歩道を歩いている者もいた。管理棟のオフィスの中で、扉が閉まっている部屋がひとつだけあった。彼はちょくちょくその前を通り、ドアが少しでも開いて中をのぞき込めないものかと願った。一時間ほどが経ち、掃除がすんでいないのはこのオフィスだけになった。

ノックをして、待つ。

「なんだ？」

刑務所長は、昨日会った彼を覚えていなかった。

「ホフマンだ。ここの掃除を……」

「待ってくれ。私の仕事が一段落するまで。ほかの部屋を先に掃除しなさい」

「ほかの部屋はもう……」

レナート・オスカーションは最後まで聞かずにドアを閉めた。が、ピート・ホフマンは彼の肩越しに、見たかったものを目にしていた。机と、チューリップの入った花瓶。つぼみが開きはじめている。

少し離れたところで椅子に座り、ワゴンに片手をかけた。閉ざされたドアに目を向ける頻度が増えていく。もどかしさが募ってきた。あそこにあるのに。いまこそ、第二のステップに移るときなのに。

既存の業者を追い払うこと。

乗っ取ること。

「おい」

ドアが開いている。オスカーションがこちらを見ている。

「入っていいぞ」

刑務所長はとなりの部屋、ネームプレートによれば経理係であるらしい女性のオフィスへ向かった。ピート・ホフマンはうなずいて中に入ると、ワゴンを机のそばに置いて、待った。一分、二分。オスカーションはまだ帰ってこない。その笑い声が、女性の笑い声と交ざりあっている。

彼は花束に顔を近づけた。つぼみの開きかたはじゅうぶんだ。咲ききってはいないが、指を突っ込んで中身を引っ張り出すスペースはある。短めに切ったコンドーム、化学的に合成されたアンフェタミン三グラムを入れ、口をくくったコンドームが、つぼみの中にそれぞれひとつずつ入っている。シェドルツェの工場で、アセトンの代わりに花用肥料を使って作られた、チューリップの香りのするアンフェタミンだ。

ピート・ホフマンはコンドームを五つずつ取り出し、ワゴンにセットされた黒いゴミ袋の底へ落としては、となりの部屋から聞こえてくる声に耳を傾けた。

笑みをうかべる。

まもなく、閉ざされた市場で、ヴォイテクによる最初の取引を実行するのだ。

‡

ヨーランソンはミネラルウォーターを二杯飲み干し、氷をすべてていねいに嚙《か》んだ。ガリガリという不快きわまりない音が響いた。

「どういうことだ、ヨーランソン君。だれを切り捨てるって？」

「ホフマンですよ」

警察庁長官はじっと座っているのがつらいと感じていた。ヨーランソンが部屋に駆け込んできた瞬間から、ずっとそうだ。漠然としているが、それでもじわじわと確実に迫ってくる感覚。

「コーヒーは飲むかね？」

「タバコを」

「昼間は吸わないんじゃなかったのか？」

「今日は吸います」

未開封のタバコの箱が、机のひきだしの下段、奥のほうに入っていた。

「二年前からここに入れっぱなしだ。まだ吸っても大丈夫かどうか、よくわからん。人にすすめるつもりで置いてあったんじゃないからね。ただ、ここに入れておいて、コーヒーを飲んだあとに身体がむずむずしても私は絶対に吸わない、と自分に証明したかったんだ」

煙がテーブルの上を漂いはじめ、警察庁長官は窓を開けた。

「窓は閉めておいたほうがいいと思います」

警察庁長官は、タバコをくわえて深く息を吸っている男を見つめた。ヨーランソンの言うとおりだ。彼は窓を閉め、慣れ親しんだにおいを吸い込んだ。

「おわかりでないようですが、とにかく急がなければなりません。グレーンス警部があの男と会うんですよ。われわれが本来なら参加すべきでなかった会合で、なにが決まったかを知ることになるんです。グレーンス警部は……」

「ヨーランソン君」

「はい？」

「きみはいま、私の部屋にいる。私は話を聞くつもりだ。が、落ち着いて、最初から筋道を立てて話してくれなければわからない」

フレドリック・ヨーランソンはこれ以上吸えないというところまでタバコを吸い、火をもみ消すと、もう一本に火をつけて半分まで吸った。コーヒーメーカーのそばで襲ってきた不快感を思い返す。捜査の周辺に浮かび上がった名前を調べていて、ひとりの男に注目した警部を思い返す。ヴォイテク・インターナショナル社から仕事を請け負っていた男。重大な暴力事件を起こした前科があるのに、銃の所持許可を与えられている男。違法薬物所持で長期の懲役刑に服している男。明日の朝、ヴェストマンナ通り七十九番地での殺人事件について事情を聞かれる男。

「エーヴェルト・グレーンス警部か」

「ええ」

「シーヴ・マルムクヴィストの？」

「そうです」

「簡単には諦《あきら》めない男だな」

簡単には諦めない男。

「もうおしまいです。わかりますか、長官？　もうなにもかもおしまいですよ」

「そんなことはない」

「グレーンス警部は絶対に引き下がりません。ホフマンを訊問したあとは……私たちの番ですよ。ホフマンの行動を正当化して、かばおうとした私たちの」

警察庁長官は震えていない。汗をかいてもいない。が、いま、部屋の中に入ってきた不安を理解した。この不安は追い払わなければならない。これ以上大きくならないように。

「ちょっと待ってくれ」

ソファーを離れて電話に向かうと、黒い手帳の裏表紙に近いほうを開き、やがて見つけた番号を押した。

呼び出し音が鳴っていることを示す音はいつもより大きく、訪問者用のソファーに座っているヨーランソンの耳にも届いた。三回、四回、五回。やがて、かなり深みのある男性の声が応答し、警察庁長官は受話器を自らの口に近づけた。

「ポール？　クリスチャンだ。いま、ひとりかい？」

離れたところで耳を傾けていると、相手の深い声は小さなざわめきのようにしか聞こえなかったが、警察庁長官はその答えに満足したようすで、かすかにうなずいた。

「手伝ってほしいことがある。厄介なことになった。これは、きみの問題でもある」

‡

ピート・ホフマンは、管理棟とG棟を結ぶ地下通路で、一つ目の鍵《かぎ》のかかった安全扉の前に立っている。監視カメラがかすかに動いた。中央警備室がカメラの角度を変え、ひげを生やした三十五歳ほどの男の顔をズームアップして、モニターでチェックしている。刑事施設管理局の資料にある写真と見比べているのかもしれない。何日か前に到着したこの囚人は、いまのところまだ、ここで長期の刑に服するおおぜいの囚人のひとりにすぎない。

空けたゴミ箱の中身が、ワゴンにセットされた大きなゴミ袋の上のほうに来るよう、きちんと中身を直しておいた。すれちがいざまにゴミ袋の中を見られても、丸めて捨てられた封筒や、使い捨てのプラスチックカップが見えるだけで、コンドーム五十個に入った百五十グラムのアンフェタミンが見えることはない。図書館の本四冊に入れてあった四十二グラムは、この刑務所にいた主な業者三人を追い払うのに使った。これから、黄色いチューリップ五十本のつぼみに隠した分を使って、この刑務所での最初の取引を行なう。数時間も経てば、どの区画の囚人にも知れ渡るだろう——今後、現実逃避のためのクスリは、G棟のどこかにいるピート・ホフマンという新入りによって売りさばかれるのだ、と。一回目となる今回は、どんなにごまをすられようと、どんなに脅しをかけられようと、一人当たり二グラム以上売るつもりはない。ヴォイテクが放つ一発目の刺激は、この刑務所にいるクスリ漬けの七十五人に、まんべんなく行き渡る。同時に、彼らは借金を抱えはじめる。ヴォイテクはいずれ容赦なく返済を迫るだろう。数日後に、大量のクスリをちょくちょく持ち込んでは例のギリシャ人から金を受け取っていたF棟の看守ふたりも潰《つぶ》したら、売る量を増やすつもりだ。

カチリという音。中央警備室がチェックを終え、数秒ほど鍵を開ける。ホフマンはドアを抜けると、地下通路の最初の交差点で右に折れ、大きく二歩を踏み出したところ、二メートル半ほど入ったところで立ち止まった。ステファンもカロル・トマシュも、ここでまちがいないと言っていた。二台の監視カメラの死角に入る、長さ五メートルの空間。あたりを見まわす。H棟のほうからはだれも来ず、管理棟からもだれも出てこない。

清掃用具のワゴンをまさぐって、黒いゴミ袋の中身を硬い床の上に出し、コンドーム五十個を拾い上げた。刑務所長の部屋のカップに入っていた、一本のティースプーン。すりきりでちょうど二グラムの粉を計り取れる小さなスプーンだ。彼はクスリを七十五等分した。

手早く、しかし落ち着いて作業を進める。白いほうのゴミ袋を小さく引きちぎり、二グラム分のクスリを包んだ。ワゴンのゴミ袋の底に、七十五個の包みを入れる。管理棟に勤める人々のゴミ箱の中身で、それを隠す。

「八グラムだよな?」

男が近づいてくる足音は聞こえていた。クスリ漬けになった男の足音。コンクリートをずるずるとこする足取り。やはり頭を下げに来たか。

「八グラムだろ? な? そう言ったよな?」

ホフマンは苛立《いらだ》ちながら首を横に振った。

「ものわかりの悪いやつだな。二グラムだよ」

新たな顧客全員に、一包みずつ行き渡らせる。そうして彼らは今日もまた、つくりものの世界、だからこそ生きるのがはるかに楽な世界へ旅をするのだ。それに、はじめのうちは、転売できるほどの量を顧客に持たせるつもりはない。ほかに売人は要らない。競合相手は要らない。G2左の独房が、すべてのクスリを掌握する。

「ちくしょう、俺は……」

「黙れ。ちょっとでも欲しいんなら、静かにしろよ」

クスリ漬けの痩《や》せた男は、午前中にも増して身体を震わせている。足が絶えず動いている。視線はあらゆるところをさまよっているのに、話している相手の顔に向けられることはない。彼は黙り込むと、片手を差し出し、小さな白いビニールの丸い包みを受け取った。ポケットに入れもしないうちから、すでに歩きはじめている。

「おい、なにか忘れてないか」

痩せた男の目元はぴくぴくと震えていたが、その痙攣《けいれん》が強さを増した。頰も引きつっている。

「金はなんとかする」

「一グラム、五十クローナ」

痙攣が数秒ほど弱まった。

「五十？」

ホフマンは男のとまどいに笑みをうかべた。ふつうなら三百から四百五十は取れるところだ。いまはほかに売人がいないのだから、六百クローナだって取れるかもしれない。が、まずは噂を刑務所のすみずみまで行き渡らせたい。値段をつり上げるのはそのあとだ。全顧客が、ひとつの名簿に――この刑務所に存在する唯一のクスリ業者の顧客名簿に名を連ねた、そのあとに。

「ああ、五十だ」

「なんてこった、すげえ……それなら、二十グラム欲しい」

「二グラムだと言っている」

「三十でもいい。うう、それ以上でも……」

「金は払ってもらうぞ」

「もちろん払う」

「きっちり取り立てるからな」

「しつこいな、わかってるよ、俺はいつもちゃんと……」

「よし。まあ、いくらでも方法はある」

H棟へ延びる通路のほうからかすかに足音が聞こえる。その音はすぐに大きくなって、ふたりの耳にも届いた。クスリ中毒の男はまた歩きだしている。

「労務か？」

「いや、勉強してる」

「どこで？」

痩せた男は汗をかいている。頬全体が引きつっている。

「おい、番犬が来るぞ……」

「どこだと聞いている」

「F3の教室」

「なら、今後はステファンに注文しろ。受け渡しもステファンがやる」

鍵のかかったドアをふたつ抜け、エレベーターでG棟へ上がる。湿った雑巾《ぞうきん》のにおいのする物置部屋にワゴンを押し込み、ビニールの小さな包み十一個をポケットに入れると、残りはくしゃくしゃに丸めて捨てられた書類の下に置き去りにした。これは一時間後、協力者たちの手によって、この刑務所の各棟へ届けられることになっている。どの区画でも買い手がついて、新しい売人が現われた、質も値段も文句なしだ、と噂を広めてくれるだろう。そうなれば、自分とヴォイテクの天下だ。

彼らは、ホフマンを待っていた。

廊下にひとり。テレビコーナーにふたり。なにかを求めてさまよう視線。

十一個の商品が、ポケットに入っている。この区画もほかの区画も、ほとんど変わらない。商品のうち五つは、百万単位で金を払うことのできる連中へ。社会の手が伸びることのほとんどない、裏稼業による収入だ。残る六つは、靴下を買う金にも困っている連中へ。彼らはやがて借金を抱え、塀の外に出てもなお、借金を返すべくヴォイテクのために働くだろう。彼らこそ、資本であり、犯罪のための労働力である。彼らは、ホフマンの所有物だ。

‡

フレドリック・ヨーランソンは警察庁長官のオフィスで、訪問者用のソファーに座っている。遠くの受話器から聞こえる声が大きくなったのがわかった。小さなざわめきにすぎなかったものが、短い文章を紡ぐはっきりとした声となっている。

「私の問題でもある？」

「そうだ」

「こんな時間に？」

深い男の声がため息をつく。警察庁長官は続けた。

「ホフマンのことだ」

「ホフマン？」

「明朝、アスプソース刑務所の面会室に呼ばれて、事情聴取を受けることになる。担当するのは、ヴェストマンナ通り七十九番地の事件を調べているストックホルム市警の警部だ」

そして、答えを待った。なんらかの反応を待った。が、なにも返ってこなかった。

「ポール、この事情聴取をやらせるわけにはいかない。ホフマンはどんな事情があっても刑事と面会してはいけないし、例の事件の捜査にもかかわらせてはいけない」

ふたたび、沈黙。やがて戻ってきた声は、さきほどと同じ、数メートルほど離れるとぼそぼそとしか聞こえない、小さなざわめきでしかなかった。

「これ以上は説明できない。いま、ここでは無理だ。なんとかしてくれ、と言うほかない」

警察庁長官は机の縁に腰掛けていたが、その体勢がだんだんつらくなってきたらしい。身体を伸ばすと、股関節《こかんせつ》のあたりがぽきんと鳴った。

「ポール、数日でいい、猶予が欲しいんだ。週末まででいい。とにかく時間をくれ」

受話器を置き、前かがみになると、さらに何度かぽきりと音がした。腰のあたりだったように聞こえた。

「猶予をもらったよ。行動を起こすならいまだ。七十二時間後、九十六時間後に、同じ状況に陥らないように」

ふたりはコーヒーサーバーに残ったコーヒーを分けあった。ヨーランソンはまたタバコに火をつけた。

二週間ほど前に行なわれた、ストックホルムの街を望める立派な部屋での会合が、たったいま、まったくべつの意味を帯びた。コードネーム〝パウラ〟はもはや、スウェーデン警察が何年もチャンスをうかがいながら進めてきた作戦というだけではない。重大な情報を握っているキーパーソンでもある。前科のある協力者に、しかも実のところあまりよく知らない人物に、情報を握られているのだ。それがどこかに漏れるようなことがあれば、影響はあの部屋では解決し得ないところまで広がるだろう。

「で、エリック・ウィルソン君は海外に？」

ヨーランソン警視正はうなずいた。

「ホフマンの区画にいるというヴォイテクの連中だが、名前はわかっているのかね？」

ヨーランソンはふたたびうなずき、背を軽くソファーにあずけた。ここに座ってから初めて、ソファーが心地よいと感じられなくもない、と思った。

さきほどよりも穏やかになったように見えるヨーランソンの顔を、警察庁長官はじっと見つめた。

「きみの言うとおりだ」

空になったコーヒーサーバーに触れる。のどが渇いている。実を言うとガス入りミネラルウォーターを美味《おい》しいと思ったことは一度もないが、飲めるものがそれしかないので、瓶を手に取ってグラスに注いだ。部屋にタバコの煙がたちこめる中では、さっぱりとした飲み口に感じられた。

「仮に、ホフマンの正体を連中に知らせたとしよう。潜入捜査をしている人間がいると、組織のメンバーが知ったとしよう。それでも、それを知って組織がどう動くかは、われわれのあずかり知るところではない。他人のすることに責任は持てないし、持つべきでもない」

もう一杯。ガス入りミネラルウォーターを注ぐ。

「きみの言うとおりにしよう。あの男を切り捨てるのだ」


（下巻へつづく）

三秒間《さんびょうかん》の死角《しかく》 上

アンデシュ・ルースルンド　ベリエ・ヘルストレム

ヘレンハルメ美穂《みほ》＝訳

平成25年 10月25日　初版発行

発行者●馬庭教二

発行所●株式会社KADOKAWA
〒102-8177　東京都千代田区富士見2-13-3
電話　03-3238-8521（営業）
http://www.kadokawa.co.jp/

編集●角川マガジンズ
〒102-8077　東京都千代田区富士見1-3-11
電話　03-3238-5464（編集部）

角川文庫 18208

印刷所●株式会社暁印刷　製本所●株式会社ビルディング・ブックセンター

表紙画●和田三造

ISBN978-4-04-101073-0　C0197

角川文庫発刊に際して

角川源義

第二次世界大戦の敗北は、軍事力の敗北であった以上に、私たちの若い文化力の敗退であった。私たちの文化が戦争に対して如何に無力であり、単なるあだ花に過ぎなかったかを、私たちは身を以て体験し痛感した。西洋近代文化の摂取にとって、明治以後八十年の歳月は決して短かすぎたとは言えない。にもかかわらず、近代文化の伝統を確立し、自由な批判と柔軟な良識に富む文化層として自らを形成することに私たちは失敗して来た。そしてこれは、各層への文化の普及滲透を任務とする出版人の責任でもあった。

一九四五年以来、私たちは再び振出しに戻り、第一歩から踏み出すことを余儀なくされた。これは大きな不幸ではあるが、反面、これまでの混沌・未熟・歪曲の中にあった我が国の文化に秩序と確たる基礎を齎らすためには絶好の機会でもある。角川書店は、このような祖国の文化的危機にあたり、微力をも顧みず再建の礎石たるべき抱負と決意とをもって出発したが、ここに創立以来の念願を果すべく角川文庫を発刊する。これまで刊行されたあらゆる全集叢書文庫類の長所と短所とを検討し、古今東西の不朽の典籍を、良心的編集のもとに、廉価に、そして書架にふさわしい美本として、多くのひとびとに提供しようとする。しかし私たちは徒らに百科全書的な知識のジレッタントを作ることを目的とせず、あくまで祖国の文化に秩序と再建への道を示し、この文庫を角川書店の栄ある事業として、今後永久に継続発展せしめ、学芸と教養との殿堂として大成せんことを期したい。多くの読書子の愛情ある忠言と支持とによって、この希望と抱負とを完遂せしめられんことを願う。

一九四九年五月三日

角川文庫海外作品

十五少年漂流記

ジュール・ヴェルヌ
石川　湧＝訳

荒れくるう海を一隻の帆船がただよっていた。乗組員は15人の少年たち。嵐をきり抜け、なんとかたどりついたのは故郷から遠く離れた無人島だった——。冒険小説の巨匠ヴェルヌによる、不朽の名作。

海底二万海里（上）（下）

ジュール・ヴェルヌ
花輪莞爾＝訳

世界の海で、未知の巨大生物が何度も目撃されていた。巨大な鯨か、それとも一角獣か⁉ 謎の怪物を仕留めようとアロナクス教授も船に乗り込むが、怪物の襲撃を受け海に放り出されてしまう——。

地底旅行

ジュール・ヴェルヌ
石川　湧＝訳

リデンブロック教授とその甥アクセルは、十二世紀アイスランドの本にはさまれていた一枚の紙を偶然手にする。そこに書かれた暗号を解読した時、「地底」への冒険の扉が開かれた！

グリーンリバー・ライジング

ティム・ウィロックス
東江一紀＝訳

あらゆる悪が正気をのみ込むグリーンリバー刑務所。痴情のもつれから始まった暴動により、刑務所は完全に秩序を失った。本当に狂っているのは誰なのか——。黙示録的プリズン・サスペンス。

ホット・ロック

ドナルド・E・ウエストレイク
平井イサク＝訳

報酬15万ドル。出所したばかりの盗みの天才ドートマンダーに舞い込んだ大仕事、それは、大エメラルドを盗み出すというアフリカ某国からの依頼だった。不運な泥棒の奇怪で珍妙な大仕事！

角川文庫海外作品

タイムマシン

H・G・ウェルズ
石川　年＝訳

タイム・トラベラーが冬の晩、暖炉を前に語りだしたことは、巧妙な嘘か、それともいまだ覚めやらぬ夢か。「私は80万年後の未来世界から帰ってきた」彼がその世界から持ちかえったのは奇妙な花だった……。

宇宙戦争

H・G・ウェルズ
小田麻紀＝訳

イギリスの片田舎に隕石らしきものが落下した。地上にあいた巨大な穴の中から現れたのは醜悪な生き物。それが火星人の地球侵略の始まりだった。SF史に燦然とかがやく名作中の名作。

ウェルベル・コレクション

蟻　全三巻

ベルナール・ウェルベル
小中陽太郎・森山　隆＝訳

住人が次々と消える謎のアパート。地下に潜入した救助隊が見つけた衝撃の世界とは?! 堅牢な都市と連合を築き、力を蓄えるアリと人間とのファースト・コンタクトを描く衝撃のサイエンス・ファンタジー。

壜の中の手記

ジェラルド・カーシュ
西崎　憲・駒月雅子・吉村満美子・若島　正＝訳

アンブローズ・ビアスの失踪という文学史上最大の謎を題材に不気味なファンタジーを創造し、アメリカ探偵作家クラブ賞を受賞した表題作をはじめ、異色作家の奇想とねじれたユーモアが充ち満ちた傑作集。

将軍たちの夜

ハンス・ヘルムート・キルスト
安岡万里・美村七海＝訳

ナチス占領下のポーランドで起きた娼婦惨殺事件。独国防軍情報部の切れ者グラウ少佐は、容疑者を三人の将軍に絞り捜査を進めるが――。戦時下の異常心理を描き出す傑作サスペンス、新訳で登場。

角川文庫海外作品

Xの悲劇

エラリー・クイーン
越前敏弥＝訳

結婚披露を終えたばかりの株式仲買人が満員電車の中で死亡。ポケットにはニコチンの塗られた無数の針が刺さったコルク玉が入っていた。元シェイクスピア俳優の名探偵レーンが事件に挑む。決定版新訳！

Yの悲劇

エラリー・クイーン
越前敏弥＝訳

大富豪ヨーク・ハッターの死体が港で発見される。毒物による自殺だと考えられたが、その後、異形のハッター一族に信じられない惨劇がふりかかる。ミステリ史上最高の傑作が、名翻訳家の最新訳で蘇る。

Zの悲劇

エラリー・クイーン
越前敏弥＝訳

黒い噂のある上院議員が刺殺され刑務所を出所したばかりの男に死刑判決が下されるが、彼は無実を訴える。サム元警視の娘で鋭い推理の冴えを見せるペイシェンスとレーンは、真犯人をあげることができるのか？

レーン最後の事件

エラリー・クイーン
越前敏弥＝訳

サム元警視を訪れ大金で封筒の保管を依頼した男は、なんとひげを七色に染め上げていた。折しも博物館ではシェイクスピア稀覯本のすり替え事件が発生する。ペイシェンスとレーンが導く衝撃の結末とは？

ローマ帽子の秘密

エラリー・クイーン
越前敏弥・青木　創＝訳

観客でごったがえすブロードウェイのローマ劇場で、非常事態が発生。劇の進行中に、NYきっての悪徳弁護士と噂される人物が、毒殺されたのだ。名探偵エラリー・クイーンの新たな一面が見られる決定的新訳！

角川文庫海外作品

フランス白粉の秘密

エラリー・クイーン
越前敏弥・下村純子＝訳

〈フレンチ百貨店〉のショーウィンドーの展示ベッドから女の死体が転がり出た。そこには膨大な手掛りが残されていたが、決定的な証拠はなく……難攻不落な都会の謎に名探偵エラリー・クイーンが華麗に挑む！

オランダ靴の秘密

エラリー・クイーン
越前敏弥・国弘喜美代＝訳

オランダ記念病院に搬送されてきた病院の創設者である大富豪。だが、手術台に横たえられた彼女は既に何者かによって絞殺されていた!? 名探偵エラリーの超絶技巧の推理が冴える〈国名〉シリーズ第3弾！

ギリシャ棺の秘密

エラリー・クイーン
越前敏弥・北田絵里子＝訳

急逝した盲目の老富豪の遺言状が消えた。捜索するも一向に見つからず、大学を卒業したてのエラリーは墓から棺を掘り返すことを主張する。だが出てきたのは第2の死体で……二転三転する事件の真相とは!?

刑事マルティン・ベック　笑う警官

マイ・シューヴァル
ペール・ヴァールー
柳沢由実子＝訳

市バスで起きた大量殺人事件。被害者の中には殺人課の刑事が。若き刑事はなぜバスに乗っていたのか？唯一の生き証人は死亡、刑事マルティン・ベックらによる、被害者を巡る地道な聞き込み捜査が始まる。

ジーキル博士とハイド氏

スティーヴンソン
大谷利彦＝訳

ジーキル博士は、自己の性格中の悪を分離する薬品を飲み、悪逆なハイド氏に変じる。再び薬品の力で元に戻るが、遂には戻れなくなり自殺してしまう。人間の善悪二面性に鋭くメスを加えた衝撃の書。

角川文庫海外作品

ジャッカルの日

フレデリック・フォーサイス
篠原　慎＝訳

暗号名ジャッカル——ブロンド、長身、ひきしまった体軀のイギリス人。プロの暗殺屋であること以外、本名も年齢も不明。警戒網を破りパリへ……標的はドゴール。計画実行日〝ジャッカルの日〟は刻々と迫る！

オデッサ・ファイル

フレデリック・フォーサイス
篠原　慎＝訳

オデッサとは元ナチス親衛隊隊員の救済を目的とする地下組織で、その存在は公然の秘密とされている。リガの殺人鬼と呼ばれた元SS高級将校を巡って、この悪魔の組織に挑む一記者の、戦慄の追跡行。

Forsyth Collection I 戦士たちの挽歌

フレデリック・フォーサイス
篠原　慎＝訳

脚の悪い老人がごろつき二人組に襲われる。被害者は身元不明のまま死亡、犯人は直ちに捕まり、有罪確実と見られていたのだが……（「戦士たちの挽歌」）。圧倒的なストーリーテリングが冴え渡る傑作短編集。

Forsyth Collection II 囮たちの掟

フレデリック・フォーサイス
篠原　慎＝訳

タイ・バンコク発ロンドン行きの飛行機中と、ヒースロー空港の税関を舞台に密かに繰り広げられる麻薬取引を巡る攻防を描く表題作ほか、著者初挑戦のラブストーリー「時をこえる風」を収録。傑作短編集第2弾。

アヴェンジャー（上）（下）

フレデリック・フォーサイス
篠原　慎＝訳

弁護士デクスターの裏稼業は、「人狩り」。世界中に逃げた凶悪犯を捕らえ、法の手に引き渡すまでが彼の仕事だ。今回の依頼人は財界の大物で、ボスニアで孫を殺した犯人を捕まえてほしいというものだった……。

角川文庫海外作品

ふりだしに戻る（上）（下）

ジャック・フィニイ
福島正実＝訳

ニューヨーク暮らしにうんざりしていたサイモン・モーリーは、九十年前に投函された青い手紙に秘められた謎を解くため〈過去〉――一八八二年のニューヨークへ旅立つ。鬼才の幻のファンタジー・ロマン。

ダ・ヴィンチ・コード（上）（中）（下）

ダン・ブラウン
越前敏弥＝訳

ルーヴル美術館のソニエール館長が館内のグランド・ギャラリーで異様な死体で発見された。殺害当夜、館長と会う約束をしていたハーヴァード大学教授ラングドンは、警察より捜査協力を求められる。

天使と悪魔（上）（中）（下）

ダン・ブラウン
越前敏弥＝訳

ハーヴァード大の図像学者ラングドンはスイスの科学研究所長からある紋章について説明を求められる。それは十七世紀にガリレオが創設した科学者たちの秘密結社〈イルミナティ〉のものだった。

デセプション・ポイント（上）（下）

ダン・ブラウン
越前敏弥＝訳

国家偵察局員レイチェルの仕事は、大統領へ提出する機密情報の分析。大統領選の最中、レイチェルは大統領から直々に呼び出される。NASAが大発見をしたので、彼女の目で確かめてほしいというのだが……。

パズル・パレス（上）（下）

ダン・ブラウン
越前敏弥・熊谷千寿＝訳

史上最大の諜報機関にして、暗号学の最高峰・米国家安全保障局のスーパーコンピュータが狙われる。対テロ対策として開発されたが、全通信を傍受・解読できるこのコンピュータの存在は、国家機密だった……。

角川文庫海外作品

ロスト・シンボル（上）（中）（下）
ダン・ブラウン
越前敏弥＝訳

キリストの聖杯を巡る事件から数年後。ラングドンは旧友でフリーメイソン最高幹部ピーターから急遽講演を依頼される。会場に駆けつけた彼を待ち受けていたのは、切断されたピーターの右手首だった！

運命の書（上）（下）
ブラッド・メルツァー
越前敏弥＝訳

米国大統領暗殺を狙った弾丸に撃たれた一人の側近。しかし8年後、死んだはずのその男が目撃され、調査を開始した補佐官は命を狙われはじめる。すべてはフリーメイソンの陰謀か？　傑作サスペンス。

罪深き誘惑のマンボ
ジョー・R・ランズデール
鎌田三平＝訳

貧乏白人ハップとゲイの黒人レナードの二人組が失踪した黒人女性弁護士を探しにテキサス州のKKKに支配された町に乗り込む。アメリカ南部の雰囲気と人種差別の実態をリアルに描くサスペンス。

オペラ座の怪人
ガストン・ルルー
長島良三＝訳

夜毎華麗な舞台が繰り広げられる世紀末のオペラ座。その裏では今日もまた、無人の廊下で足音が響き、どこからともなく不思議な声が聞こえてくる。どくろの相貌を持つ〈オペラ座の怪人〉とは何ものなのか？

闇よ、我が手を取りたまえ
デニス・レヘイン
鎌田三平＝訳

写真を送りつけ、脅迫を繰り返した後に被写体を殺害する事件が続発。パトリックも捜査にかかわるが、次に写真が送りつけられたのは、相棒のアンジーだった！

角川文庫海外作品

穢れしものに祝福を
デニス・レヘイン
鎌田三平＝訳

大富豪ストーンの娘デズレイが死体で発見された。逮捕されたのはジェイ──私に探偵の技術を教えた人生の師だった。彼になにが起きたのか。そして混乱する私の前に、死んだはずの女デズレイが現れて……。

愛しき者はすべて去りゆく
デニス・レヘイン
鎌田三平＝訳

誘拐された四歳の少女アマンダ・マックリーディ。母親ヘリーンはアル中で、麻薬取引の売り上げを持ち逃げしていた。事件はパトリックとアンジーの予想を超えて暴走していく──。

雨に祈りを
デニス・レヘイン
鎌田三平＝訳

愛するフィアンセと幸せに暮らしていたはずのカレンが投身自殺した。ドラッグを大量に服用して。カレンを知るパトリックは、事件の臭いをかぎとるが──。

ムーンライト・マイル
デニス・レヘイン
鎌田三平＝訳

十二年前に誘拐され、探偵パトリックが保護したアマンダ・マックリーディが失踪した。彼女はロシアン・マフィアから何か重要なものを盗み、消えたらしい。アマンダの狙いは何か──。

スコッチに涙を託して
デニス・レヘイン
鎌田三平＝訳

上院議員のもとから失踪した黒人掃除婦。彼女は議員の秘められたスキャンダルを撮影した写真を持ち去っていた。写真の奪回を依頼された探偵パトリックとアンジーは、写真を巡る陰謀に巻き込まれていく。